高职高专现代服务业系列教材·电子商务系列

U0140815

# 网络营销
# 工具与方法

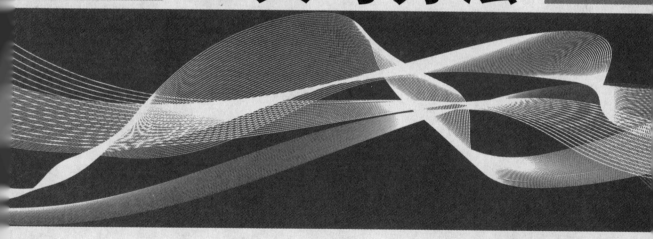

刘晓敏　主　编

叶阿真
尹春梅　副主编

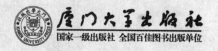

厦门大学出版社

国家一级出版社　全国百佳图书出版单位

# 高职高专现代服务业系列教材编委会

主　　任：黄克安
副主任：林松柏　张阿芬
编　　委：（按姓氏笔画排序）

王　瑜　关　行　刘晓敏　吕建林
庄惠明　庄碧蓉　池　玫　吴贵明
李　珍　杨灿荣　杨秀平　沈永希
邱凤秀　范云霞　洪连鸿　秦　勇
梁晓玲　章月萍　黄建飞　曾慧萍
颜秀春　檀小舒

# 前　言

21世纪人类社会已经步入网络经济时代,网络的优势和价值已经被社会各界所认同,同时网络营销成为当前理论研究、企业实践的热点。网络营销是企业为实现整体市场营销目标,依托现代信息技术与网络技术而开展的、以满足顾客需求为中心的新型营销方式。它既对传统营销带来新的挑战,也为市场营销开拓了广阔的发展空间。目前,网络营销成为企业一种先进的营销方式,同时,企业的实践活动极大地促进了网络营销理论的发展。

我国拥有最庞大的网民群体,他们构成了巨大的网络消费群体。特别是近年来,随着网络技术的发展和网络营销环境的变化,我国出现了许多新的网络营销资源和网络营销模式,这既丰富了网络营销的教学内容,也对网络营销的教学提出新的挑战。

在今天,培养适应社会发展需要的网络营销人才已成为高等院校及培训机构的一项重要任务,但目前我国对于网络营销课程教学内容的研究还处于探索阶段,特别是目前网络营销的教学内容大大滞后于企业的实践。基于这个背景,我们邀请了几位富有教学经验的教师参与本书的编写,希望能够为企业培养技能型的网络营销人才提供有益的教学参考。这些老师长期从事网络营销及相关课程的教学工作,对网络营销的教学有较多的研究和实践经验;同时,我们很荣幸地邀请到几位来自企业的专家参与本教材的编写,他们是:福建木业网络有限公司的尹春梅女士和福州天路网络有限公司的徐群仁先生、王容先生,他们的积极参与既丰富了本教材的内容也增强了本教材的实用性。

本教材设置六个学习情境:网络营销工具的使用、网络营销导向的企业网站分析与诊断、搜索引擎营销、Email营销、博客与RSS营销、网络广告,详尽地介绍了网络营销的操作策略和实际的运用方法。

本教材具有以下特点:

(1)从当前高职高专的教学特点出发,按照应用型人才培养模式的教学要求,突出对学生基本技能的掌握和技术应用能力的培养。

(2)紧密结合当前网络营销的发展动态,以理论和实践相结合为主线,将网络营销的知识和企业现实的网络营销实践活动紧密结合,具有很强的现实性和实践性。

(3)以提升学生职业素质为目标,在内容编排上将理论知识、案例分析、教学任务相结合,并引用了大量具有代表性的案例资料作为教学素材,有助于培养学生分析问题和解决问题的能力。

(4)以职业技能为本位,采用任务驱动式教学设计,详细介绍了目前企业常用的网络营销工具和方法及其应用,有助于学生尽快掌握开展网络营销所需要的知识与技能,体现

"学以致用"。

（5）打破传统学科体系框架，采用模块化进行整合。本书设置六个学习情境，各学习情境的知识点相对独立，有利于教师根据实际教学、培训情况进行灵活取舍、整合，也有利于学生自学。

本书由刘晓敏任主编，负责内容的设计和主审；叶阿真和尹春梅任副主编，负责统稿校对。各章编写具体分工如下：

学习情境1：刘晓敏、叶阿真，任务设计：刘晓敏、王容；

学习情境2：刘晓敏、张和荣，任务设计：叶阿真、尹春梅；

学习情境3：叶阿真、徐群仁，任务设计：尹春梅、王容；

学习情境4：叶阿真、林小燕，任务设计：刘晓敏、尹春梅；

学习情境5：叶阿真、林小燕，任务设计：刘晓敏、徐群仁；

学习情境6：叶阿真、于春香，任务设计：刘晓敏、王容。

本书既可作为高职高专院校电子商务专业、市场营销专业、物流管理专业、国际贸易专业、会计专业、工商管理专业等相关专业的教材，也可作为公务员、企业经理、营销管理人员学习用书及专业培训用书。为了方便教师的教学、培训，本书还配有电子教学参考资料包（包括教学指南、电子教案及习题答案等）。

本书在编写过程中参考了大量的文献资料和网站资料，在此谨表衷心的谢意！

由于目前网络营销实践发展很快，再加上编者的学识水平有限，书中难免有不足之处，恳请专家、同行和广大读者提出宝贵意见，共同促进网络营销教学与实践的发展。

刘晓敏

2010 年 7 月

# 目　录

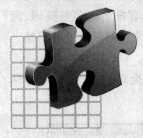

# 学习情境 1

# 网络营销工具的使用

能力目标:

1. 具备网络营销常用工具的使用能力;

2. 具备分析各常用工具在网络营销中的应用能力。

知识目标:

1. 掌握查询工具使用方法及其在网络营销中的作用;

2. 掌握检测工具使用方法及其在网络营销中的作用;

3. 掌握评价工具使用方法及其在网络营销中的作用;

4. 掌握统计工具使用方法及其在网络营销中的作用。

## 任务一:搜索引擎查询工具

任务描述:

下载搜索引擎查询工具:Alexa 工具栏以及 Google 工具栏,掌握其使用方法及其在网络营销中的应用。

Alexa 工具栏下载地址:http://www.alexa.com/toolbar;

Google 工具栏下载地址:http://toolbar.google.com/intl/zh-CN/index_ie.php。

## 知识准备

在开展网络营销的过程中,经常需要运用到一些协助实施营销开展的工具。合理运用网络营销工具,可以提升网络营销的实施成效和应用水平。网络营销工具主要包括查询工具、检测工具、评价工具、统计工具等。

### 1.1 搜索引擎查询工具

1.1.1 Alexa 工具栏

1. Alexa 网站排名系统介绍

Alexa 网站排名是由美国网站 alexa.com 提供的全球网站访问量排名系统,只要网站被该系统收录,输入网址即可看到该网站访问量在全球网站中的排名情况,对于排名在

10 万名以内的网站,还有详细的统计资料和访问量排名统计轨迹。Alexa 的网站排名包括全球网站总排名和按照主题分类排名:全球网站总排名列出了 500 个访问量最大的网站(其他网站需要通过输入网址来查询);按主题分类包括按照网站类别和网站语言两种模式,网站类别排名包括艺术、商务、电脑、游戏等 16 大类,网站语言排名则包括英语、阿拉伯语、中文简体、中文繁体等 21 种语言,每种语言均列出了 100 个访问量最大的网站。

2. Alexa 工具栏的使用

Alexa 工具栏的主要内容有:英文搜索引擎、当前浏览网站的全球排名、相关内容网站链接、网站的历史档案链接等,如图 1-1 所示。

**图 1-1　Alexa 工具栏**

Alexa 工具栏是免费的,安装后出现在浏览器中,如果不希望工具栏出现,可以隐藏起来,在浏览器上只显示 Alexa 的一个标志"a"。Alexa 工具栏包括的主要内容如下:

(1)网络搜索框

Alexa 的网络搜索是一个英文搜索引擎,采用 Google 的网页搜索,可用于查询英文信息,目前不能用于中文检索。首先,在输入框中输入搜索的字词,然后按回车键,Alexa Web 将会搜索到与输入的搜索字词相关的 Web 页面。如图 1-2 所示。

**图 1-2　Alexa 的网络搜索**

(2)网站信息(info)

浏览一个网站时会出现一个蓝色的数字,这个数字就是该网站最近三个月的全球排名,点击进入可进一步查看详细信息,如网站下载速度,网站被其他网站链接的数量,页面浏览数,以及用户访问的其他相关网站信息等。详细的统计信息中还可以看到网站访问量的统计曲线,并可以方便地与其他网站进行比较。如图 1-3 所示。

**图 1-3　网站信息**

(3)相关网站链接

Alexa 的相关链接是发现新站点的好方法。用户每访问一个网站页面时,会出现该网站相关内容的网页链接。这个工具对于查看更多的信息比较有用,不过由于是自动判断内容的相关性,有时也可能会出现和所访问页面内容不相关的链接。如图 1-4 所示。

(4)网站的历史档案(Wayback Machine)

点击工具栏 Wayback Machine 按钮所看到的信息即为该网站的历史档案,这是调用 web archive(http://web.archive.org)Wayback Machine 中收录的有关该网站的历史资

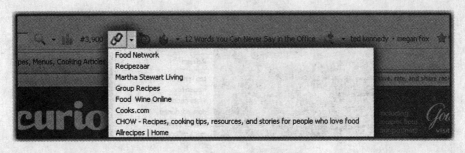

图1-4　相关网站链接

料，从这些档案信息中可以看出网站以前的大概面貌和一些静态页面的内容。如图1-5所示。

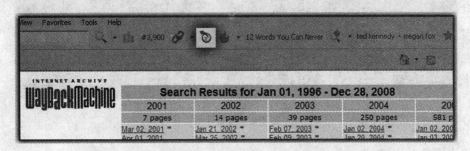

图1-5　网站的历史档案

（5）热页

热页显示使用Alexa工具栏的用户正在浏览的网站，这个列表五分钟更新一次。如图1-6所示。

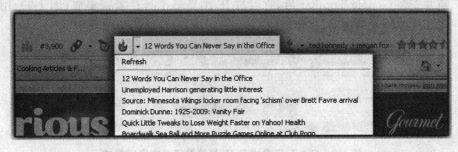

图1-6　热页

（6）热门话题

用于显示目前网络上最热门的话题，但这只是针对使用Alexa工具栏的用户统计得出来的。如图1-7所示。

（7）网站评价

Alexa会根据网民对网站的评论，在综合排名信息中，用"星"来给网站评一个等级，最高为"5星"。网站评价用于显示网民对网站的评价结果，如图1-8所示。

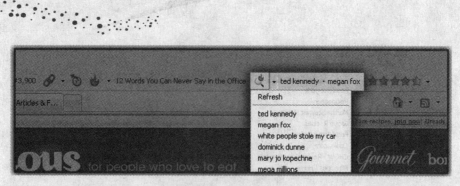

图 1-7　热门话题

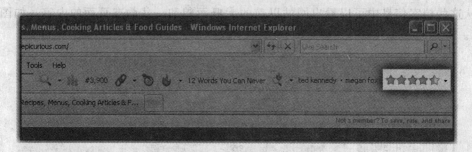

图 1-8　网站评价

### 1.1.2 Google 工具栏

#### 1. Google 工具栏介绍

在众多搜索引擎中,Google 以它查询精确,功能强大,速度快而日益受到用户欢迎,并成为目前使用频率最高的搜索引擎。Google 的目标是成为最好的搜索引擎,Google Toolbar 的推出便是其方便用户进行信息搜索的重要举措。

下载并安装 Google Toolbar 后,它可与 IE 浏览器工具栏紧密集成(图 1-9),用户可直接在工具栏中输入关键词,直接调用 Google 引擎进行搜索,方便快捷。

图 1-9　Google 工具栏与 IE 浏览器工具栏紧密集成

#### 2. Google 工具栏的使用

Google 工具栏包括的主要内容:快速准确搜索、书签(收藏夹)、翻译、PR 查询等,如图 1-10 所示。

图 1-10　Google 工具栏

（1）搜索框和搜索按钮

在搜索框中输入关键词，按回车键或点击"搜索"调用在工具栏设置界面中选定的 Google 引擎进行搜索。点击搜索框右边的向下箭头弹出关键词历史记录列表，可选择其中已有的关键词而无须重复输入，如图 1-11 所示。

**图 1-11　搜索框和搜索按钮**

提示：按下 Shift 键，同时点击搜索按钮，可打开新窗口显示搜索结果。

在搜索框中输入关键词，点击"站内搜索"按钮在当前浏览的网站中查找与关键词匹配的网页，如图 1-12 所示。

**图 1-12　站内搜索**

（2）书签

使用书签功能，可以快速保存与打开自己喜爱的网页。与保存在单台计算机上的浏览器书签不同，Google 书签保存在 Google 账户中，也就是说，接入互联网的任意计算机都可以通过 Google 工具栏、Google 书签 iGoogle 小工具或 Google 书签主页来访问这些网页，如图 1-13 所示。

**图 1-13　书签**

将浏览器书签或收藏夹导入 Google 书签的步骤如下：

①点击 Google 工具栏的登录按钮●登录 Google 账户；

②点击书签按钮的下拉菜单，选择导入 IE 收藏夹或导入 Firefox 书签；

③选中要导入的书签所对应的复选框；

④点击导入。

（3）翻译

当将光标悬停在某个英文单词上时，翻译功能会用以下某种语言显示该单词的含义：简体中文、繁体中文、法语、德语、意大利语、日语、韩语、俄语、西班牙语等。也可以将整个网页翻译成指定的语言，做法是：点击翻译按钮的下拉菜单，然后选择翻译此页，如图 1-14 所示。

**图 1-14　翻译**

（4）翻译栏

当访问的网页所使用的语言不同于 Google 工具栏语言时，工具栏会在浏览器窗口顶部附近显示翻译栏，并询问是否要翻译此网页。点击"翻译"或点击工具栏上的"翻译"即可对此网页进行翻译。点击显示原始网页或"×"图标可以关闭翻译栏并查看原始网页。如果更改了偏好的翻译语言，工具栏就会记住语言偏好的设置，以后翻译网页时它便会自动采用已选择好的偏好语言，如图 1-15 所示。

（5）弹出式窗口拦截器

弹出式窗口或广告可能会中断正在执行的操作，Google 工具栏的弹出式窗口拦截器可以阻止用户不想看到的大多数弹出式窗口。如果要允许显示特定网站的弹出式窗口，

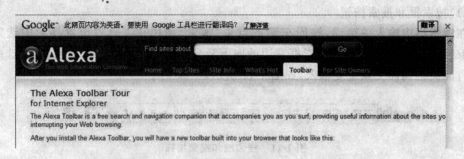

图 1-15　翻译栏

可以点击 Google 工具栏上的弹出式窗口拦截器按钮,按钮图标会从"弹出式窗口已拦截"  变成"允许显示弹出式窗口" ,如图 1-16 所示。

图 1-16　弹出式窗口拦截

(6)PageRank

将光标悬停在 PageRank(网页级别)按钮上会显示 Google 对正在查看的网页的重要性判断,即网页的 PageRank 值。网页的 PageRank 值越高,出现在 Google 搜索结果前列的可能性越大,如图 1-17 所示。

图 1-17　PageRank

(7)拼写检查

拼写检查功能可以纠正表单上的拼写错误,包括网页式电子邮件、论坛,甚至 Intranet 网络应用程序上的拼写错误。要自动更正网络表单上所有的拼写错误,可以点击拼写检查按钮旁的向下箭头,然后点击自动更正,如图 1-18 所示。

图 1-18　拼写检查

# 任务实施

1.实验准备

(1)上网计算机,操作系统 Windows XP SP2/Vista 或更高版本。

(2)IE 6.0 及以上浏览器。

2.实验过程

(1)登录到 http://www.alexa.com/toolbar 进行 Alexa 工具栏的下载及安装。

(2)分别使用 Alexa 工具栏的各个功能,包括:

①利用网络搜索框,进行英文网站的搜索。

②查看当前正在浏览的网站信息,如近三个月的全球排名、网站下载速度、网站被其他网站链接的数量、页面浏览数等。

③查看与当前正在浏览的网站内容相关的其他网站链接情况。

④查看当前正在浏览的网站的历史档案。

⑤查看 Alexa 用户提供的热门网站以及热门话题。

⑥查看 Alexa 用户对当前正在浏览的网站的评价情况。

（3）登录到 http://toolbar.google.com/intl/zh-CN/index_ie.php 进行 Google 工具栏的下载及安装。

（4）分别使用 Google 工具栏的各个功能，包括：

①利用搜索框进行网站的搜索；点击搜索按钮，并从下拉菜单中选择搜索类型，如选择 Google 图片等。

②使用书签功能，保存自己喜爱的网页。

③浏览外文网站，利用翻译栏功能，将网页内容翻译成中文。

④查看当前正在浏览的网站的 PR 值。

⑤使用自定义按钮、弹出式窗口拦截器等功能。

# 任务二：域名查询工具

任务描述：

1.给某一企业拟建的网络超市（主营生鲜、水果、粮油等）设计一个域名，要求该域名未被注册，并说明所取域名的创意。

2.查询你所熟悉的一个网站域名，查看域名注册的详细信息，给出查询网址并截屏查询结果。（参考查询网址：中国万网）

3.选择某一 IP 地址，查看该 IP 地址下共享哪些域名，给出查询网址并截屏查询结果。

# 知识准备

## 1.2 域名与主机工具

### 1.2.1 域名查询

1..cn 域名——WHOIS 系统（http://ewhois.cnnic.cn）

使用 WHOIS 系统，Internet 用户可以查询除 .edu.cn 之外所有注册在 CNNIC 域名数据库中以 .cn 结尾的英文域名。只要在"域名查询"栏中输入以 .cn 结尾的英文域名字符串，然后按回车键，即可得到查询结果。

如果查询的域名不在 CNNIC 域名数据库中，比如错误键入了以 .com 或 .net 等结尾的域名，系统将会显示："您所查询的信息不属于本注册机构"。对于著名企业的单位名称、驰名商标等的域名，CNNIC 会进行保护性预留，查询这类域名系统会声明："经主管部门批准，您申请的域名已经被列入限制注册名单"。如果所查询的域名还没有注册，或者域名因为某种原因被 CNNIC 禁止查询，系统会显示："您所查询的信息不存在"。

同时，按照惯例，该系统还提供注册在 CNNIC 域名数据库中的联系人信息和主机信息查询，只要在"联系人查询"或"主机查询"栏中输入主机的域名或联系人号，然后按回车键，系统便会返回相应信息；若输入有误，系统会提示"您所查询的信息不存在"，如图 1-19 所示。

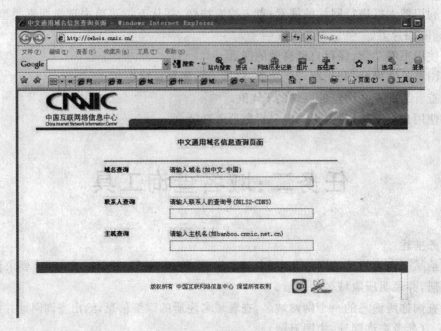

**图 1-19　.cn 域名查询**

2. 中文域名——WHOIS 系统（http://cwhois.cnnic.cn）

使用这个系统，Internet 用户可以查询注册在 CNNIC 域名数据库中的中文域名，域名后缀目前可以是".cn"、".中国"、".公司"和".网络"四者之一。如果域名分隔符"."误输成了中文句号"。"，系统会自动进行更正并返回正确的查询信息。一般来说，输入简体的中文域名，系统会将相应的简繁体的中文域名信息都显示到客户端。

CNNIC 对于诸如著名企业的单位名称、驰名商标、地理名称等的中文域名，如"福州.公司"，会给予保护性预留，查询此类域名系统会说明："该中文域名已由中国互联网络信息中心预留"。如果查询的域名不在 CNNIC 数据库中，系统会显示"此域名没有被注册"；如果系统显示"此域名不存在"，则有可能是因为所查询的域名由于某种原因被禁止注册。Internet 用户也可以利用该系统进行联系人和主机信息的查询，如图 1-20 所示。

3. 通用网址——WHOIS 系统（http://seal.cnnic.cn）

使用这个系统，Internet 用户可以查询注册在 CNNIC 域名数据库中的通用网址相关信息。若要查询 CNNIC 进行保护性预留的通用网址，系统会显示"您查询的通用网址限制注册"；对于禁止注册的通用网址，系统则会显示"您所查询的通用网址不存在"。如果系统声明"您查询的通用网址/联系人目前没有被注册"，则说明可以向相应的注册服务机构申请注册该通用网址。

图 1-20　中文域名查询

使用该系统，Internet 用户也可以查询到相关的联系人信息。只需键入所需查询的联系人姓名或联系人号，在其后的下拉列表中选择联系人所属的注册服务机构，按回车键，系统就会返回相应信息。如果不清楚联系人属于哪个注册服务机构，也可以保持下拉列表为"全部"，系统会返回所有与输入相符的联系人信息，如图 1-21 所示。

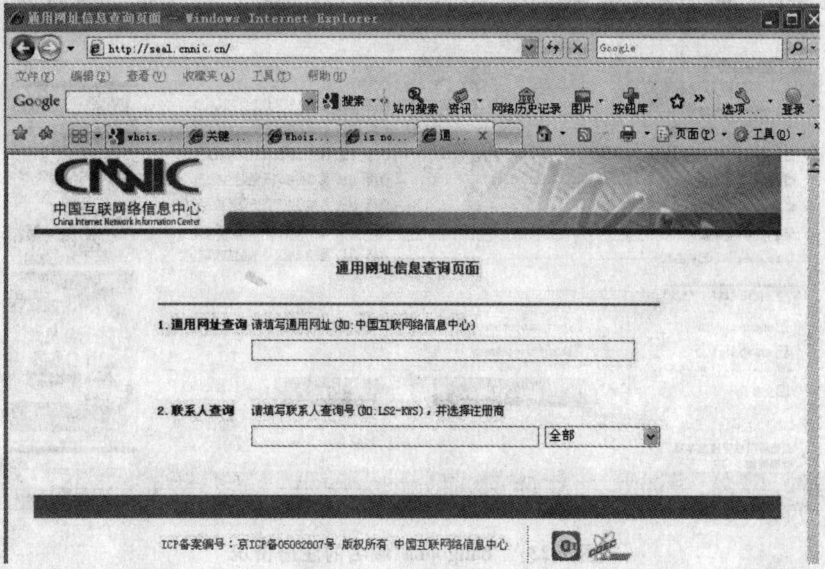

图 1-21　通用网址查询

### 4. 多个域名后缀同时查询

（工具地址：http://www.net.cn/static/domain/）

通过该工具，可以同时查询多个域名后缀的注册情况。如图 1-22 所示，如在文本框中输入"bangbang"，在下面的复选框中可以选择多个域名后缀，然后点击"查询"按钮，即可得到关于"bangbang"的多个后缀名的域名注册情况，如图 1-23 所示。点击详细，即可查询到相关域名注册的联系人、公司等详细信息，如图 1-24 所示。

**图 1-22 多个域名后缀同时查询**

**图 1-23 "bangbang"域名的注册情况**

### 1.2.2 IP 转换成域名查询

（英文工具地址：http://www.whois.sc/members/reverse-ip.html）

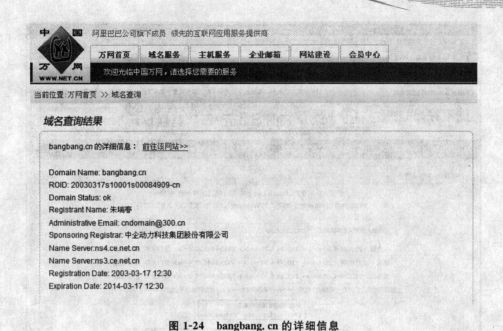

图 1-24　bangbang. cn 的详细信息

如图 1-25 所示，在 Google 搜索框里输入 IP 地址，查看该 IP 地址下的共享域名。

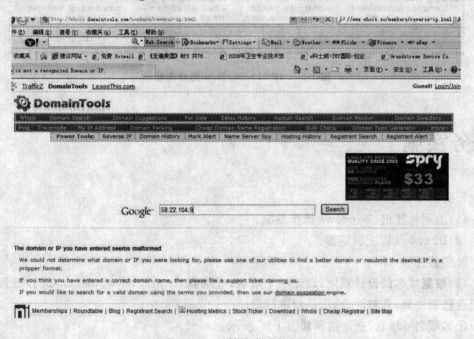

图 1-25　IP 转换成域名查询

（中文工具地址：http://tool. chinaz. com/Ip/Default. aspx）

通过该工具可以查询指定 IP 的物理地址或域名服务器的 IP 和物理地址，及所在国家或城市，甚至可以精确到某个网吧、机房或学校等，如图 1-26 所示。

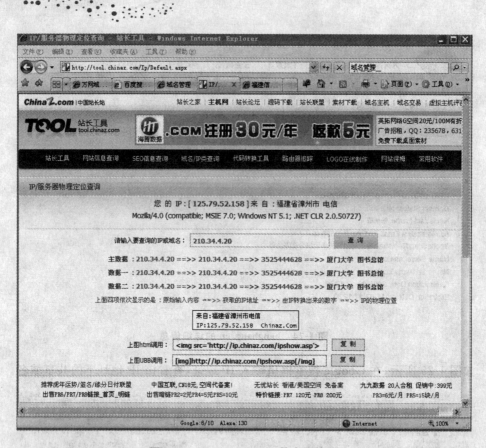

图 1-26 IP 210.34.20.4 的查询结果

# 任务实施

1. 实验准备

(1)上网计算机，Windows 操作系统。

(2)IE 6.0 及以上浏览器。

2. 实验过程

(1)根据域名的设计规则，设计一个域名，登录到 http://www. net. cn/进行查询，查看是否已被注册，若被注册，则重新进行设计。

①如域名 ddjuly，查询结果如图 1-27 所示。

查询结果 www. ddjuly. com，www. ddjuly. com. cn，www. ddjuly. cn 等域名均未被注册，可以使用。

②ddjuly 域名的含义：ddjuly 是"点点就来"的谐音，容易记住；"点点就来"代表网上超市的方便快捷，只要鼠标点一点，货物就会送到手上了，因此也有一定的意义。

(2)登录 http://www. net. cn/，查询你所熟悉的网站的注册情况。

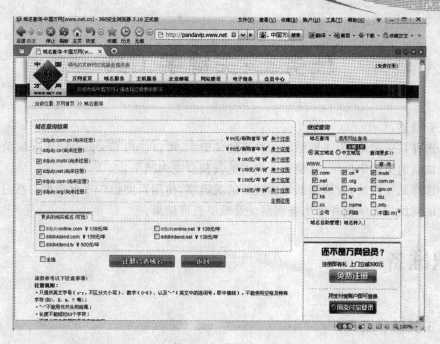

图1-27　ddjuly域名注册查询结果

例如：查询www.mitu.cn的注册情况，如图1-28所示。

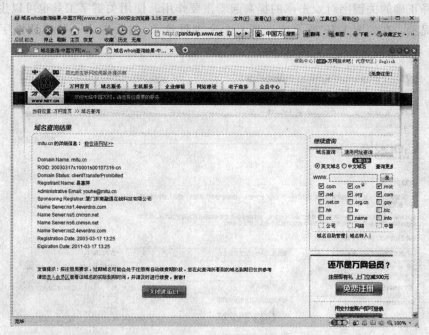

图1-28　mitu.cn域名注册详细情况

（3）登录http://www.whois.sc/members/reverse-ip.html网站，选择某一IP地址，查看该IP地址下共享了哪些域名。

# 任务三：关键字工具

**任务描述：**

1. 选择某一网站，为该网站增加些新的关键字，可以使用 Google AdWords 关键字工具来生成新的关键字提示，并给出查询网址及截屏查询结果。

2. 选择某一网站，为该网站增加些新的关键字，使用百度推广平台查询与指定的关键字相关的网站排名情况并给出查询网址及截屏查询结果。

# 知识准备

## 1.3 关键字工具

### 1.3.1 Google AdWords 关键字工具

（工具地址：https://adwords.google.com/select/KeywordToolExternal）

选择正确的关键字对点击率的提高起着重要作用。使用关键字工具也可以生成新的关键字提示。在如图 1-29 所示中选择一个文本框选项，然后输入一些描述性字词或短语，或输入网站网址。

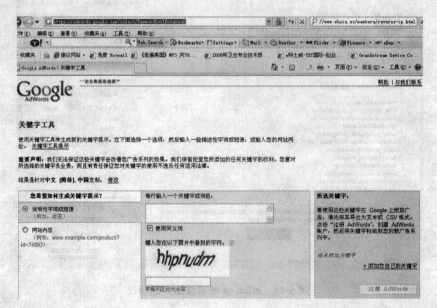

**图 1-29  Google 关键字工具**

使用此工具，可以执行以下操作：

1. 根据网站内容来查找关键字

使用"网站内容"选项即可，不必自己输入关键字。该工具允许输入公司网站的网址或任何与业务相关的网址，然后，AdWords 系统将会扫描网站的页面，并给出一些相关关键字供用户选用。目前，该功能仅支持部分语言。

2. 制作新的使用类似关键字的广告组

建议在每个广告系列中制作若干个广告组，每个广告组都选择一组针对性较强的关键字。利用关键字工具来寻找相关关键字，然后将其划分为多个拥有 5~20 个相似关键字的列表，查看宣传单项产品或服务以及多项产品或服务的广告组示例。

Google 关键字工具的功能框如图 1-30 所示，其中一些说明如下：

(1)同义词：即相关关键字，指与指定的关键字意义相近的关键字。

(2)广告客户竞争程度：指该关键字的竞价激烈程度。

(3)本地搜索量(12 月)：在过去一年(12 个月)，该关键字的总搜索量。

(4)全球每月搜索量：在过去一年(12 个月)，该关键字的月平均搜索量。

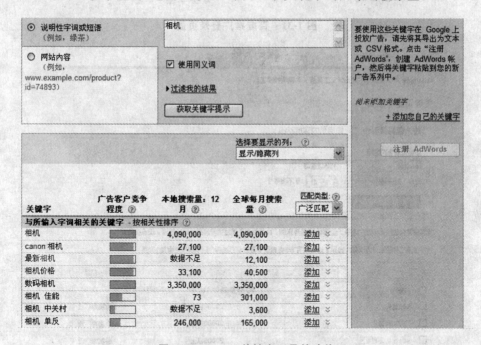

图 1-30　Google 关键字工具的功能

### 1.3.2 百度推广工具

(工具地址：http://www2.baidu.com/inquire/dsquery.php)

百度推广工具：查询特定关键词的常见查询、扩展匹配及查询热度。百度推广工具需要注册会员才能用，我们可以先注册一个免费会员(如图 1-31)，但目前免费会员只能试用一个月。从图 1-32 我们可以看到与"SEO 优化"相关的关键词，以及它们每天在百度的搜索量和竞争的热度。通过这些参数，我们可以选择最有优势的关键词。

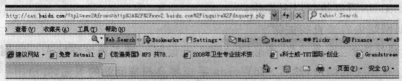

图 1-31　百度推广登录页面

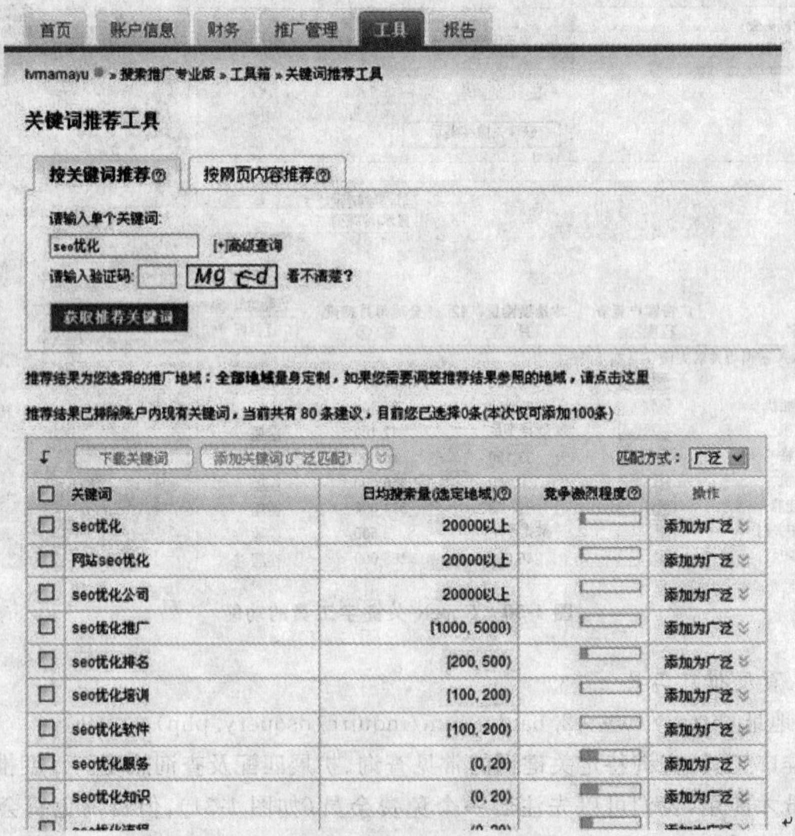

图 1-32　与"SEO 优化"相关的关键词

Google 关键字工具和百度关键词工具两者结合起来使用的效果比较好，这样可以了解不同用户的习惯，得到准确的关键字排名情况。

1.3.3 百度指数

（工具地址：http://index.baidu.com/）

百度指数是用以反映关键词在过去 30 天内的网络曝光率及用户关注度的一项指标，它能形象地反映该关键词每天的变化趋势。利用百度指数，也可以查看某个特定关键词的大致搜索量。在百度指数中，最多可以同时查询三个关键词，关键词之间需要用逗号隔开。

如图 1-33 所示为关键词"小游戏，在线游戏"在百度中的关注变化情况，其中的一些说明如下：

（1）相关趋势：显示该关键词的"用户关注度"和"媒体关注度"的详细数据，分别显示今日、1 周、1 个月和 1 季度的数值和变化率。

（2）用户关注度：指该关键词在对应时间内搜索量的变化情况。

（3）媒体关注度：指对应时间内出现了多少与指定关键词相关的新闻报道。

（4）曲线上的字母 A、B、C、D 等表示对应的关键词在某个时间点出现了比较热门的新闻。

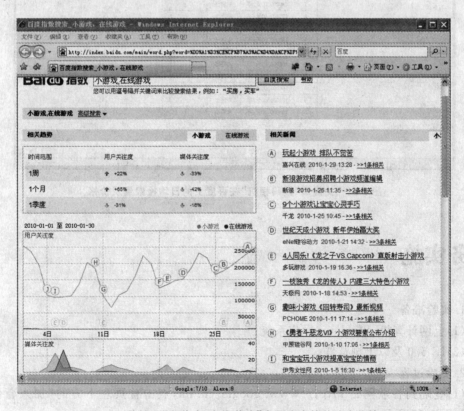

图 1-33　关键词"小游戏，在线游戏"在百度中的关注变化情况

### 1.3.4 百度火爆地带

（工具地址：http://f.baidu.com/fs/inquire/price.php）

利用该工具可以查询每个关键词的日均检索量。例如，在搜索框中输入"数码相机"，点击"价格查询"，即可看到"数码相机"在百度上的日均检索量，大概是 10 000～50 000，如图 1-34 所示。

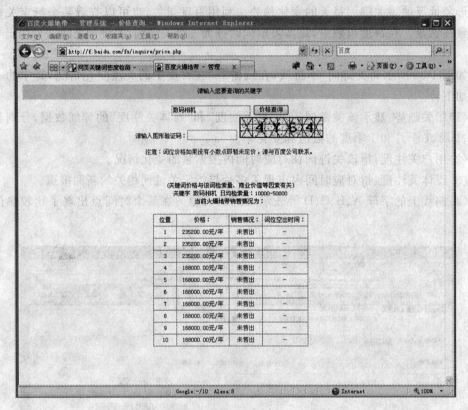

图 1-34　关键词"数码相机"在百度上的日均检索量及价格

# 任务实施

1．实验准备

（1）上网计算机，Windows 操作系统。

（2）IE 5.0 及以上浏览器。

2．实验过程

（1）登陆到谷歌网站 http://www.google.cn.hk，点击首页左下方的"加入营销计划"，如图 1-35 所示。

（2）点击"开始使用关键字广告（AdWords）"，如图 1-36 所示，首先进行注册，点击"点击这里，开始推广"，如图 1-37 所示。

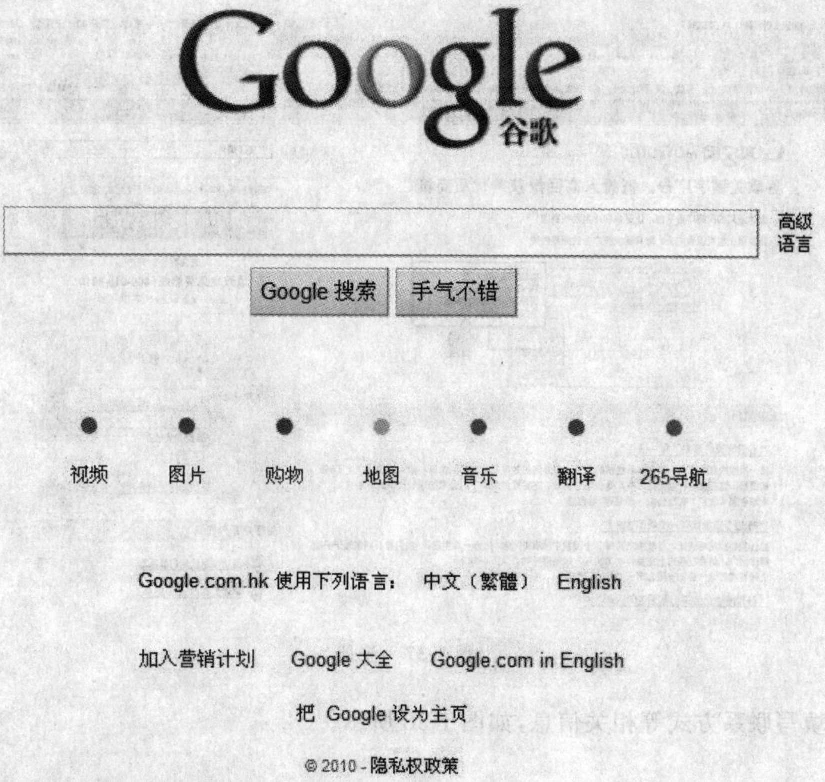

# Google 谷歌

高级
语言

| Google 搜索 | 手气不错 |

● 视频　● 图片　● 购物　● 地图　● 音乐　● 翻译　● 265导航

Google.com.hk 使用下列语言：　中文（繁體）　English

加入营销计划　　Google 大全　　Google.com in English

把 Google 设为主页

© 2010 - 隐私权政策

**图 1-35　谷歌首页**

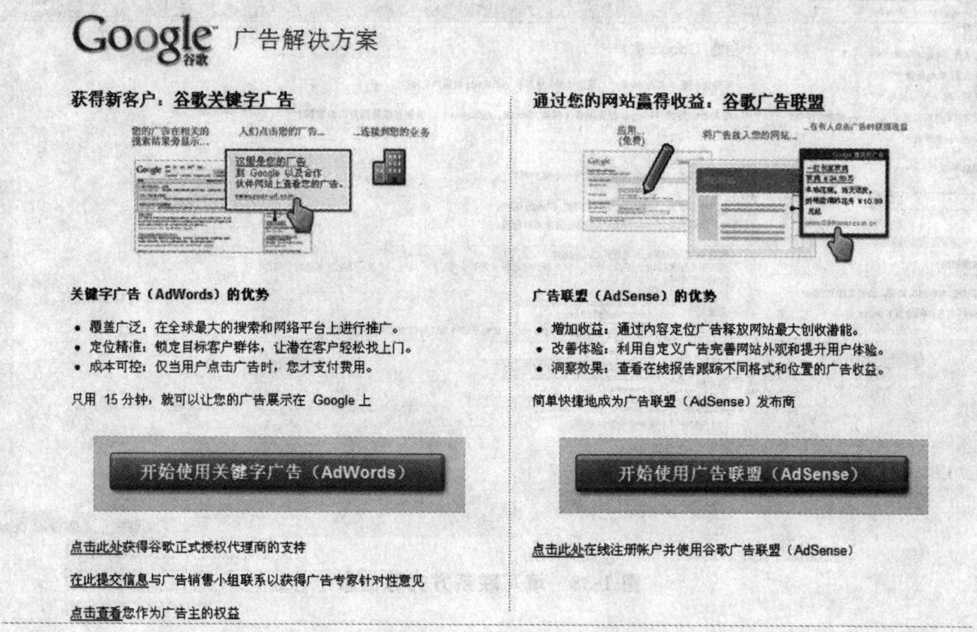

---

## Google 谷歌 广告解决方案

**获得新客户：谷歌关键字广告**

**关键字广告（AdWords）的优势**

- 覆盖广泛：在全球最大的搜索和网络平台上进行推广。
- 定位精准：锁定目标客户群体，让潜在客户轻松找上门。
- 成本可控：仅当用户点击广告时，您才支付费用。

只用 15 分钟，就可以让您的广告展示在 Google 上

| 开始使用关键字广告（AdWords） |

<u>点击此处获得谷歌正式授权代理商的支持</u>

<u>在此提交信息与广告销售小组联系以获得广告专家针对性意见</u>

<u>点击查看您作为广告主的权益</u>

**通过您的网站赢得收益：谷歌广告联盟**

**广告联盟（AdSense）的优势**

- 增加收益：通过内容定位广告释放网站最大创收潜能。
- 改善体验：利用自定义广告完善网站外观和提升用户体验。
- 洞察效果：查看在线报告跟踪不同格式和位置的广告收益。

简单快捷地成为广告联盟（AdSense）发布商

| 开始使用广告联盟（AdSense） |

<u>点击此处在线注册帐户并使用谷歌广告联盟（AdSense）</u>

**图 1-36　点击"开始使用关键字广告(AdWords)"**

**图 1-37　注册**

（3）填写联系方式等相关信息，如图 1-38 所示。

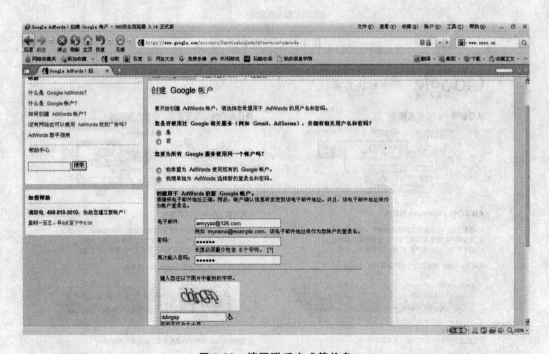

**图 1-38　填写联系方式等信息**

（4）输入国家时区、付款的币种等，注册完成，如图 1-39、图 1-40 所示。

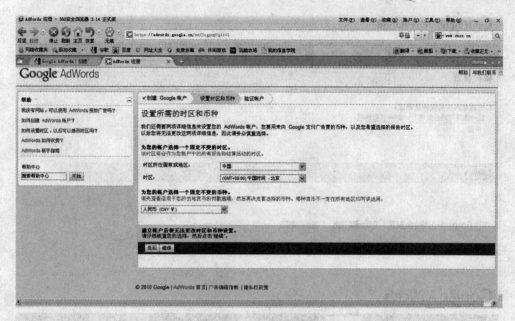

Google AdWords
✔创建 Google 帐户
设置时区和币种
验证帐户
设置所需的时区和币种
为您的帐户选择一个固定不变的时区。
时区所在国家或地区：
中国
时区：
为您的帐户选择一个固定不变的币种。
人民币（CNY ￥）
建立帐户后便无法更改时区和币种设置。
返回
继续

图 1-39　输入国家时区

✔创建 Google 帐户
✔设置时区和币种
验证帐户
恭喜您！您已经创建好了自己的 Google AdWords 帐户
我们通过 187185320@qq.com向您发送了电子邮件，目的是核实您的电子邮件地址是否正确。
点击该电子邮件中的验证链接后，您便可以登录帐户并创建首个广告系列。

图 1-40　注册完成

(5)已注册的邮箱接收核实邮件，确认开通广告，然后输入付款信息，就可以开通了，如图 1-41、图 1-42、图 1-43 所示。

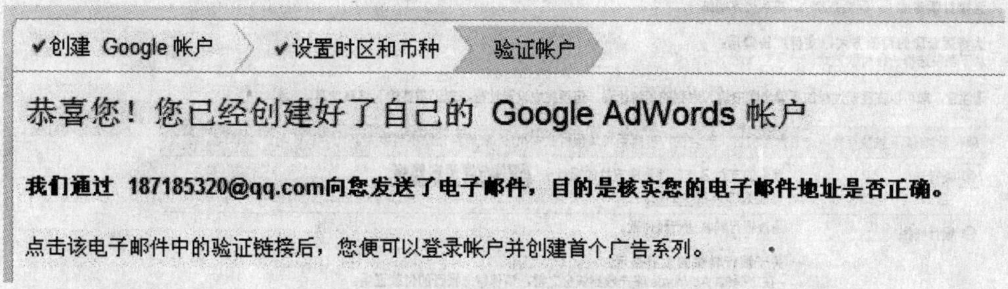

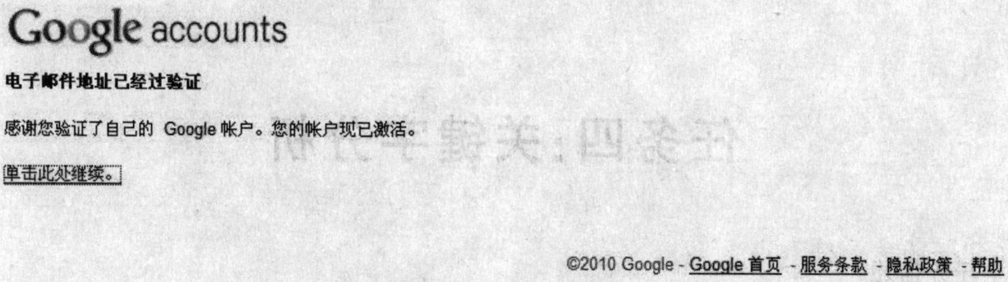

Google accounts
电子邮件地址已经过验证
感谢您验证了自己的 Google 帐户。您的帐户现已激活。
单击此处继续。
©2010 Google - Google 首页 - 服务条款 - 隐私政策 - 帮助

图 1-41　激活确认

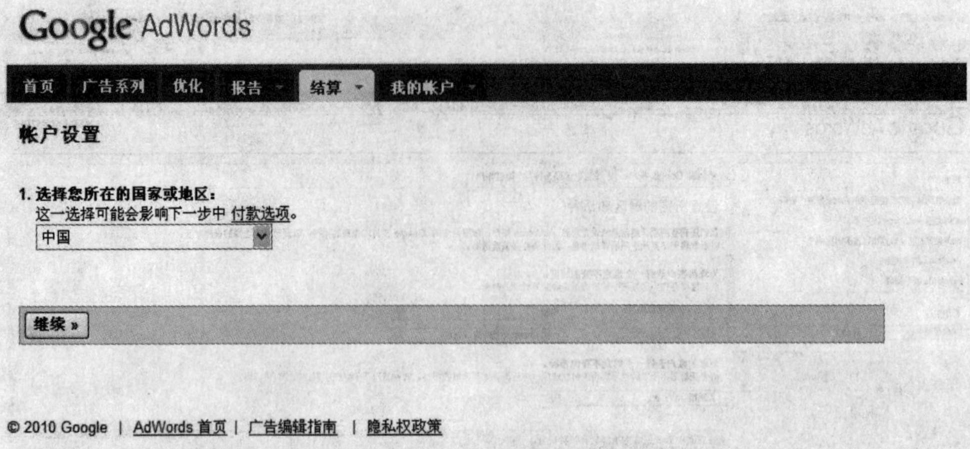

**Google** AdWords

首页　广告系列　优化　报告　⌄　结算　⌄　我的帐户　⌄

**帐户设置**

**1. 选择您所在的国家或地区:**
这一选择可能会影响下一步中 付款选项。

中国　　　　　　　　　▼

继续 »

© 2010 Google　|　AdWords 首页　|　广告编辑指南　|　隐私权政策

图 1-42　选择国家

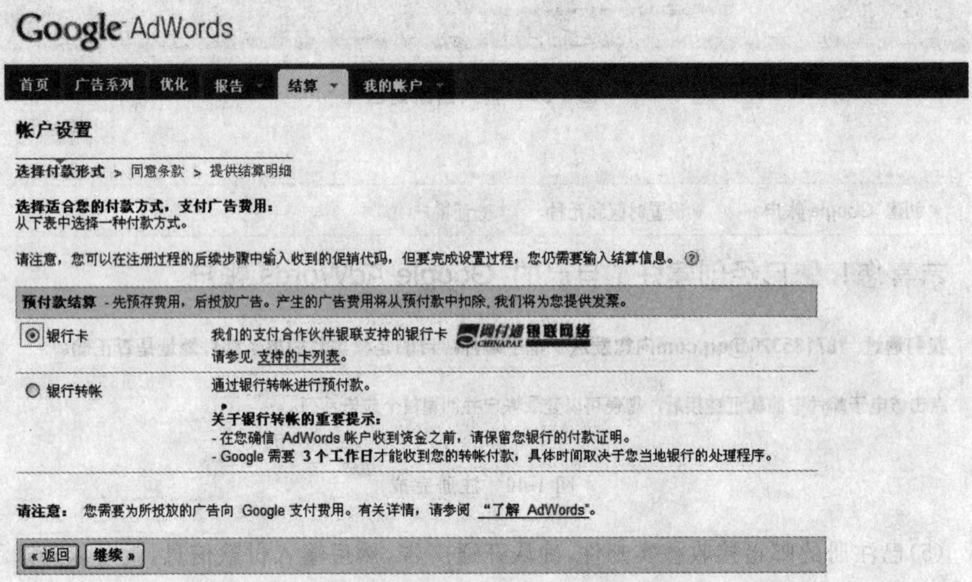

**Google** AdWords

首页　广告系列　优化　报告　⌄　结算　⌄　我的帐户　⌄

**帐户设置**

选择付款形式　>　同意条款　>　提供结算明细

**选择适合您的付款方式,支付广告费用:**
从下表中选择一种付款方式。

请注意,您可以在注册过程的后续步骤中输入收到的促销代码,但要完成设置过程,您仍需要输入结算信息。⑦

| 预付款结算 - 先预存费用,后投放广告。产生的广告费用将从预付款中扣除,我们将为您提供发票。 | |
| --- | --- |
| ⦿ 银行卡 | 我们的支付合作伙伴银联支持的银行卡　网付通 银联网络 CHINAPAY<br>请参见 支持的卡列表。 |
| ○ 银行转帐 | 通过银行转帐进行预付款。<br>**关于银行转帐的重要提示:**<br>- 在您确信 AdWords 帐户收到资金之前,请保留您银行的付款证明。<br>- Google 需要 **3 个工作日**才能收到您的转帐付款,具体时间取决于您当地银行的处理程序。 |

**请注意:**　您需要为所投放的广告向 Google 支付费用。有关详情,请参阅 "了解 AdWords"。

« 返回　继续 »

图 1-43　输入银行卡进行支付

# 任务四:关键字分析

**任务描述:**

1. 选定一个网页,查询该页面关键字密度,给出查询网址并截屏查询结果。

2. 利用 Meta 生成器添加 Meta 标签到选定的网站,给出查询网址并截屏查询结果。

# 知识准备

## 1.4 关键字分析

### 1.4.1 网页关键字密度分析工具

（英文关键字密度工具地址：http://www.keyworddensity.com）

（中文关键字密度工具地址：http://tool.chinaz.com/Tools/Density.aspx）

关键字密度分析是指分析指定关键字在指定页面中出现的次数，及相应的百分比密度。Keyword Density 是一个分析网页中关键字或关键字片段的 SEO 工具。关键字的稠密程度是搜索引擎优化的一个重要影响因素，为了提高搜索排名，关键字密度不能太高或太低。在图 1-44、图 1-45 中的文本框里输入要查询的页面 URL，如输入 http://www.mitu.cn，点击提交，即可查询页面中关键字的密度。

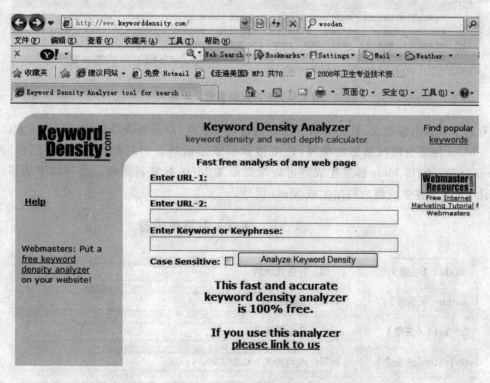

图 1-44　英文关键字密度工具

### 1.4.2 Meta 生成器

（英文工具地址：http://vancouver-webpages.com/META/mk-metas.html）

（中文工具地址：http://tool.chinaz.com/Tools/MetaTag.aspx）

利用 Meta 信息检测工具，可以检测网页的 Meta 标签，分析标题、关键字、描述等是

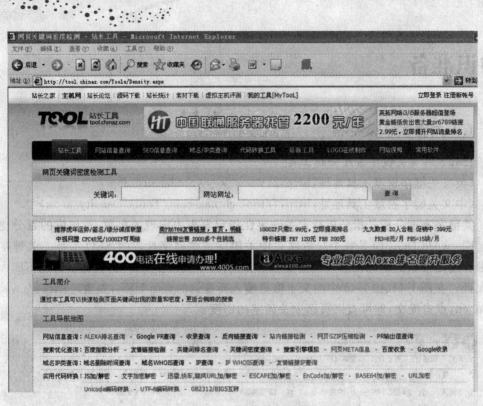

图 1-45　中文关键词密度工具

否有利于搜索引擎收录,页面关键字出现的密度与数量,以及是否符合"蜘蛛"的搜索。

　　Meta 标签会使网站更加明显,许多搜索引擎搜索站点的时候,必须给它们相应的 Meta 标签。利用 Meta 标签生成器可以帮助添加 Meta 标签到网站。填写以下表格,可以让 Meta 标签生成器为网站生成 Meta 代号。

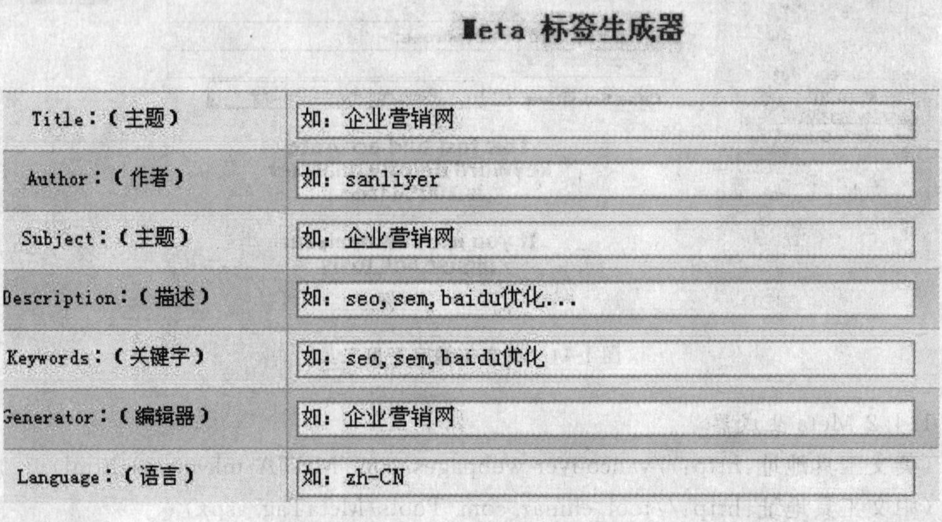

## Meta 标签生成器

| Title：（主题） | 如：企业营销网 |
|---|---|
| Author：（作者） | 如：sanliyer |
| Subject：（主题） | 如：企业营销网 |
| Description：（描述） | 如：seo,sem,baidu优化... |
| Keywords：（关键字） | 如：seo,sem,baidu优化 |
| Generator：（编辑器） | 如：企业营销网 |
| Language：（语言） | 如：zh-CN |

图 1-46　Meta 生成器中文工具

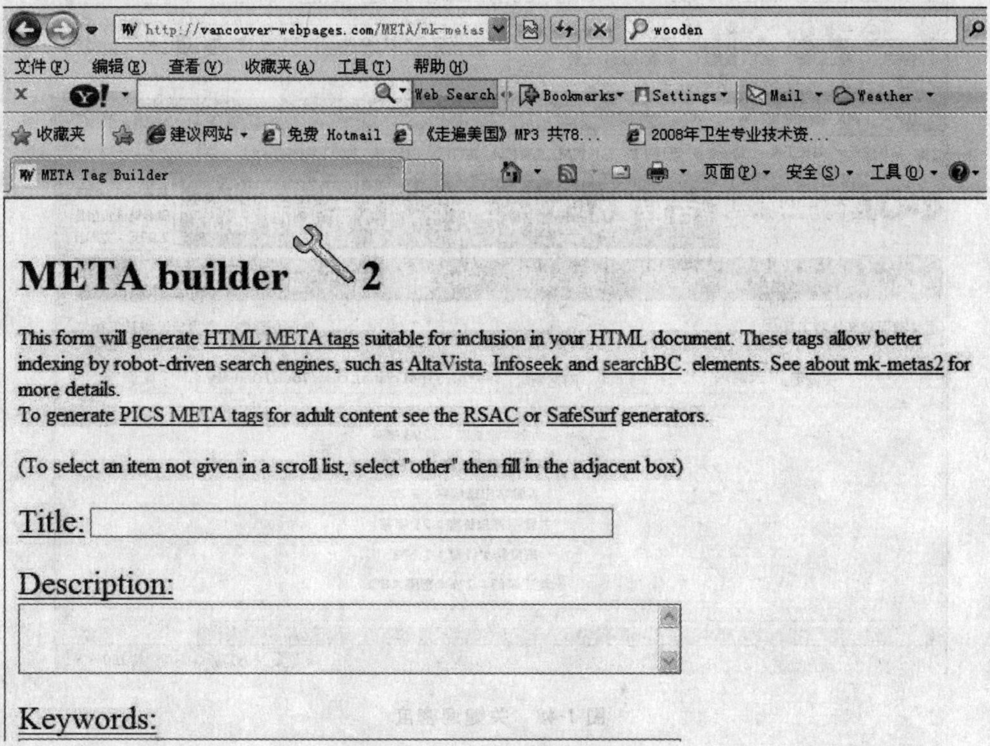

**图 1-47　Meta 生成器英文工具**

# 任务实施

1.实验准备

(1)上网计算机,操作系统 Windows XP SP2/Vista 或更高版本。

(2)IE 6.0 及以上浏览器。

2.实验过程

(1)登录到 http://tool. chinaz. com/Tools/Density. aspx,选定一个网页以及关键词,查询该页面关键词密度。

例如,在网站网址文本框输入"http://tool. chinaz. com/Tools/Density. aspx",在关键词文本框输入"关键词",结果如图 1-48 所示。

(2)登录网站 http://tool. chinaz. com/Tools/MetaTag. aspx,在文本框里面输入相应的内容,点击"生成 META 标签"按钮,如图 1-49 所示。

(3)将生成的"META 标签"复制下来,添加到自己的网站中,如图 1-50 所示。

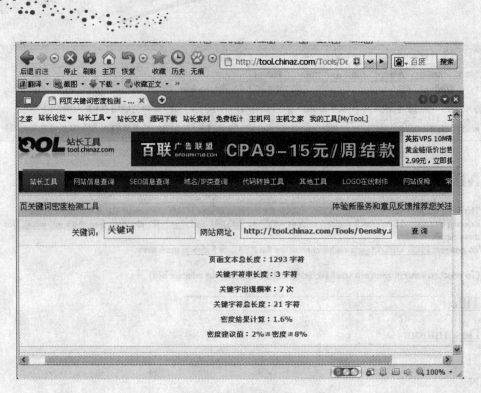

图 1-48 关键词密度

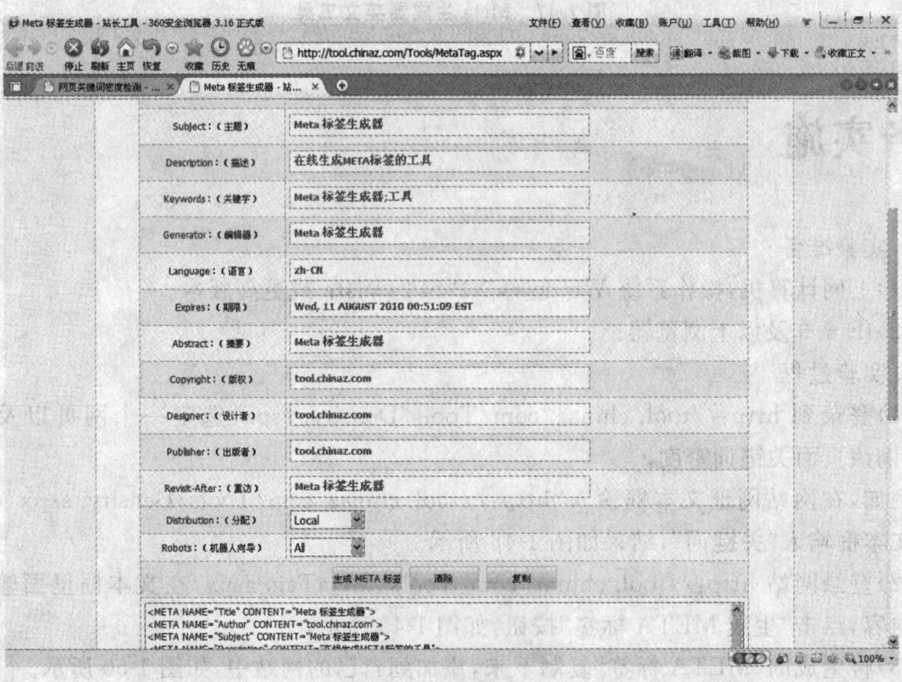

图 1-49 生成 META 标签

```
<META NAME="Title" CONTENT="Meta 标签生成器">
<META NAME="Author" CONTENT="tool. chinaz. com">
<META NAME="Subject" CONTENT="Meta 标签生成器">
<META NAME="Description" CONTENT="在线生成 META 标签的工具">
<META NAME="Keywords" CONTENT="Meta 标签生成器；工具">
<META NAME="Generator" CONTENT="Meta 标签生成器">
<META NAME="Language" CONTENT="zh-CN">
<META NAME="Expires" CONTENT="Wed, 11 AUGUST 2010 00：51：09 EST">
<META NAME="Abstract" CONTENT="Meta 标签生成器">
<META NAME="Copyright" CONTENT="tool. chinaz. com">
<META NAME="Designer" CONTENT="tool. chinaz. com">
<META NAME="Publisher" CONTENT="tool. chinaz. com">
<META NAME="Revisit-After" CONTENT="Meta 标签生成器 Days">
<META NAME="Distribution" CONTENT="Local">
<META NAME="Robots" CONTENT="All">
```

图 1-50　Meta 标签

# 任务五：搜索引擎登录

任务描述：

为某一企业拟建的网络超市设计的域名到 Google、百度、Yahoo 等搜索引擎登录，给出登录网址并截图显示结果。

# 知识准备

## 1.5 搜索引擎及目录免费登录入口

### 1.5.1 Google 登录

（工具地址：http://www.google.com/intl/zh-CN/add_url.html）

登录搜索引擎是开展 SEO 进行网站推广重要一步。Google 每次抓取网页时都会向索引中添加并更新网站，同时也允许提交网址。但 Google 并不会将所有提交的网址都添加到索引中。

如图 1-51 所示，输入完整的网址，包括 http://的前缀，如：http:// www. google. cn/。还可以添加评论或关键字，对网页的内容进行描述。这些内容仅供参考，并不会影响 Google 的网页编排索引和网页的使用。

值得注意的是,只需提供来自托管服务商的顶层网页即可,不必提交各个单独的网页,Google 的抓取工具 Googlebot 能够自动找到其他网页。Google 会定期更新它的索引,因此无须提交更新后的或已过期的链接,无效的链接会在 Google 下次抓取时(即更新整个索引时)退出它的索引。

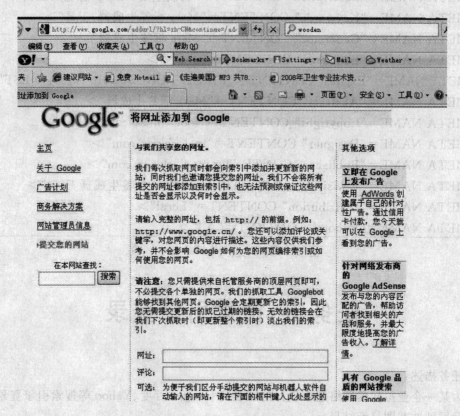

图 1-51　Google 登录页面

### 1.5.2 百度登录

(工具地址:http://www.baidu.com/search/url_submit.htm)

百度登录时,应该注意:

(1)一个免费登录网站只需提交一页(首页),百度搜索引擎会自动收录网页。

(2)符合相关标准提交的网址会在 1 个月内按百度搜索引擎收录标准被处理。

(3)百度不保证一定能收录所有提交的网站。

### 1.5.3 雅虎中国目录登录

(工具地址:http://search.help.cn.yahoo.com/h4_4.html)

可以通过本服务将网站提交给雅虎搜索引擎,搜索引擎会随着搜索数据库的更新自动抓取网站,输入时请注意:

(1)要输入包含"http://"的完整网址,如 http://www.yahoo.com;

(2)只需输入网站的首页地址,搜索引擎将从首页进入,自动抓取网站的其他页面,并且定期更新。

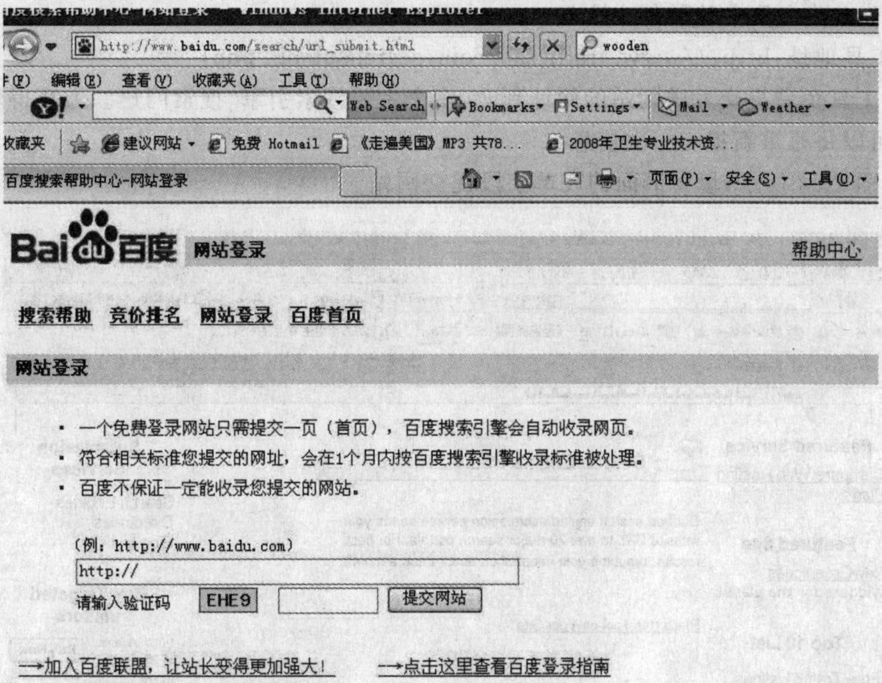

图 1-52　百度登录页面

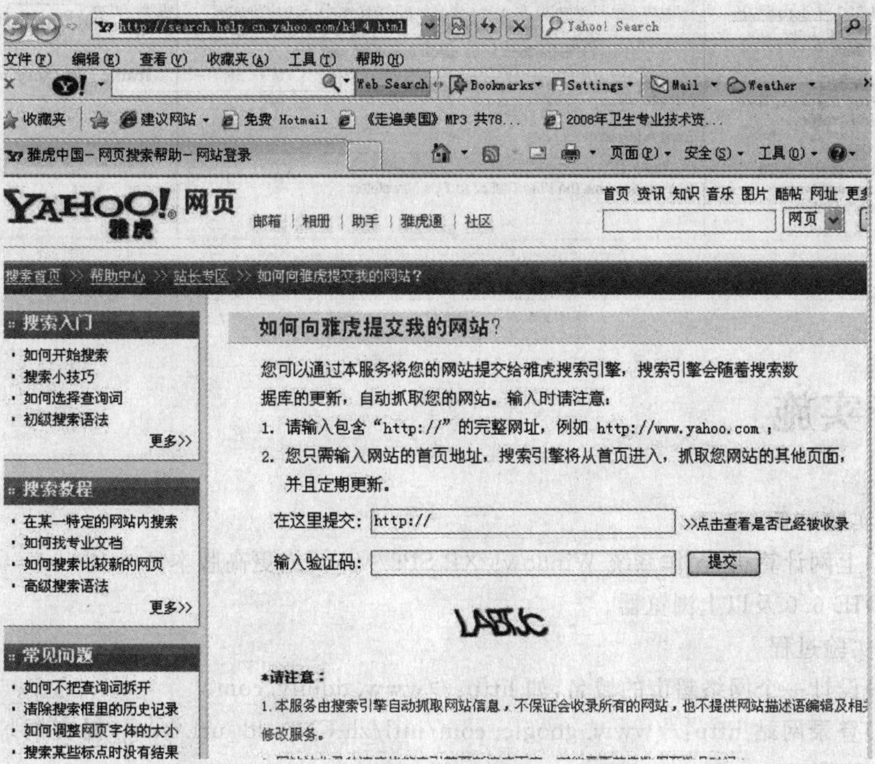

图 1-53　雅虎登录页面

### 1.5.4 英文搜索引擎自动提交

（工具地址：http://www.trafficzap.com/searchsubmit.php）

该工具免费提交发送网站的网址到 20 多个主要搜索引擎、搜索门户。为获得较好的效果，可以每月重新提交一次信息。

如图 1-54 所示，填写下面的表单字段提交网站。

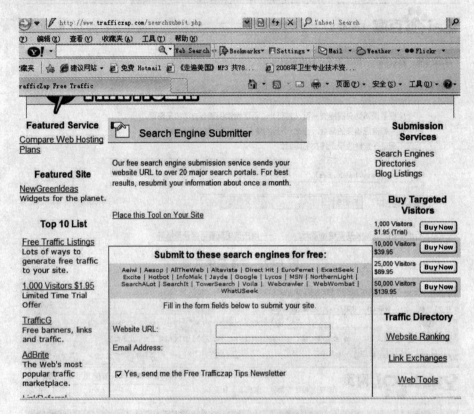

图 1-54　英文搜索引擎登录页面

# 任务实施

1.实验准备

（1）上网计算机，操作系统 Windows XP SP2/Vista 或更高版本。

（2）IE 6.0 及以上浏览器。

2.实验过程

（1）设计一个网络超市的域名，如 http://www.ddjuly.com。

（2）登录网站 http://www.google.com/intl/zh-CN/add_url.html，提交网址，进行 Google 登录。

（3）登录网站 http://www.baidu.com/search/url_submit.htm，提交网址，进行百度

登录。

(4)登录网站 http://search.help.cn.yahoo.com/h4_4.html,提交网址,进行雅虎登录。

# 任务六:网站页面内容分析

任务描述:

1.选定一个网址,利用搜索引擎蜘蛛模拟器读取网页的内容和链接,给出查询网址并截屏查询结果。

2.选定一个网址,查询搜索引擎收录情况,给出查询网址并截屏查询结果。

3.选定一个网址,查询网站 Alexa 流量、访问量、页面浏览量排名,给出查询网址并截屏查询结果。

4.使用免费网站统计资源进行网站统计。

# 知识准备

## 1.6 内容与结构检测工具

### 1.6.1 搜索引擎蜘蛛模拟器

(工具地址:http://www.webconfs.com/search-engine-spider-simulator.php)

网页上所显示的内容与搜索引擎的 Spider(蜘蛛)所能看到的内容是两个不同的概念,一般来说,网页内的 Flash、图片或者通过 JavaScript 等客户端渲染方法展示的内容或链接对搜索引擎来说是不可见的。搜索引擎蜘蛛模拟器工具就是通过模拟搜索引擎的 Spider,读取网页的内容或链接,给出搜索引擎能够看到的内容或链接的直观分析。例如,在图 1-55 所示的文本框中输入网址,该工具就会读取网页的内容和链接,如图 1-56 所示。

### 1.6.2 在线 URL 检测

(工具地址:http://validator.w3.org/checklink)

在线 URL 检测是专业网站管理员、网页设计师或 Web 开发人员不可缺少的工具。该工具所有源码都是免费开放的,包括以下几个部分的检测:

(1)标记验证。HTML 验证,用于检查像 HTML 和 XHTML、SVG 和 MATHML 表示格式的网页文件。

(2)链接检查。检查锚(超链接在 HTML/XHTML 文档),有助于找到断开的链接等。

(3)CSS 验证。验证 CSS 样式表或文件,使用 CSS 样式表。

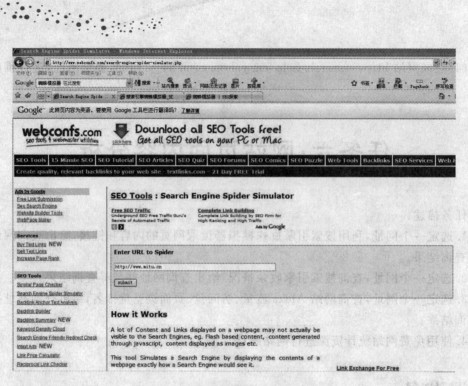

图 1-55　搜索引擎蜘蛛模拟器页面

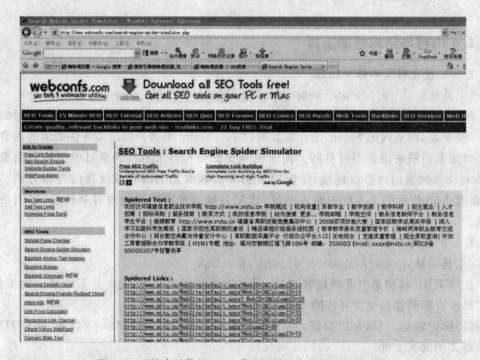

图 1-56　"搜索引擎的 Spider"读取网页内容和链接的结果

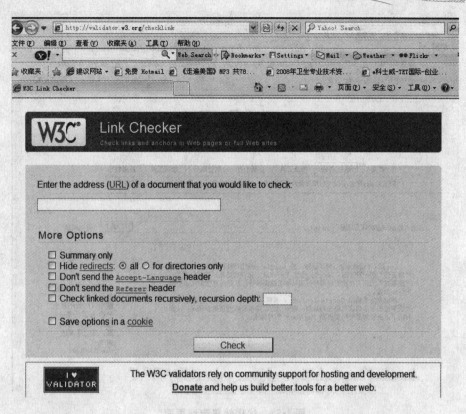

**图 1-57　在线 URL 检测页面**

### 1.6.3 优化结果查询

（Google PageRank 查询工具地址：http：//www.123cha.com/google_pagerank/）

Google PageRank（网页级别）是 Google 搜索引擎用于评测一个网页"重要性"的一种方法。Google 通过 PageRank 来调整结果,使那些更具"重要性"的网页在搜索结果的排名获得提升,从而提高搜索结果的相关性和质量。

该站（http：//www.123cha.com/google_pagerank/）完全模拟 Google Toolbar,直接从 Google 公司分布在不同数据中心的服务器中获取相关的数据,可以动态观察和分析 PR 值更新情况,从而分析下次更新时某个网页页面 PageRank 的可能值。

### 1.6.4 搜索引擎收录情况查询

（工具地址 1：http：//www.123cha.com/search_engine/）

（工具地址 2：http：//tool.chinaz.com/Seos/Sites.aspx）

通过搜索引擎登录情况在线查询功能,可以查询某网站登录到 Google、Yisou（一搜）、Baidu（百度）、Yahoo（中文雅虎）、Tom、MSN、QQ、alltheweb、Lycos、Sina（新浪）等搜索引擎的情况,以及被这些主流搜索引擎收录的网页数量情况。

注：目前 QQ、HotBot 搜索引擎租用的是 Google 的数据库,AltaVista、alltheweb 搜索引擎使用 Yahoo 的数据库,Sina（新浪）搜索引擎使用 Zhongsou（中搜在线）的数据库。

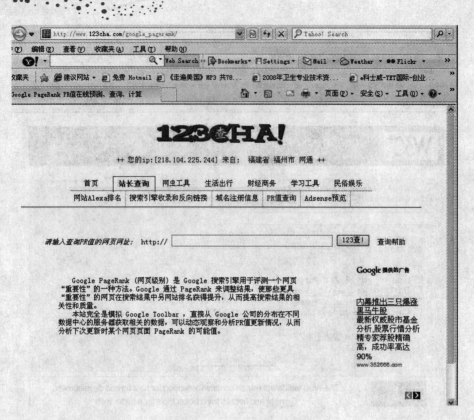

图1-58 优化结果查询页面

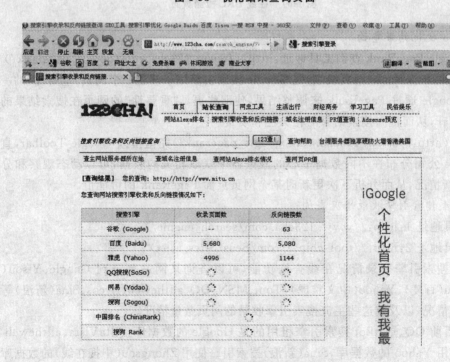

图1-59 搜索引擎收录情况查询页面

### 1.6.5 网站信息统计

#### 1.网站 Alexa 流量、访问量、页面浏览量排名查询

（工具地址:http://alexa.chinaz.com/）

（工具地址:http://www.123cha.com/alexa/）

Alexa 排名是目前用来评价某一网站访问量的一个常用指标。Alexa 排名是根据对下载并安装 Alexa Tools Bar 嵌入到 IE 等浏览器的用户进行监控,并对其访问的网站数据进行统计的,因此,其排名数据并不具有绝对的权威性。但由于其提供了从综合排名,到访量排名、页面访问量排名等多个评价指标信息,且目前没有更科学、合理的评价参考,因此,大多数人还是把它当作当前较为权威的网站访问量评价指标。

如图 1-60 所示,在搜索框中输入要查询的站点的网址,然后点击"查询"按钮即可。

**图 1-60　站点 www.mitu.cn 的 Alexa 排名查询**

#### 2.免费网站统计

网站建好后,应该了解网站的具体访问流量,比如:每天有多少人访问网站,访问了多少次,他们来自什么地方,他们在什么操作系统上、使用的是什么浏览器,甚至他们的屏幕分辨率是多少等,了解这些信息对网站的建设、改进及运营将非常有帮助。

一般网站统计有免费的软件,专业级的网站统计需要购买专门的软件。目前有一些免费网站流量统计系统,一般可以精确统计以下信息:

（1）访问量:包括网站的独立访问数（IP）及页面访问量（Page view）。

（2）访问时段:即一天 24 小时内访问量的时间分布。

（3）访问者来自地区：对国内访问的分析，可以精确到省。

（4）来自搜索引擎的访问：可以统计出搜索引擎种类及关键词分布。

（5）客户访问时所使用的浏览器及操作系统。

（6）客户访问时所使用的分辨率。

（7）访问来源：可以统计出来自其他网站的链接所导入的访问量。

（8）页面热点统计：可以统计出网站最受欢迎的页面排名。

（9）同时在线统计：可以统计出20分钟网站上的同时在线人数。

（10）保留一天访问的统计详细记录。

网站统计系统需要开发专门的软件，也有一些网站提供免费服务，如中国站长广告联盟免费网站统计（http://www.cnzz.com），图1-61、图1-62、图1-63是该网站的部分统计结果。

**统计概况（2009-05-25）**

cnzz官方论坛 http://bbs.cnzz.com （开通日期：2009-04-28）　　　　查看Alexa排名

**访问量概况**　　　　　　　　　　　　　　　　　　　　　　　　　　查看全部

| | PV | 独立访客 | IP | 新独立访客 | 人均浏览次数 |
|---|---|---|---|---|---|
| 今 日 | 5689 | 2717 | 2757 | 2276 | 2.09 |
| 昨 日 | 13545 | 7528 | 7712 | 6438 | 1.8 |
| 每日平均 | 13809 | 7887 | 7856 | — | — |
| 历史最高 | 19801 (2009-05-19) | 9316 (2009-05-20) | 9300 (2009-05-20) | — | — |
| 历史累计 | 372862 | 212972 | 212137 | | |

图 1-61　cnzz 站点统计概况

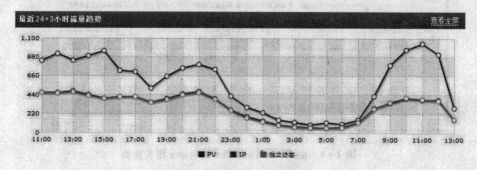

图 1-62　24 小时流量趋势

### 1.6.6 Google 更新检查与查询工具：Google Dance

（工具地址：http://www.google-dance-tool.com）

Google Dance 是指 Google 搜索引擎数据库每月一次的大规模升级。在升级期间，会对收录网站进行全面深度检索，加入新的网页，删除无效网页，也可能在这期间调整算法。Google 搜索结果会出现剧烈的排名波动，每个季度更新一次的网页级别（Page Rank）也发生在 Google Dance 期间。Dance 一般需要持续几天时间，Dance 结束后，Google 搜索结果和网站外部链接数量趋于稳定，直至下一个周期。

当前在线用户活动信息列表

| | | | |
|---|---|---|---|
| 时间：14:26 | IP：220.168.127.15 | 追踪 | 来路：直接输入或书签 |
| 地区：湖南省长沙市 | | | 停留：http://bbs.cnzz.com/index.php |
| 时间：14:26 | IP：59.61.11.48 | 追踪 | 来路：直接输入或书签 |
| 地区：福建省厦门市 | | | 停留：http://bbs.cnzz.com/read.php?tid=4194&page=... |
| 时间：14:26 | IP：116.25.83.78 | 追踪 | 来路：http://bbs.cnzz.com/thread.php?fid=15 |
| 地区：广东省深圳市 | | | 停留：http://bbs.cnzz.com/read.php?tid=6 |
| 时间：14:26 | IP：122.139.59.146 | 追踪 | 来路：直接输入或书签 |
| 地区：吉林省长春市 | | | 停留：http://bbs.cnzz.com/read.php?tid=922 |
| 时间：14:26 | IP：218.241.231.186 | 追踪 | 来路：http://bbs.cnzz.com/thread.php?fid=26 |
| 地区：北京市 | | | 停留：http://bbs.cnzz.com/read.php?tid=4953 |
| 时间：14:26 | IP：221.225.18.134 | 追踪 | 来路：http://new.cnzz.com/v1/login.php?siteid=1319234 |
| 地区：江苏省苏州市 | | | 停留：http://bbs.cnzz.com/read.php?tid=1271 |
| 时间：14:26 | IP：122.234.255.244 | 追踪 | 来路：http://bbs.cnzz.com/profile.php?action=modify& |
| 地区：浙江省杭州市 | | | 停留：http://bbs.cnzz.com/profile.php?action=show&... |

**图 1-63　当前在线用户活动信息列表**

Google Dance 是 Google 定期更新它的索引的活动，被业内人士喻为跳舞。在 Dance 过程中，Google 所储存的索引都被重新更新，网站的排名会发生剧烈变化。Google Dance 通常在月末的那周开始，新结果在月初几天可以看到，目前大概是每 36 天一次或者一年 10 次。

查询一个你所喜欢或关注的网页，看看有没有在 Google Dance 里面。

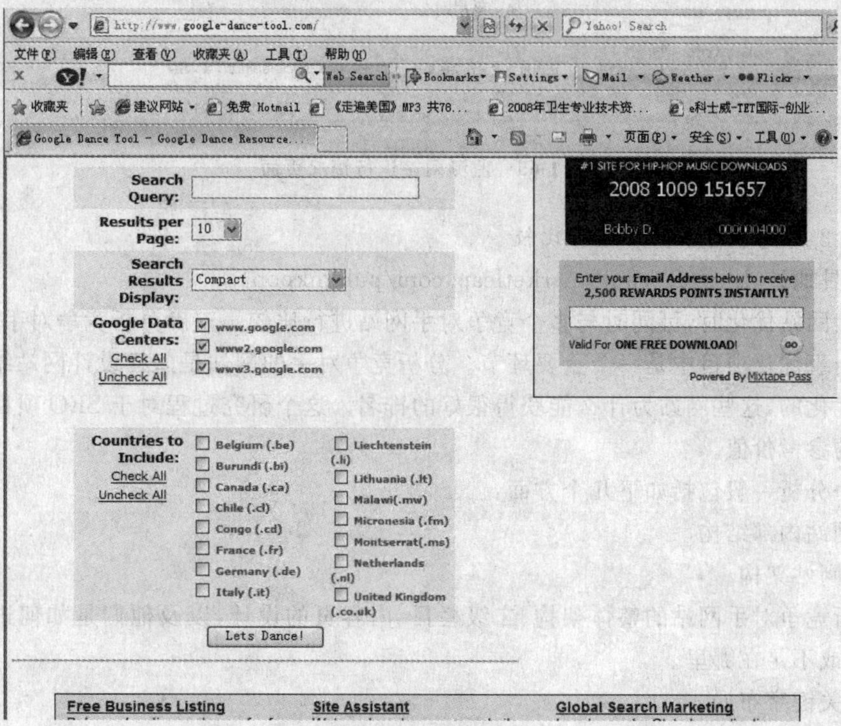


**图 1-64　Google Dance 页面**

### 1.6.7 监测网站运行情况

（工具地址：http://www.uptimebot.com）

使用第三方提供的监测服务或自行安装监测软件，可实现对网站是否正常运行进行实时监测，通过监测统计报表及监测数据可以了解网站或服务器的运行情况。

**图 1-65　监测网站运行情况页面**

### 1.6.8 与竞争对手网站进行比较

（工具地址：http://www.marketleap.com/publinkpop）

在做网站优化时，可同时与多个竞争对手网站进行比较。正确分析竞争对手，在整个的搜索引擎优化项目中是一个重要环节。分析竞争对手的网站是怎样设计网站结构及怎样进行优化的，这些网站为什么能获得很好的排名。这个研究过程对于 SEO 项目的实施有重大的参考价值。

竞争分析一般包括如下几个方面：

1. 网站内部结构

（1）网站架构

分析竞争对手网站的整体架构、二级栏目、内容页的设计，以及他们是如何进行优化的，缺陷或不足在哪里。

（2）关键字布局

分析竞争对手网站的关键字是如何分布的，包括关键字的标题，关键字在文本中的位置、突出性、出现频率和关键字出现的独特性。

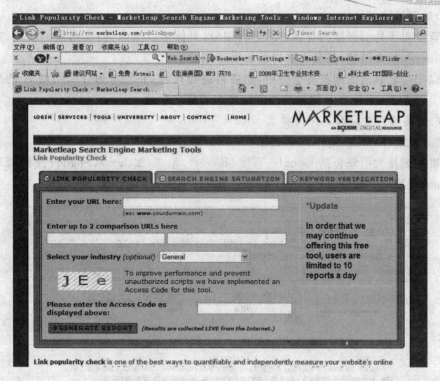

**图 1-66 "与竞争对手比较"的查询工具**

(3)标签(Meta)的使用

目前 Meta 在搜索引擎排名中的所起的作用微乎其微,但对 SEO 人员来说,Meta 使用还是要添加到页面上。可以去分析竞争对手的网站有没有使用网页标题,有没有描述标签,如果有,是如何使用的。例如,有些网页并没有加入这些标签的关键字,却也能够获得好的排名。

(4)网站内容的撰写

关键字要合理分配在撰写内容中,既要尽可能地方便搜索"蜘蛛"的抓取,也要照顾浏览者的需要,尽量把撰写内容紧靠在 body 的后面。同时也要去分析竞争对手网站内容有没有围绕关键字来组织,这是搜索引擎优化的一个重要的环节。内容好,自然就会被浏览者转载,转载可能加上本站的链接,增加本站获得好的排名的机会。

(5)网页之间的内部链接

还有必要对竞争对手网站内部的各个相关网页衔接的合理性和必要性进行分析。网站内部的链接比外部链接更重要,它关系到网站的整体结构是否畅通,网页之间是否能够顺利衔接,Google PR 值是否能够顺利地传递到各个网页中。

2.网站外部链接

(1)link 命令查询

用 link 命令查询可以知道竞争对手的外部链接,查询外部链接可用 Yahoo 搜索来查询,如:link:http://www.seo-service.com.cn,可以方便地知道有多少个网页链接到竞争对手的网站。

(2)外部链接细分化

对竞争对手外部链接的查询结果进行细分,具体可以细分为:高质量的链接、友情链接、单向链接、软文链接,甚至一些群发的痕迹等。

可以把排名靠前的网页逐个分析,然后再进行比较,并思考为什么网站 A 的排名会在网站 B 的前面,为什么 B 网站的外部链接多而排名靠后。

1.6.9 链接广度、PR、Alexa 排名

(工具地址:http://www.sowang.com/so/)

提供查询搜索引擎包括 Google、百度(Baidu)、雅虎(Yahoo)、Sogou(搜狗)、163(有道)、Soso(搜搜)、中搜等。

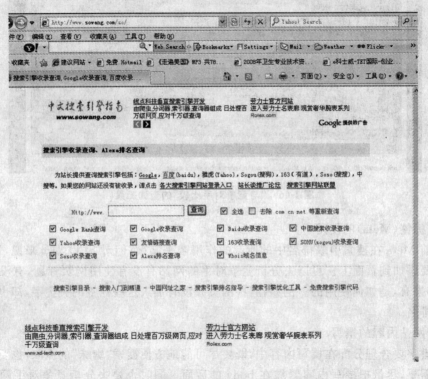

**图 1-67 搜索引擎收录、Alexa 排名查询页面**

# 任务实施

1.实验准备

(1)上网计算机,Windows 操作系统。

(2)IE 5.0 及以上的浏览器。

(3)已经申请好的虚拟主机。

(4)网页制作工具 Dreamweaver MX。

2.实验过程

(1)申请免费网站统计系统

登录站长统计网(http：//www.cnzz.com)，如图 1-68 所示，点击"用户注册"，进入用户注册页面，如图 1-69 所示。

**图 1-68　登陆 cnzz 统计网**

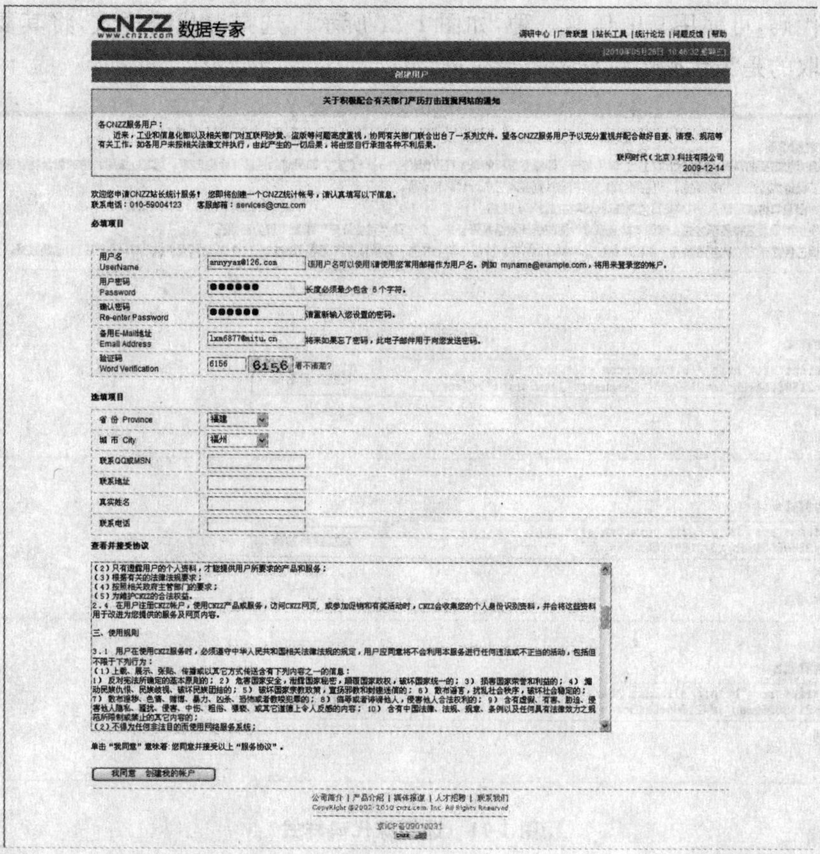

**图 1-69　注册页面**

输入站点及用户信息，如已经申请好的 http://www.xiniang.net，如图 1-70 所示。

图 1-70　申请网站统计

网站统计申请结束后系统会提示使用方法，主要是选择源代码样式，根据风格不同共有 3 种源代码，可使用其中任意一种，如图 1-71 所示。选择源代码样式，将其复制备用，本任务选取的是源代码图片样式 2。

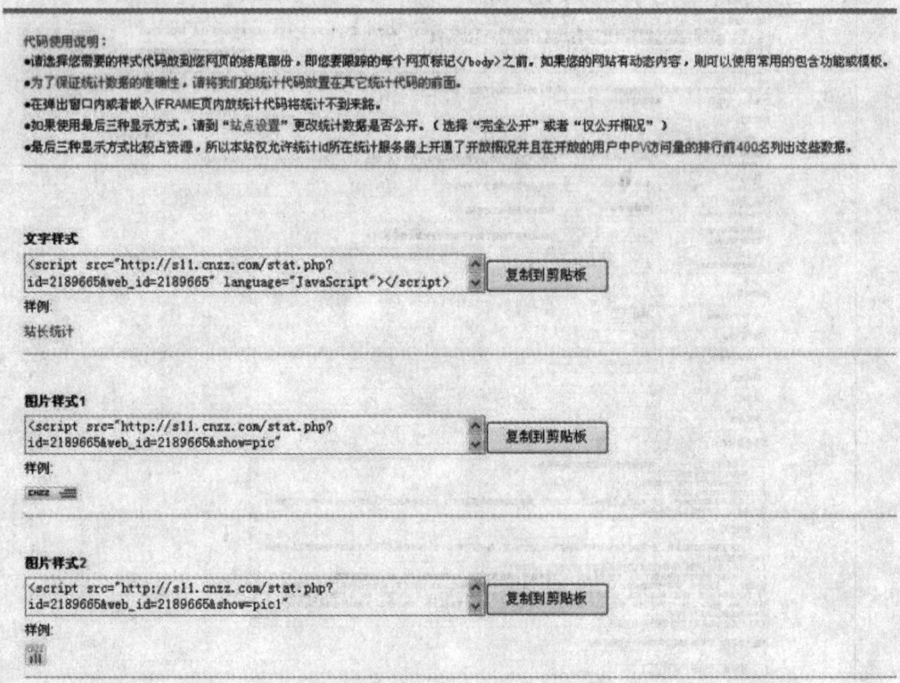

图 1-71　选择源代码样式

（2）将源代码插入到需要统计的网页中

用 Dreamweaver MX 打开网页首页文件 index. htm。点击窗口第二行的"代码"按钮,进入网页源代码状态,将图 1-71 中的网站统计源代码粘贴到适当位置,如图 1-72 所示。

将网页保存,等待 FTP 上传。

```
</tr>
</table>
<div class="heightID"></div>
<!--#include file="service.asp"-->
<!--脚文件-->
<!--#include file="include/foot.asp"-->
</body>
<script src="http://s11.cnzz.com/stat.php?id=2189665&web_id=2189665&show=pic1" language="JavaScript"></script>
</html>
```

**图 1-72　制作的网页**

(3)上传网页

用 LeapFTP 软件上传制作好的网页文件 index. htm,如图 1-73 所示。

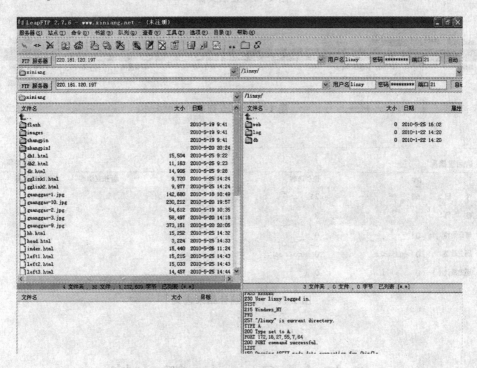

**图 1-73　上传网页文件**

(4)打开网站,进行适当操作

打开网站 http://www.xiniang.net,并进行关闭、打开操作,便于建立基本统计数据,注意网页上"统计测试"上面的那个蓝色图标。

(5)网站统计

可以登录到站长统计网 http://www.cnzz.com 上去查询,登录页面如图 1-74 所示,登录后会出现如图 1-75 所示的站点列表,点击查看报表,就会出现网站的访问量概况统计等情况,如图1-76所示。

**图1-74 登录页面**

**图1-75 站点列表**

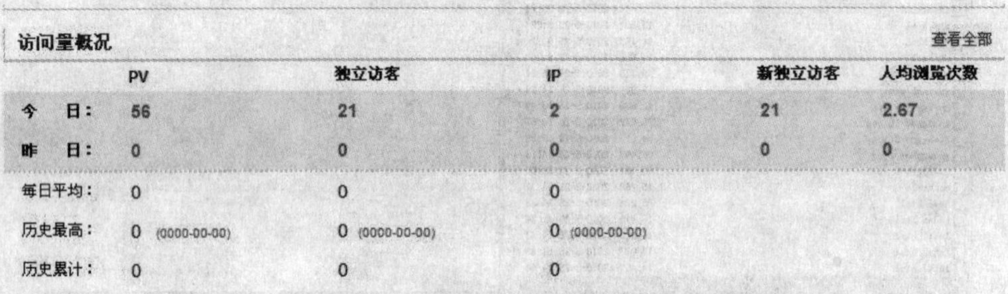

| 访问量概况 | | | | | 查看全部 |
|---|---|---|---|---|---|
| | PV | 独立访客 | IP | 新独立访客 | 人均浏览次数 |
| 今 日: | 56 | 21 | 2 | 21 | 2.67 |
| 昨 日: | 0 | 0 | 0 | 0 | 0 |
| 每日平均: | 0 | 0 | 0 | | |
| 历史最高: | 0 (0000-00-00) | 0 (0000-00-00) | 0 (0000-00-00) | | |
| 历史累计: | 0 | 0 | 0 | | |

**图1-76 网站统计结果查询**

# 任务七:Google 新功能

任务描述:

1. Google 地图登录,了解 Google 地图功能,熟悉 Google 地图的使用。

2. 登录到 Google 网站管理员工具,查看选定的网页在 Google 上展示率的详细报告,给出查询网址并截屏查询结果。

# 知识准备

## 1.7 Google 新功能

### 1.7.1 Google 地图登录

（工具地址：http://ditu.google.cn/）

**1. 通过 Google 地图吸引新客户**

每天有数百万用户搜索 Google 地图。Google 地图的免费列表可让用户更轻松地找到商户，因此，企业可使用本地商户中心免费创建自己的列表。潜在客户在 Google 地图中搜索本地信息时，可以找到商户的信息：地址、营业时间甚至店面或产品的照片。这一方式方便、免费，而且不要求企业或商户拥有自己的网站。

**2. 适用于任何规模的商户**

无论是一间小工厂、小作坊，还是大型服装连锁店，都可以从一个账户管理所有列表。

**3. 可以随时更新列表**

使用本地商户中心可以在任何时候修改列表，并可在一定时间范围内（最迟几个星期）生效并展示给所有用户。

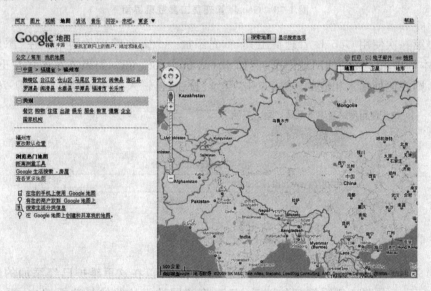

图 1-77　Google 地图

### 1.7.2 Google 网站管理员工具

（工具地址：http://www.google.com/webmasters/tools）

Google 网站管理员工具提供了网页在 Google 上展示率的详细报告。通过该工具，网站管理员可以了解 Google 查看网站的方式，以便与 Google 协调工作，进一步提高网站的友好性。

（1）如果没有 Google 网站管理员账户，可以创建一个账户，否则直接登录，如图 1-78 所示。

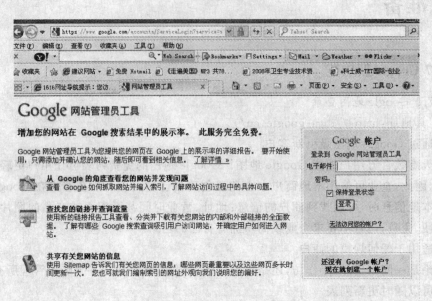

**图 1-78　Google 管理员工具登录界面**

（2）第一次使用 Google 管理员工具，首先添加一个需要管理的网站。在"添加网站"中的文本框中填入网站的网址即可，例如 www.bnd123.com。如果要在该账户上管理多个网站，则在此处输入相应的网站，点击"继续"按钮，再输入下一个网址，如图 1-79 所示。

**图 1-79　添加网站界面**

（3）成功添加网站后会产生一个网站管理列表，可以在这里维护已经添加的网站，如图 1-80 所示。如果要删除管理的网站，只要将该网站网址前的复选框选中，再点击"删除"按钮即可。

（4）为了保护隐私，Google 管理员工具会对网站所有者的身份进行验证，验证方法有以下两种。

①元标记：选择"元标记"验证后会生成一段代码，如图 1-81 所示。首先，复制下面的元标记，并将其粘贴至网站的主页。它应该位于第一个＜body＞部分之前的＜head＞部分；然后上传该首页，再点击"验证"即可完成身份验证。如果暂时不想验证，则可点击"稍后验证"。

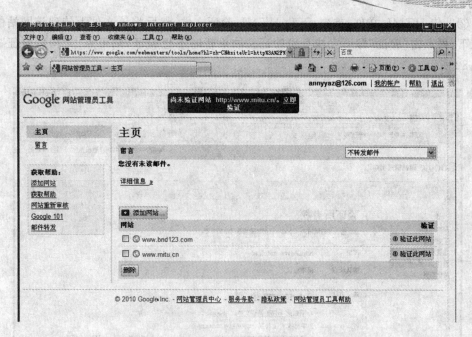

**图 1-80　管理网站页面**

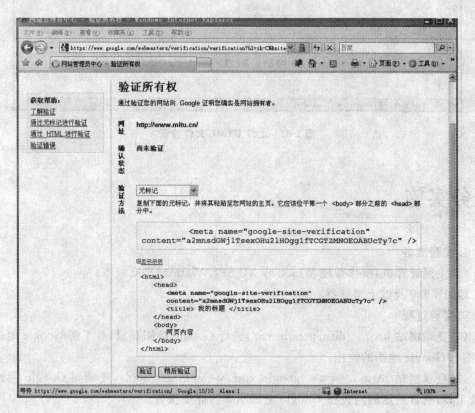

**图 1-81　元标记身份验证**

②上传 HTML 文件：首先，下载 HTML 验证文件，然后将该文件上传到该网站的根目录下，再点击"验证"即可完成身份验证。如果暂时不想验证，则可点击"稍后验证"，如图 1-82 所示。

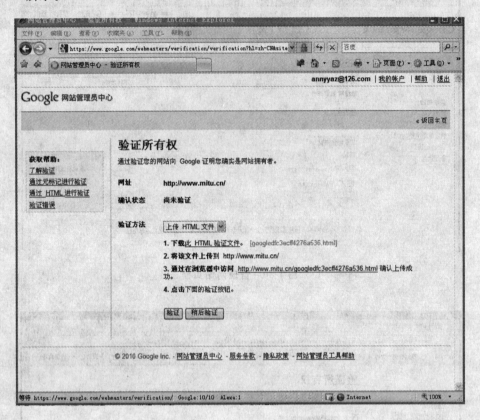

图 1-82　上传 HTML 文件验证

# 任务实施

1. 实验准备

(1)上网计算机，操作系统 Windows XP SP2/Vista 或更高版本。

(2)IE 6.0 及以上浏览器。

2. 实验过程

(1)登录网站 http://ditu. google. cn/，进行 Google 地图登录，并了解 Google 地图功能，熟悉 Google 地图的使用。

(2)登录网站 https://www. google. com/webmasters/tools，登录到 Google 网站管理员工具，查看选定的网页在 Google 上展示率的详细报告。

# 学习情境 2 网络营销导向的企业网站分析与诊断

**能力目标：**

1. 培养网络营销导向的网站分析能力；
2. 具备网络营销导向的网站策划能力；
3. 具备网络营销导向的网站诊断的基本能力。

**知识目标：**

1. 了解网站建设的一般要素；
2. 掌握网络营销导向的网站规划与网站建设的步骤；
3. 掌握网站建设对网络营销的影响；
4. 了解网络营销导向的网站评价体系；
5. 掌握网站诊断分析的要点。

# 任务一：认识网络营销导向的企业网站建设

　　**任务描述：** 了解企业网站建设的一般要素、企业网站建设的步骤及网站建设对网络营销的影响。选择一个企业网站，搜集公司及网站情况，描述该网站的目标客户及网站的结构、内容、功能和服务。

# 知识准备

## 2.1 网络营销导向的企业网站建设

　　在现阶段的网络营销活动中，常用的网络营销工具包括企业网站、搜索引擎、电子邮件、网络实名/通用网址、即时信息、电子书、博客（Blog）、RSS、浏览器工具条等客户端专用软件等。借助这些手段，可以实现营销信息的发布、传递、与用户之间的交互，为网络销售营造有利的环境。网络营销具有较强的实践性，这主要体现在可操作的网络营销方法上，如搜索引擎营销、Email 营销、互换链接、分类广告等。网络营销的方法是对网络营销工具和各种网络资源的合理应用，网络营销工具与网络营销方法是相辅相成的。

根据企业是否建立网站,可将网络营销方法分为无站点网络营销和基于企业网站的网络营销。

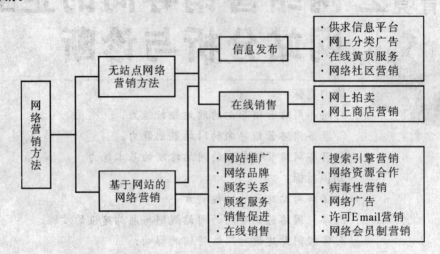

图 2-1　网络营销导向的企业网站建设

企业网站建设与网络营销方法和效果有直接关系,没有专业化的企业网站作为基础,网络营销的方法和效果将受到很大限制,因此网络营销策略的基本任务之一,就是建立一个网络营销导向的企业网站。网站建设为企业网站营销打下基础,网站内容为网络营销提供信息源,网站的功能决定了哪些营销方式可以被采用而哪些不能被采用,企业网站与其他网络营销方法之间是相互依存、互为促进的。

### 2.1.1 企业网站建设的一般要素

企业网站是开展网络营销的综合性工具。从用户角度来看,一个企业网站是由多个具有一定关联性的网页组成的,可以通过浏览器界面实现信息浏览,并且使用其中的功能和服务;从网站的运营维护者的角度来看,企业网站是一个可以发布企业信息、提供顾客服务,以及在线销售的渠道;而在开发设计人员看来,企业网站无非是一些功能模块,通过网页的形式将前台和后台结合起来。一个完整的企业网站,无论多么复杂或多么简单,都可以划分为四个组成部分:结构、内容、服务、功能,这四个部分就是组成企业网站的一般要素。

(1)网站结构。网站结构是向用户表达企业信息所采用的网站栏目设置、网页布局、网站导航、网址(URL)层次结构等的表现形式。

(2)网站内容。网站内容是用户在企业网站可以看到的所有信息,或是企业通过网站向用户传递的所有信息。网站内容包括可以在网上被用户通过视觉或听觉感知的所有信息,如文字、图片、视频、音频等。其中,文字信息是企业网站的主要表现形式。

(3)网站功能。网站功能是为了实现发布各种信息、提供服务等必需的技术支持系统。网站功能直接关系到可以采用的网络营销方法以及网络营销的效果。

(4)网站服务。网站服务即网站可以提供给用户的价值,如问题解答、优惠信息、资料下载等。网站服务是通过网站功能和内容来实现的。

### 1. 企业网站的结构

网站结构是向用户表达企业信息所采用的栏目设置、网站导航、网页布局、信息的表现形式等。网站结构属于网站策划过程中需要确定的问题，是企业网站建设的基本指导方针。只有确定了网站结构，才能开始技术开发和网页设计工作。

（1）网站栏目结构

为了清楚地通过网站表达企业的主要信息和服务，可根据企业经营业务的性质、类型或表现形式等将网站划分为几个部分，每个部分就成为一个栏目（一级栏目），每个一级栏目可以根据需要继续划分为二级、三级、四级栏目。

一般来说，一个企业网站的一级栏目不应超过 8 个，而栏目层次以三级以内比较合适，这样，对于大多数信息，用户可以在不超过 3 次点击的情况下浏览到该内容页面。过多的栏目数量或者栏目层次都会为浏览者带来麻烦。下面的案例介绍了安利（中国）日用品有限公司网站的结构设置。

**【案例】**

安利（中国）日用品有限公司为中美合作的大型企业，1995 年正式营业，投资总额为 2.2 亿美元。公司总部位于广州中信广场和美国银行中心，同时，还在北京及上海设有地区办事处，办公总面积超过 1 万平方米。安利（中国）采用"店铺销售加雇佣推销员"方式经营，通过遍布全国的店铺和营销人员为顾客提供优质产品和完善服务。截至 2003 年 8 月，安利在全国开设了 112 家店铺，培育了 9 万名活跃营销人员。安利在广州还建有先进的大型生产基地，拥有占地 4 万平方米的现代化物流中心。截至 2003 年 8 月，安利产品共有 4 大类、178 款，包括营养保健食品、美容化妆品、个人护理用品和家居护理用品等。

安利网站概况：

2003 年，经专业网络顾问公司策划的新的安利网站发布。2003 年 8 月，《互联网周刊》"最具商业价值的中国网站 100 强"调查结果发布，安利（中国）网站荣列其中。

安利网站的栏目结构：

从安利网站可以看到，网站的核心内容主要由四个板块组成：走近安利、产品展馆、安利营销、促销活动。

走近安利：这是公司的基本信息，分几个二级栏目，包括公司概况、经营方式、公司动态等，通过网站向访问者表达企业官方信息的同时，也在一定程度上展示了企业的品牌形象。

产品展馆：介绍公司产品信息，以不同的产品类别作为二级栏目，并根据产品线的深度设置深层次栏目。在每个产品类别下面，除了产品介绍和使用方法等基本信息之外，还有一个相应的知识库，作为用户购买产品的指南，并且开设了在线问答以及会员特区等栏目，这种安排适应了安利产品线广、用户购买产品需要对产品有一定了解的状况。

安利营销：包括有助于用户了解产品销售信息以及增强信任的内容，例如所有产品销售店铺的信息，是为了让用户通过网站寻找最方便的购买地点，有关消费者查询联系信息、消费保障措施等则为用户了解和购买产品发挥积极的促进作用。

促销活动：是与各种市场活动相配合而专门设立的一个板块，包括两个子栏目："热点促销"和"购物有礼,多重优惠",分别是有关季节性、临时性的市场活动和一项长达3年的电子积分活动。

另外,除了上述四个基本板块中设置的栏目之外,每个页面的底部还有联系方式、网站导航等链接,而在页面右上方有一个站内检索框。每个网页都需要出现的菜单,通常称为网站的"公共栏目"。所有的栏目及其子栏目均会从公共栏目中的"网站导航"页面上更清楚地看到,导航页面详细说明了各个板块和栏目分级的关系,并且通过各个栏目名称链接直接点击进入相应页面。

分析:

从上面案例可以看出,网站栏目设置是一个网站结构的基础,也是网站导航系统的基础,应做到设置合理、层次分明,在这方面安利网站的栏目结构是比较合理的。稍微有点美中不足的地方在于,"安利营销"和"促销活动"两个板块的内容从字面上看有一定的相关性,不容易让用户分清两者的关系,而且需要移动鼠标到相应的栏目名称上才能显示二级页面菜单,不是非常直观。

网站的栏目结构是一个网站的基本架构,通过合理的栏目结构使用户可以方便地获取网站的信息和服务。任何一个网站都有一定的栏目结构,但并不是随便将一些栏目链接起来就形成了合理的网站栏目结构,实际上大量网站在栏目结构方面都存在一些问题,其结果是严重影响了网站的网络营销效果。

(2)网页布局

网页布局是指当网站栏目结构确定之后,为了满足栏目设置的要求而进行的网页模板规划。网页布局主要包括网页结构定位方式、网站菜单和导航的设置、网页信息的排放位置等。

①网页结构定位

在传统的基于HTML的网站设计中,网页结构定位通常有表格定位和框架结构(也称帧结构)两种方式。不过目前的企业网站中,表格定位仍是主流,因此这里仍以表格定位为基础。由于帧结构将一个页面划分为多个窗口时,破坏了网页的基本用户界面,很容易产生一些意想不到的情况,如容易产生链接错误,不能为用户所看到的每一帧都设置一个标题(Title)等。有些搜索引擎对框架结构的页面不能正确处理,会影响到用户体验和搜索引擎检索信息,因此现在采用框架结构的网站很少。表格定位则是在同一个页面中,将一个表格(或者被拆分为几个表格)划分为若干板块来分别放置不同的信息内容。

在网页结构定位时,有一个重要的参数需要确定,即网页的宽度。确定网页宽度通常有固定像素模式和显示屏自适应模式。固定像素是指,无论用户将显示器设置为多大的分辨率,网页都按照固定像素的宽度显示(如760像素),而自适应模式是根据用户显示器的分辨率将网页宽度自动调整到显示屏的一定比例(如100%)。自适应模式从理论上说比较符合个性化的要求,但由于用户使用不同分辨率的显示器浏览时,信息内容显示效果是不同的,会产生不合适的文字分行或者其他影响显示效果的问题,因此在对设计要求比较高的网站中都采用固定像素的表格定位方式。

表格定位的最大问题在于,网页定位时就要确定网页的宽度,一旦网页设计完成,网页的显示也随之固定。由于用户所采用的显示器分辨率并不相同，并且在不同时期会发生变化，因此应该照顾到大多数用户所采用的分辨率模式。因此在进行网页结构定位时，应对当时用户使用浏览器的状况进行必要的研究，根据发展趋势来设计网页结构，而不是依照其他网站来机械地模仿。目前常用的分辨率有 800×600 像素、1 024×768 像素等。

基于表格定位方式增加了很多 HTML 代码，使得网页代码臃肿，降低了有效关键词的相对比重，并且增大了网站服务器的无效流量，因此目前被国际上广泛接受的 Web 标准（网站标准）不再推荐使用表格（Table）标签，而采用基于 XHTML 语言的网站设计语言，Web 标准中典型的定位方式采用"层"（CSS＋DIV）而不再采用表格定位。

②菜单和导航

网站菜单设置：网站的菜单一般是指各级栏目，由一级栏目组成的菜单称为主菜单。这个菜单一般会出现在所有页面上，在网站首页一般只有一级栏目的菜单，而在一级栏目的首页（在大型网站中一般称为频道），则可能出现栏目进一步细分的菜单，可称为栏目菜单，或者辅助菜单。

网站导航设置：导航设置是在网站栏目结构的基础上，进一步为用户浏览网站提供的提示系统。由于各个网站设计并没有统一的标准，不仅菜单设置各不相同，打开网页的方式也有区别。有些是在同一窗口打开新网页，有些是新打开一个浏览器窗口，因此仅有网站栏目菜单有时会让用户在浏览网页过程中迷失方向，如无法回到首页或者上一级页面等，还需要辅助性的导航来帮助用户方便地使用网站信息。一般是通过在各个栏目的主菜单下面设置一个辅助菜单来说明用户目前所在网页在网站中的位置。其表现形式比较简单，一般形式为：首页——级栏目—二级栏目—三级栏目—内容页面。

如果网站内容较多，有必要专门设计一个网站地图。网站地图不仅为用户快速了解网站内部的信息资源提供方便，而且有些搜索引擎在网站检索信息时也会访问这个导航页面。通常，网站地图是采用静态网页方式建立的一个文件名为"sitemap.htm"的网页。

此外，如果网站功能和服务较多，新用户使用这些服务可能遇到较多问题时，有些网站采用专门设计的智能导航系统，或者实时在线帮助，这些形式实质上已经不仅仅是导航，而是与在线服务功能结合在一起。

③网页布局和信息的排放位置

网页布局对用户获取信息有直接影响，并且有一些可供遵循的规律。通过对互联网用户获取信息的行为特征、主要搜索引擎抓取网页摘要信息的方式，以及一些优秀网站网页设计布局的分析，可以归纳出网页布局的原则：

· 将最重要的信息放在首页显著位置，一般来说包括产品促销信息、新产品信息、企业要闻等。

· 企业网站不同于大型门户网站，页面内容不宜太繁杂，与网络营销无关的信息尽量不要放置在主要页面。

· 在页面左上角放置企业 Logo，这是网络品牌展示的一种表现方式。

· 为每个页面预留一定的广告位置，这样不仅可以为自己的产品进行推广，还可以作为一种网络营销资源与合作伙伴开展合作推广。

· 在网站首页等主要页面预留一个合作伙伴链接区，便于开展网站合作。

- 公司介绍、联系信息、网站地图等网站公共菜单一般放置在网页最下方。
- 站内检索、会员注册/登录等服务放置在右侧或中上方的显眼位置。

（3）网页布局对用户获取信息影响的研究

网络营销导向网站的设计遵循用户通过网页浏览获取信息的习惯，并且符合搜索引擎抓取网页内容的一般规律，从而为用户通过网站及搜索引擎检索、获取信息提供最大的方便。关于用户获取信息的行为分析，由于很难用精确的方式进行测量，因此通常利用经验归纳的方式，如前面对网页信息的排放位置的参考建议等。对于这种归纳方法的实证研究，目前一些研究机构也获得了一定的研究成果，可以更有说服力地解释一些对网站设计人员产生困扰的问题。例如：

- 到底什么样的首页布局是合理的？
- 首页广告放置的位置是最佳位置吗？
- 动画图片出现在哪个位置合适？
- 用户登录框为什么不适合放置在网页左上角的位置？

【知识拓展】

用户眼球视线跟踪和用户浏览网页的注意力"F现象"两项研究对于网络营销导向网页设计以及从网络营销角度研究用户行为具有一定的启发意义。

1.用户眼球视线跟踪研究

美国一个研究组织 The Poynter Institute 发布的视线跟踪报告（Eyetrack III）融合了网站易用性、定性营销、网站流量分析等思想和方法。这项研究对 46 个网民阅读新闻网站和多媒体内容站点时眼球运动规律进行了监测跟踪，得出了部分研究结果。

Eyetrack 对用户获取信息行为研究的调查方法和研究结论如下：

被调查者被安排浏览几种不同的新闻网站首页，结果发现一个共同的眼球运动模式：视线通常固定在网页左上角，然后在这个区域逡巡一阵后，开始右移，在顶部位置仔细停留阅读后，开始往下扫描。

对于网页设计人员以及专业的网络营销分析师来说，这项 Eyetrack 研究的启发在于：对于任何一个网页，用户往往首先关注某些重点区域，在这个区域中应该放置最希望让用户接受的信息。如果一个网页中最重要的位置被设计为用户不关心的内容甚至对获取重要信息起干扰作用的内容（比如用户登录/注册框），这样的设计对用户的友好性就大为降低，也影响了用户对网站的信任程度，不能体现出网络营销导向网站的专业水平。

至于上述研究结论的准确性，由于调查基数不是针对大规模网民，网站的采样也局限于新闻站点，因此 Eyetrack III 研究小组认为，该研究报告的结论不能说是毫无遗漏地精确，每个网站应当根据自己网站的实际情况进行调整。该研究报告更大的价值在于通过视线跟踪用户行为来研究这个新兴行业的发展。

2.用户浏览网页的注意力"F现象"

美国一家专门研究网站和产品易用性的公司 Nielsen Norman Group 使用精密的"眼球跟踪设备"来研究网页浏览者的网页浏览行为，并且发布了一个关于用户网页浏览行为的研究结果。

Nielsen Norman Group 用户网页浏览行为研究主要结论包括:

·用户对网页的浏览视线呈"F"形(见图 2-2)。用户更倾向于在网页顶部阅读长句,随着网页越往下,他们越不会阅读长句,这就使得每个句子的开头两个词汇尤其重要。这也就是为什么网络营销导向网站设计思想中强调重要的信息放在网页左上方的原因所在。这项结论与 Eyetrack 的研究是一致的。

·人们非常擅长于筛选出一页中无关的信息,将注意力集中到一小部分突出的网页元素中。

·访问者对那些图片中有人直视自己的内容非常注意,如果那个直视自己的人有一定吸引力则效果更佳,但相貌不宜太漂亮。如果图片中的人犹如职业模特则没有吸引力,因为这样的人没有现实亲和力。

·图片放在网页正中会对访问者产生阻碍。

·用户对那些提供有用信息的图片会产生更好的反响,装饰性过强的图片则难以激起用户反应。

·消费者对于搜索引擎结果中的广告链接一瞥而过,作为"其次考虑"的事情。

此外,Nielsen Norman Group 的调查也再次证实了用户对 BANNER 广告视而不见的调查结论。7 岁及以上年龄的小孩就开始对 BANNER 广告(即 468×60 像素的网络广告)有辨识能力了,不是单纯看图片是否亮丽。

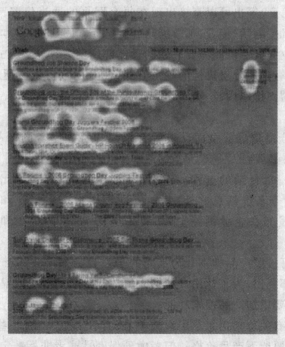

图 2-2　F 现象

总体上来说,目前对网页布局设计的研究还是初步的,对用户注意力的研究也只是网站设计研究方法的一种,这种方法注重心理学层面的研究。由于各种网站设计风格的差异,用户注意力也会受到网页风格、色彩等因素的影响,并不一定对所有网页浏览的注意力都呈"F"状。新竞争力网络营销管理顾问分析认为,网页浏览注意力"F现象"带来的启发在于,网络营销研究可以引入更多相关学科的研究方法,这将大大拓展网络营销研究的范围和深度,对于提高网络营销研究的层次具有一定的价值。

### 2.企业网站的内容

网站的栏目结构和网页布局以及网站的后台功能,都是为了体现网站内容而提供的支持系统。从根本上来说,网站的内容才是网站的核心,这也就意味着,为用户提供有价值的内容是企业网站运营产生价值的基础。

根据企业网站信息的作用,网站信息可以分为如下几类,这些信息类别也是规划网站栏目结构时主要的考虑因素。

(1)公司信息

公司信息是对公司情况的介绍,可以让公司网站的新访问者对公司状况有初步的了解,公司是否可以获得用户的信任,在很大程度上会取决于这些基本信息。在公司信息中,如果内容比较丰富,可以进一步分解为若干子栏目,如公司概况、发展历程、公司动态、媒体报道、主要业绩(证书、数据)、组织结构、企业主要领导人员介绍、联系方式等。

由于公司概况和联系方式等基本信息比较重要,有时也将这些内容以公共栏目的形式,作为独立菜单出现在每个网页下方。如有必要,详细的联系方式(尤其是服务电话等用户最需要了解的信息)等也可以直接出现在每个网页的适当位置。联系信息应尽可能详尽,除了公司的地址、电话、传真、邮政编码、网管 Email 地址等基本信息之外,最好能详细地列出客户或者业务伙伴可能需要联系的具体部门的各种联系方式。对于有分支机构的企业,同时还应当有各地分支机构的联系方式,在为用户提供方便的同时,也起到了对各地分支机构业务的支持作用。

(2)产品信息

企业网站上的产品信息应全面反映所有系列和各种型号的产品,对产品的介绍应该尽可能详尽,如果必要,除了文字介绍之外,可配备相应的图片资料、视频文件等。用户的购买决策是一个复杂的过程,会受到多种因素的影响,因此企业在产品信息中除了产品型号、性能等基本信息之外,其他有助于用户产生信任和购买决策的信息都可以用适当的方式发布在企业网站上,如有关机构、专家的检测和鉴定、用户评论、相关产品知识等。

产品信息通常可按照产品类别分为不同的子栏目。如果公司产品种类比较多,无法在简单的目录中全部列出,为了让用户能够方便地找到所需要的产品,除了设计详细的分级目录之外,还有必要增加产品搜索功能。

在产品信息中,有关价格信息是用户最关心的问题之一。对一些通用产品及价格相对稳定的产品,有必要留下产品价格。但考虑到保密性或者非标准定价的问题,有些产品的价格无法在网上公开,也应尽可能为用户了解相关信息提供方便,例如,为用户提供一个了解价格的详细联系方式可作为一种补偿办法。

(3)用户服务信息

用户对不同企业、不同产品所期望获得的服务有很大差别。有些网站产品使用比较复杂,产品规格型号繁多,往往需要提供较多的服务信息才能满足顾客的需要,而一些标准化产品或者日常生活用品相对要简单一些。网站常见的服务信息有产品选择和使用常识、产品说明书、在线问答等。

(4)促销信息

当网站拥有一定的访问量时,企业网站本身便具有一定的广告价值,因此,可在自己的网站上发布促销信息,如网络广告、有奖竞赛、有奖征文、下载优惠券等。网上的促销活动通常与网下结合进行,网站可以作为一种有效的补充,供用户了解促销活动细则、参与报名等。

(5)销售信息

当用户对于企业和产品有一定程度的了解,并且产生了购买动机之后,在网站上应为用户购买提供进一步的支持,以促成销售(无论是网上还是网下销售)。在决定购买产品之后,用户仍需要进一步了解相关的购买信息,如最方便的网下销售地点、网上订购方式、售后服务措施等。

①销售网络

研究表明,尽管目前一般企业的网上销售还没有形成主流方式,但用户从网上了解产品信息而在网下购买的现象非常普遍,尤其是高档产品以及技术含量高的新产品,一些用户在购买之前已经从网上进行了深入研究,但如果无法在方便的地方购买,仍然是一个影响最终购买的因素。因此,应通过公布企业产品销售网络的方式尽可能详尽地告诉用户在什么地方可以买到他所需要的产品。

②网上订购

如果具有网上销售功能,应对网上购买流程作详细说明。即使企业网站并没有实现整个电子商务流程,针对相关产品为用户设计一个网上订购意向表单仍然是必要的,这样可以免去用户打电话或者发电子邮件订购的麻烦。

③售后服务

有关质量保证条款、售后服务措施以及各地售后服务的联系方式等都是用户比较关心的信息,而且,是否可以在本地获得售后服务往往是影响用户购买决策的重要因素之一,应该尽可能详细地说明。

(6)公众信息

公众信息是指并非作为用户的身份对于公司进行了解的信息,如投资人、媒体记者、调查研究人员等。这些人员访问网站虽然并非以了解和购买产品为目的(当然这些人也有成为公司顾客的可能),但同样对公司的公关形象等具有不可低估的影响,对于公开上市的公司或者知名企业而言,对网站上的公众信息应给予足够的重视。

公众信息包括股权结构、投资信息、企业财务报告、企业文化、公关活动等。

(7)其他信息

根据企业的需要,可以在网站上发表其他有关的信息,如招聘信息、采购信息等。对于产品销售范围跨国家的企业,通常还需要不同语言的网站内容。

在进行企业信息的选择和发布时,应掌握一定的原则:有价值的信息应尽量丰富、完整、及时;不必要的信息和服务,如天气预报、社会新闻、生活服务、免费邮箱等应力求避免,因为用户获取这些信息通常会到相关的专业网站和大型门户网站,而不是到某个企业网站。另外,在公布有关技术资料时应注意保密,避免为竞争对手利用,造成不必要的损失。

### 3.企业网站的功能

这里所讲的网站功能即从技术的角度来看,一个企业网站应该具有哪些功能才能满足网站应有的网络营销功能。

企业网站的功能可分为前台和后台两个部分。前台即用户可以通过浏览器看到和操作的内容,后台则是指通过网站运营人员的操作才能在前台实现的相应功能。后台的功能是为了实现前台的功能而设计的,前台的功能是后台功能的对外表现,通过后台来实现对前台信息和功能的管理。

例如,在网站上看到的公司新闻、产品介绍等就是网站运营人员通过后台的信息发布功能实现的。在前台,用户看到的只是信息本身,看不到信息的发布过程。对于邮件列表功能,用户在前台看到的通常只是一个输入电子邮件地址的订阅框,而用户邮件地址的管理和邮件的发送等功能都是通过后台才能实现的。

网站的技术功能同样需要在网站策划阶段确定,功能开发完成之后在一个阶段内将保持稳定,因此需要认真研究,尽量不要遗漏重要功能,也没有必要投入无谓的资金开发过于超前的功能,有些功能可以待网站改版和功能升级时重新策划。一个企业网站需要哪些功能主要取决于网络营销策略、财务预算、网站维护管理能力等因素。

下面列出的是企业网站常用的部分功能,并非每个网站都需要所有功能,对于一些大型网站目前会有更为复杂的功能需求。

(1)信息发布

除了最简单的仅有少数几个静态网页的企业网站之外,一般企业网站目前多采用后台信息发布的方式,企业网站上的多数信息都可以通过信息发布功能来实现,如企业动态、媒体报道、招聘信息、产品介绍等。

(2)产品管理

如果产品品种较多并且不断有新产品推出,为便于网站信息维护,需要设计产品管理功能,实现产品资料的增加、删除和修改。

(3)会员管理

如果需要用户注册才能获得某些服务,或者希望用户参与某些活动,那么用户管理功能是很重要的。

(4)订单管理

具有在线销售功能的网站,订单管理是必不可少的功能。

(5)邮件列表

邮件列表在顾客关系、顾客服务、产品促销等方面都有良好的效果,是开展许可Email营销的必要功能。如果企业有计划采用邮件列表营销手段,那么建立邮件列表平台是基础条件之一。

(6)论坛管理

一般小型企业网站中的论坛能发挥多大的价值还有待进一步研究,但是一些大型企业网站、行业网站以及一些专业网站中的论坛所发挥的作用是很明显的,因此在条件许可的情况下设立一个在线论坛很有必要。

（7）在线帮助

在线帮助包括 FAQ、问题提交/解答、即时信息等，可以根据需要选择相应的功能。

（8）站内检索

信息数量较多，或者产品较多时，站内检索功能能够为用户提供很大的方便。同时，通过用户对这个检索工具的应用状况进行分析，也可以发现用户对站内信息和产品的关注情况，具有一定的市场研究价值。

（9）广告管理

企业网站内有一些很有价值的广告空间，广告管理系统用于站内各种网络广告资源的管理，如广告的更换、点击情况统计等。

（10）在线调查

企业网站本身所具有的在线调查功能就是通过这个系统来实现的。一个高质量的在线调查系统可以在多方面获取用户的反馈信息，是开展市场调研不可缺少的手段之一。

（11）流量统计

网站流量统计分析是检验网络营销效果的必要手段之一，也是分析用户行为、发现网站设计和功能是否存在问题的辅助工具。一个完善的网站流量统计系统比较复杂，因此通常采用专业服务商提供的专业软件来实现。

（12）网页静态化

出于网站搜索引擎优化等原因，利用后台发布的信息需要转化为静态网页。现在大部分经过优化设计的网站都采用了网页静态化技术，但仍有许多网站没有认识到网页静态化处理的意义，或者没有采用正确的静态化措施。

（13）模版管理

模版管理为改变网页的布局、颜色、样式等提供了方便，可以通过更换模版实现网站风格的改变。

此外，在网站后台中还有一些基本的功能，如用户权限管理、密码管理等。由于网站的技术功能通常只能通过后台管理系统才能进行操作，因此在理解网站后台技术功能时会比较抽象。为了加深印象，如果有条件，可以找一个真实企业网站的后台管理系统进行了解。

下面是一个简单的信息发布型企业网站的后台管理案例，通过其管理功能的设置可以大致看到企业网站的技术功能。

**【案例】**

不同网站的后台功能有一定的差异，但一些功能是任何一个网站都不可缺少的，如网站信息发布和产品发布等。

图 2-3 是某信息发布型企业网站的后台管理主要功能界面。可以看出，该企业网站后台主要包括的功能模块为：商品管理、订单管理、用户管理、新闻广告管理和系统管理等。其中的产品管理可以增加/删除产品类别，网站新闻广告管理则是发布、修改、删除文章所必需的基本功能。

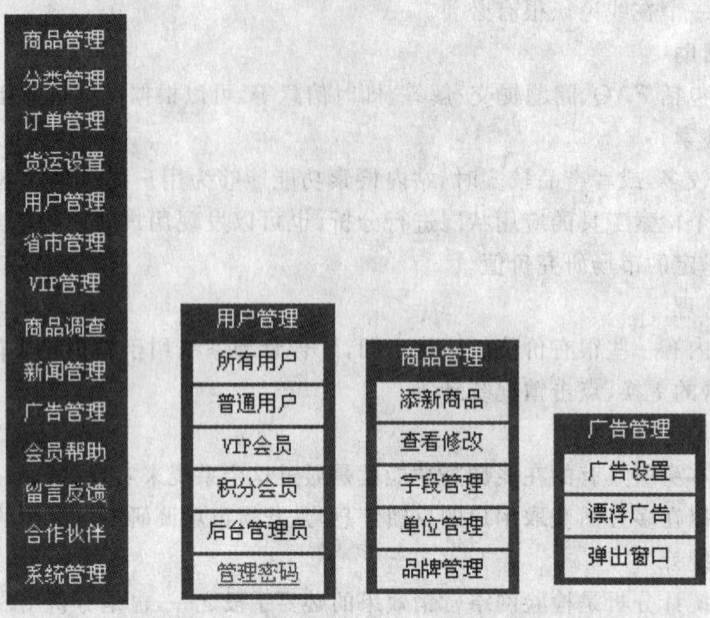

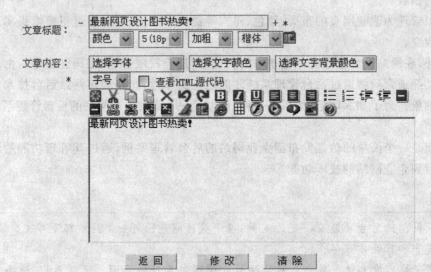

图 2-3　某企业网站后台管理主要功能界面

如果你在某些博客上发表过文章,就可以发现其实博客后台管理在很多方面与企业网站后台管理有类似之处。博客文章发布和管理与企业网站的内容发布与管理功能基本是一致的,只不过在专业性要求较高的企业网站后台中,往往会增加更多的功能,如网页的 Meta 标签设计、内容提要等。图 2-4 是博客文章发布和某网络营销导向企业网站文章发布的后台界面,从中可以看出其功能方面的区别。

图 2-4　某企业网站后台的文章发布界面

4.企业网站的服务

企业网站的服务也是网站的基本要素之一，如果一个网站只有简单的公司简介和产品介绍，不仅会显得内容贫乏，通常也无法满足用户对于网站信息的需求，因此很有必要根据产品特点和用户的需求特征提供相应的服务内容。这些服务有些已经包含在网站的基本内容中（如常见问题解答），有些则需要与产品相结合才能发挥作用。企业网站服务的实现通常需要相应功能的支持。

网站服务的内容和形式很多，常见的有：

·产品选购和保养知识：相对于生产商和销售商来说，用户的产品知识总是比较欠缺的，利用网站为用户提供尽可能多的产品知识是市场培养的有效方法之一。

·产品说明书：除了随产品附送说明书之外，在网上发布详细的产品说明对于用户了解产品具有积极意义。

·常见问题解答：将用户在使用网站服务、了解和选购产品过程中可能遇到的问题整理为一个常见问题解答列表，并根据用户提出的新问题不断增加和完善这个 FAQ。这样做不仅方便了用户，也节省了企业的顾客服务效率和服务成本。一个优秀的 FAQ 可以完成 80％的在线顾客服务任务。

·在线问题咨询：如果用户的问题比较特殊，需要专门给予回答，开设这种问题的解答服务是很有必要的，这样不仅解决了顾客的咨询，也可以从中了解到一些顾客对产品的看法。

·即时信息服务：在条件具备的情况下，利用即时信息开展实时顾客服务更容易获得用户的欢迎。

·会员通信：定期向注册用户发送有价值的信息是顾客关系和顾客服务的有效手段之一。

·优惠券下载：当公司推出优惠措施时，将优惠券发布在网站上，不仅容易获得用户的关注，也降低了发放优惠券的成本。

·驱动程序下载：如果是需要驱动程序的电子产品，别忘记在网站上提供各种型号产品的驱动程序，并加以详细说明。驱动程序经常是困扰用户的问题之一，企业网站理应在这方面发挥应有的作用。

·会员社区服务：为用户提供一个发表自己观点、与其他用户相互交流的空间。

·免费研究报告：如果企业拥有重要的信息资源，可以定期为用户提供有价值的免费研究报告。

·RSS 订阅：如果网站拥有经常更新的内容，为读者提供 RSS 订阅是对通过电子邮件发送相关信息的会员通信方式的有效补充，也表明企业在应用网络新技术方面的领先水平。

2.1.2 企业网站的建设步骤

在网站规划完成后，就可以开始建立网站。创建一个企业网站大致有以下几个步骤：

1.域名申请

域名是企业在互联网世界中的名称，要便于记忆。通过注册域名，使企业在全球互联网上有唯一标识，也是社会用户浏览企业网站的门牌号和进入标识。同时，域名在全世界具有唯一性,它已成为一种企业竞争资源,一旦本应属于自己的域名被别人恶意注册,就会对企业带来不必要的损失。所以企业现在就应该考虑是否要保护自己在互联网上的无形资产。一般来讲,带.cn的域名在CNNIC(www. cnnic. net. cn)上申请;不带.cn 的在INTERNIC(www. internic. net)上申请。

企业在选择域名注册商的时候,首先应考虑注册商的业务代理级别,是顶级还是二级、三级,不同的业务代理级别代表着不同的服务档次,当然选择高级别的注册商才能保证服务质量。现在我们以中国万网(http://www. net. cn)为例,具体介绍一下域名注册步骤。

(1)登录中国万网网站,首页如图 2-5 所示,然后在这个网站上注册一个用户。

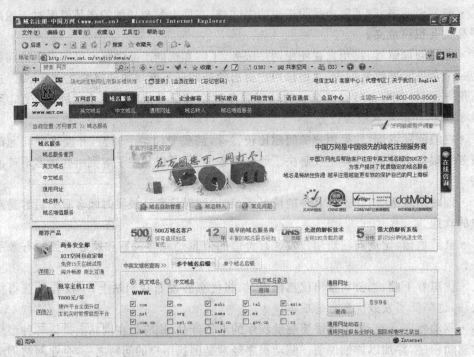

图 2-5　中国万网首页

(2)输入用户名和密码,登录该网站。

(3)查询你要注册的域名是否已被人注册,如果已被人注册则另外起一个。例如,选择了域名是"chinaOK",输入后单击查询。域名查询结果如图2-6所示。

(4)如果你想注册的域名没有被人注册,就可以进一步注册了。然后填写一个域名注册表单。表单提交后你的域名还没有生效,只是提交一个订单。交费后你的域名就能正式生效(不同的域名有不同的价格)。

(5)把你的域名解析到服务器 IP 上,在服务器上绑定你的域名,且把你的文件上传到服务器上,这样就可以发布网站了。

2.网站的筹建方式

有了自己的域名这个门牌号码后,就需要一个空间盖房子建立自己的公司,而这个空

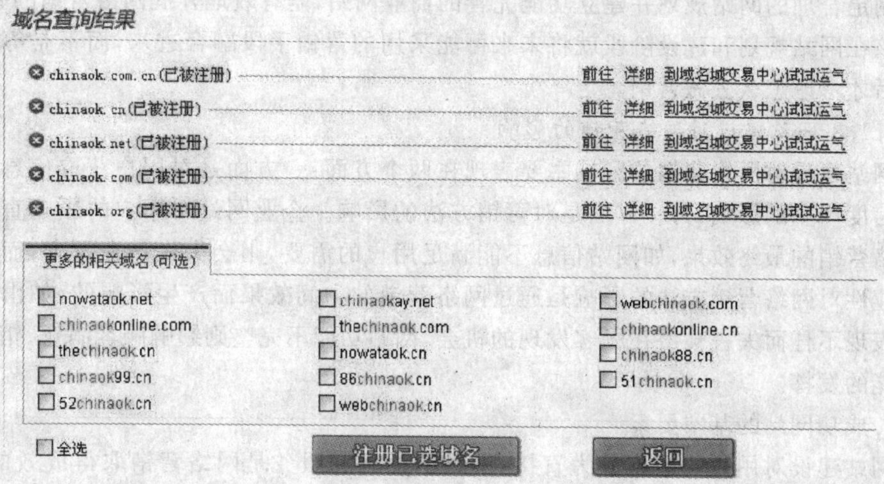

图 2-6　"chinaOK"域名查询结果

间在 Internet 上就是服务器，选择 Web 服务器可以根据企业的各项资源情况而定。通常情况下，有以下几种方式可供企业选择。

（1）虚拟主机方式

所谓虚拟主机是指使用特殊的软硬件技术，把每台计算机主机分成一台"虚拟"的主机，在外界看来，虚拟主机与真正的主机没有任何区别。建议企业上网采用虚拟主机方式。一般虚拟主机提供商都能向用户提供 10 兆、30 兆、50 兆直到一台服务器的虚拟主机空间。用户可视网站的内容设置及其发展前景来选择。一个网页所占的磁盘空间为 20～50 千字节，10 兆大约可以放置 200～500 页，但如果企业对网站有特殊的要求，如图片较多、动画较多、需要文件下载或有数据库等，就需要多一些空间。

（2）独立的服务器

对于经济实力雄厚且业务量较大的企业，可以购置自己独立的服务器，但这需要很高的费用及大量的人力、物力投入，合计起来是虚拟主机的数十倍之多。

3．网页制作和维护

可以自己设计网页也可以委托专业网页设计人员来制作。首先要确定整个网页系统的整体规划，及所要介绍的内容范围和目的，之后要收集所有需要放在网站上的文本资料、图片等，将收集的材料提供给设计人员，剩下的交由设计人员去制作。根据公司业务范围确定是否采用中英两种版本，网页设计完成后最重要的工作就是及时更新网页内容，不能长时间不更换网页，造成"晒网"现象，这将影响网站的访问量。

4．网站推广

企业建立网站主要是为了宣传和营销，网站建设完成后，企业必须着手推广自己的网站。

5．网络营销知识培训

对员工进行网站知识培训、互联网营销知识培训等，特别要在管理层、市场营销人员中建立现代数字化营销概念，这对企业开展网络营销是十分必要的。

制定合理的网站规划并建立功能完善的商业网站,是有效地开展网络营销的基础,因此应该在网站规划和建设阶段就将未来可能采用的营销手段融合进来,而不是等网站建成之后才考虑怎么去做营销。

### 2.1.3 网站建设对网络营销的影响

网站建设对网络营销的影响主要表现在两个方面:一方面是对用户获取信息及对网站可信度产生的影响,另一方面是对营销方法的影响。企业网站对用户的影响直接关系到网络营销的最终效果,如网站信息不能满足用户的需要,则会失去潜在顾客;而网站建设专业性对网络营销方法的影响是通过网络营销的中间效果而产生影响的,如由于搜索引擎表现不佳而失去被潜在顾客发现的机会,网站功能不完整则影响顾客满意、销售促进等功能的发挥。

#### 1. 成功网站的基本要素

网站建设对用户的影响最为直接,网站的内容和服务是网络营销取得成效的基础。无论网站推广多么成功,如果用户通过各种途径了解到一个企业网站可能有对自己有价值的信息和服务,但来到网站之后发现,网站内容没有价值,或者功能难以应用,用户都会对网站失去兴趣,结果不仅所有的网站推广活动最终没有效果,还可能对企业和产品产生负面影响。因此企业网站应重视基础建设工作,一个可以获得用户欢迎和信任的网站至少应该在下列八个方面做到符合用户期望。

(1)网站信息的有效性

网站信息的有效性是指用户可以从网站获得有价值的信息,因此要求网站信息是真实的、最新的、详细的,尤其对于用户所关心的内容,如公司介绍、产品详细说明、详细的联系方式等。以联系方式为例,在网站上公布一个网管的电子邮件地址或者一个在线表单是远远不够的,顾客有时也希望了解公司及其销售机构的地址和电话等信息。相当消费者访问制造商的网站是为了查找公司联系信息或者产品基本信息。如果网站可以同时提供多种联系方式和公司各分支机构的联系信息,既可以体现公司的实力和形象,更能充分体现出良好的顾客服务意识。反之,如果网站上无法获得详细的联系信息,或者获得的是已经无效的信息,企业的信誉、产品的售后服务水平等都会大打折扣。

(2)网页下载速度快

人们浏览一个网站是为了获取某些需要的信息。研究发现,页面下载速度是网站留住访问者的关键因素,如果超过10秒还不能打开一个网页,一般访问者就会失去耐心而离开。影响网页下载速度的因素主要包括网站服务器的配置、用户上网的带宽、网页格式和字节数。在服务器配置已定的情况下,由于企业不能决定用户网络带宽的情况,因此唯一可以在网站建设中通过自己的努力改变的就是网页的格式和字节数。

尽管现在使用宽带上网的用户比例越来越高,但是并不意味着这些宽带用户上网速度就已经足够快,而且由于中国电信和中国网通南北互通问题,使得不同地区用户访问同一网站的速度差别很大,所以在目前的网络环境中,对网站下载速度仍然是必须考虑的基本要素之一。为了保持页面下载速度,目前最主要的方法是让网页简单,仅将最重要的信息安排在页首,尽量避免使用大量的图片,更应该避免自动下载音乐或其他多媒体文件。因为目前的网络技术条件下要下载图片或其他音频、视频文件远比下载文字费时,访问者等不及整幅图片出现或者 Flash 画面下载完成,就已不耐烦地转到别的页面去了。有些设计人员可能觉得页面以文字为主会降低美观性,其实这种担心是不必要的,因为绝大多数用户在网上是浏览文字信息,相对于内容有效性和页面下载速度,网页的美观性是次要的。另外,网页中存在图片链接错误等问题也会严重影响下载速度,这些都需要精心设计和认真测试。

(3)网站简单易用

网站吸引用户访问的基本目的无非是出于几个方面:扩大网站知名度和吸引力,将潜在顾客转化为实际顾客,将现有顾客发展为忠诚的顾客等。虽然网站设计没有统一的标准,但是,让用户使用网站时感觉简单方便是一个成功网站必备的条件,包括方便的网站导航系统、必要的帮助信息、常见问题解答、尽量简单的用户注册程序、使用浏览器默认的链接颜色等。

然而,实际上许多网站缺乏有针对性和方便的导航系统,难以找到链接到相关网页的路径,也没有提供有助于找到所需要网页的帮助。有的网站将许多用户关心的信息埋藏在多层目录之中,有些则将链接设置为用户难以判断的文字颜色或者图片,如果不是将鼠标移动到相应的位置则根本不知道哪里是链接。网络营销导向的网站要求设计良好的导航系统还有一个重要的原因,即大多数浏览者(有些网站这类浏览者的比例甚至高达90%)并非首先来到网站主页,而是通过搜索引擎检索等方式进入信息网页或者其他相关页面,从网站获得更多的信息和服务,从而成为忠实的顾客。

企业网站设计中出现种种问题的原因是多方面的,如网站设计者缺乏对用户的了解,总是错误地认为浏览者会和他们一样对计算机非常熟练;或者一些设计人员希望用标新立异的方式表现自己的创造能力,人为地将网站使用复杂化,结果只能弄巧成拙。对于这些问题,其实只要切实站在用户,尤其是新用户的角度上来考虑,就很容易理解,并指引设计人员用合理的表现方式来设计网站。

(4)保持网站功能正常运行

在网站服务器正常运行的情况下,还要保持网站功能的正常运行,这是保证用户能够正常访问的基础条件。如果进入一个网站,点击链接要么是"该页无法显示",要么是"网页内容建设中"的告示,或者,在一个购物网站,当用户辛辛苦苦找到了自己所需要的商品,并一一放入购物车,到最后提交订单时,得到的是"发生内容错误"或者"服务器正忙,请您稍后再来"之类的反馈信息,用户对这样的网站能产生信心吗?

(5)保持网站链接有效

网站上的错误链接不仅影响了用户正常使用,同时也会影响用户对网站的信心。网站上的链接一般有两种类型:一种是内部链接,即站内各个网页之间的链接关系;另一种是链接到其他网站的链接,即外部链接。

内部链接错误产生的原因一般是网页设计过程的粗心所致,如错误的路径,链接的图片或者文档丢失,有些文件已经被删除或者没有上传到网站服务器等。外部链接错误除了网址录入错误之外,在通常情况下可能是被链接方网站的问题,如对方的服务器关闭,被链接网址内容已经撤销等。无论哪种类型的链接错误,都会影响用户的正常使用和对网站的信任。另外,网站上的链接错误也会影响在搜索引擎检索结果中的表现,因此应对

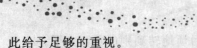

此给予足够的重视。

(6)用户注册/退出方便

在网络营销活动中,为了研究用户的上网、购买习惯或者提供个性化的服务,往往需要用户注册。根据不同的需要,要求用户提供的信息也有所不同。最简单的如在论坛注册,可能只需要一个名字和电子邮件地址,而在一些网上零售网站则可能要求填写详细的通信地址、电话、电子邮件等联系信息,甚至还会要求用户对个人兴趣、性别、职业、收入、家庭状况、是否愿意收到商品推广邮件作出选择。在要求比较高的情况下,甚至不得不要求用户填写身份证号码。

用户为了获取网站上的信息和服务,也愿意注册个人资料,但并不是说,对用户信息要求越多越好。如果要求注册很多内容,或者涉及用户的个人隐私,这样用户可能会放弃注册,或者提供虚假信息,这两种结果对于网站来说都没有任何好处。所以,在用户注册时应遵循个人信息适量原则。个人信息适量原则是指,为了获得必要的用户数量,同时又获取有价值的用户信息,需要在信息量和信息受关注程度之间进行权衡,尽可能降低涉及用户个人隐私的程度,同时尽量减少不必要的信息。

当用户注册之后,随着时间的推移以及用户工作环境和个人兴趣等方面的变化,如用户已经不再对这些服务感兴趣,应该允许用户随时方便地退订,并且保持退订系统正常运行,简化退订手续,否则如果继续向用户发送信息会令用户无法忍受。许多网站在会员注册之后就无法注销,从而将会员资料作为网站的终身资产,其实这样是完全没有必要的,拥有这些用户信息是没有任何意义的。

(7)保护个人信息

除了在用户资料注册时遵守个人信息适量原则以外,还要保护这些收集到的个人信息不被滥用,不出租给其他利用注册用户资料发送广告信息的公司,否则同样会失去用户的信任。国外许多网站尤其是知名网站都非常重视个人信息保护,这方面国内网站还没有引起足够的重视。

互联网上的个人信息问题早就引起了关注,但在有关网络营销的文章中,系统研究个人信息保护的并不多,更多的为法律专家所讨论,其实个人信息保护是网络营销中不可低估的制约因素。因用户个人隐私被侵犯时有发生,导致用户个人保护意识更加强烈。为了获得用户的信任,在网站上公布个人信息保护声明并严格执行这一政策是非常必要的。

(8)避免对用户造成滋扰

弹出广告由于对用户正常使用网站服务会造成很大的滋扰,因此现在许多大型网站都开始对弹出广告进行阻击,如搜索引擎 Google 推出的工具条就有阻止弹出广告的功能。网站上对用户滋扰的方式并不仅限于弹出广告,事实上一些中小型网站采用的一些方法也对用户造成严重的滋扰,例如,利用不正当手段修改用户浏览器的默认主页设置,甚至恶意修改注册表,有些则不断弹出"是否将网站设为首页"的窗口。这些方法的目的都是为了获得更多的访问量,但是由于并非出自于用户的自愿,即使获得很多点击数量,这些流量也没有网络营销价值,因此在企业网站设计中应避免。网站需要访问量,但是没有价值的访问量只能降低网络营销的效果,甚至引起用户极大的反感。

2.网站设计对网站推广的影响

企业网站建设的专业与否几乎对网络营销各方面都产生直接或间接的影响。例如，在线帮助系统与顾客服务水平有较大关系；在线调查系统功能是否完善对在线调研方法产生直接影响；没有邮件列表功能的网站就无法利用注册会员资料开展许可 Email 营销……考虑到企业网站的网络营销效果首先要通过网站推广，获得一定数量的用户之后才能逐渐表现出来，也就是说，网站推广的效果在很大程度上决定了企业网站的价值，因此有必要了解网站建设对网站推广的影响，对这个问题的研究有助于促进网站建设与网站推广的协调进行。

(1)网站建设与网站推广的关系

为了明确网站建设对网站推广的影响，首先要了解网站建设与网站推广方法的关系。网站推广是网络营销的基本职能之一，也是网络营销工作的主要内容。网站推广的基本思想就是利用尽可能有效的方法为用户发现网站建立广泛的途径，也就是建立尽可能多的网络营销信息传递途径，为用户发现网站并吸引用户进入网站提供方便。网站推广通常在网站正式发布之后进行，但网站推广方法并不是待网站建设完成之后才去考虑的问题，在网站建设过程中就必须考虑到将要应用的网站推广方法，并为网站推广提供技术和设计方面的支持，否则将影响网站推广的效果。

网站推广常用的方法包括搜索引擎营销、交换链接、网络广告、Email 营销、病毒性营销等。在这些方法中，搜索引擎是最常用的方法之一，也是与网站建设密切相关的网络营销方法，因此这里重点探讨网站建设对搜索引擎的影响，并提出相应的解决办法。

企业网站是搜索引擎营销的基础，没有企业网站，搜索引擎的网络营销价值将难以发挥出来，而企业网站建设对于搜索引擎营销效果有很大影响。网站设计对搜索引擎的影响表现在：搜索引擎无法检索，或者虽然可以出现在搜索引擎检索结果中，但由于网络标题、网站介绍信息等对用户没有吸引力而失去被用户发现的机会。让网站设计适应搜索引擎的检索方式，并在检索结果中获得被用户发现的机会，就是搜索引擎营销的一种常用方式——搜索引擎优化。

下面通过两个具体问题来说明网站设计对搜索引擎产生的影响：网页标题和 Meta 标签的影响；动态网页对搜索引擎的影响。这也是搜索引擎优化设计的基础。

(2)网页标题和 Meta 标签对搜索引擎的影响

网页标题和 Meta 标签在网页 HTML 代码中处于＜HEAD＞标签之间，是网页重要的组成部分，不仅对用户浏览产生直接影响，对搜索引擎检索网页也产生重要影响。然而许多网站在设计中并没有对此给予关注并认真对待，因此在许多网站会看到一些网页为"Untitled Document"的情形，一些网站甚至连主页都是这种情况，给人的感觉不仅仅是网站设计不够专业，同时也会影响网站被搜索引擎收录在搜索引擎结果中的排名。由于网上同类的网页很多，每个网站都希望自己能在搜索引擎中的排名靠前，最好能在第一页中，而排名在第三页之后的网页几乎没有被看到的可能，因为用户不可能有很大的耐心，也不会有大量的时间来查看每一个搜索引擎结果。

其实，为每个网页设置一个标题并完善 Meta 标签的内容并不复杂，但是对网站的推广具有非常重要的意义。

(3)动态网页对搜索引擎的影响

在网站设计中，纯粹 HTML 格式的网页通常称为静态网页。早期的网站一般都是静态网页，但由于静态网页没有数据库的支持，会增加很大的工作量，而且没有交互性能。因此当网站有大量信息以及功能较多时，完全依靠静态网页是无法实现的，于是动态网页就成为网站维护的必然要求。但是由于大量动态网页的存在，也造成了一定的问题，尤其从网络营销的观点来看，由于搜索引擎检索某些动态网页有一定的问题，因此有些全动态网站会失去被用户发现的机会。

以网络营销为目的的企业网站都希望网页能够被搜索引擎检索到，但事实上，有些采用.asp、.jsp 等程序设计的网站，很多内容页面都无法被搜索引擎检索。对于这种情况可以采取"静动结合"的对策，将动态内容转化为静态网页发布。

"静动结合"，也就是在网站设计时合理利用静态网页和动态网页，既发挥动态网页网站维护的方便，又利用静态网页容易被搜索引擎检索的特点。静动结合有两方面的含义：一方面是指对于一些重要的而且内容相对固定的网页制作为静态网页，如包含丰富关键词的网站介绍、用户帮助、网站地图等；另一方面，可以将动态实现的网页通过一定的技术，在发布出来之后转化为静态网页，这种方式尤其适合于发布后内容无须不断更新的网页（如新闻等）。静动结合、以静制动，反映的是一种网络营销基本思想：能用静态网页解决的决不用动态网页。

# 任务实施

选择一个企业网站，搜集公司及网站情况，描述该网站的目标客户及网站的结构、内容、功能和服务。

|  | 简介 | 行业说明 | 主营业务 | 其他 |
|---|---|---|---|---|
| 公司情况 |  |  |  |  |
|  | 目标客户 | 网站的结构 | 网站的内容 | 网站的功能 |
| 网站情况 |  |  |  |  |

说明：

公司简介：可在网站（公司简介/关于我们的栏目）里进行查找。

行业说明：看此网站属于哪个行业，然后去搜索同类的行业网站。如果选择的是万网，可查看中国频道、新网互联、新网等提供 ISP 服务的网站，综合这些网共同的特点进行说明。

　　主营业务：可直接在网上查看企业提供的服务或实物产品。如果选择的是万网，万网提供的是域名服务、主机服务、网站建设、网络营销、语音通信等产品，主营的是域名、主机、网站建设服务。

　　其他业务：了解企业除了提供其主营产品外，还有哪些特色服务，如万网除提供上述主营业务外，还做网络营销推广服务和出售网络营销软件。

　　目标客户：查看网站上的公司介绍、产品来了解公司的目标客户。如万网的目标客户是面向所有需要进行网络营销的公司及个人。

　　网站的结构：1. 查看网站的各级栏目，一般网站都有一个导航条，在导航条上就可了解公司网站的栏目结构；2. 看网页的布局，包括网站结构定位，如标题、网站分辨率（常用 800×600 像素和 1 024×768 像素）、是否采用 CSS 和 DIV、菜单和导航是否简单明了、网页布局和信息的排放位置是否美观；3. 网页布局是否适合目标客户的浏览习惯，是否符合搜索引擎的收录。

　　网站的内容：查看公司网站上提供的信息，一般的网站应包括公司信息、产品信息、用户服务信息、促销信息、销售信息、公众信息等。

　　网站的功能：从网站的前台和后台两个部分去描述，前台指客户所能看到和操作的内容，后台是指满足公司的运营管理人员管理网站和实现网络营销的一些功能。

# 任务二：网络营销导向的企业网站评价与诊断

　　任务描述：掌握对网络营销导向的企业网站进行专业化评价和具体诊断的方法和常用工具。选择一个企业网站，搜集公司及网站情况，完成网站诊断评价报告。网站诊断评价报告的内容及格式见后。

# 知识准备

## 2.2 网络营销导向的企业网站评价

### 2.2.1 营销导向企业网站的典型问题

　　目前许多企业网站在整体策划、内容、服务和功能等方面存在一些共同问题，这些问题可以归纳为以下十个方面：

　　1. 网站定位不准确

　　目前，许多企业的网站存在营销导向不明确，网站的网络营销系统功能比较欠缺，尤其网站内容产品促销、顾客服务等方面重点不突出等问题。网站要达到什么目的、通过什么吸引潜在客户长时间浏览等缺乏统一合理策划。

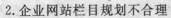

**2. 企业网站栏目规划不合理**

企业网站栏目规划不合理,导航系统不完善,主要表现在栏目设置重叠、交叉或者栏目名称过于繁多和杂乱,网站导航系统比较混乱。

**3. 企业网站信息不完整**

网站上信息量少,对浏览者没有足够的吸引力,是很多企业网站的另一个突出问题,重技术而轻内容是导致网站信息量有限而质量粗糙的最主要原因。由于网站开发需要非常专业的网页制作技术,所以大多数的企业把系统管理、软件开发甚至 HTML 代码看得很重,而忽视了网站的内容策划与撰稿工作。

网站建设过程必须有企业营销人员的参与,从营销的角度对网站的内容进行设计,而后由专业网页设计人员进行网页设计,而不能把所有的工作都交由网页设计与制作人员来完成。

**4. 用户体验性差**

网站是企业的形象窗口,专业化的美工设计能够提升企业品牌的形象。如果一味追求形式,只能适得其反。企业应该站在用户的角度来规划自己的网站,尊重浏览者的习惯。充分考虑网站能给用户带来什么?如何方便地让用户查询?如何让用户在网站得到有价值的信息?如何把浏览者变为忠实客户?

**5. 访问速度慢**

许多网站的访问速度很慢,影响了浏览者的访问,进而影响了网站的营销效果。网站访问速度慢的原因主要有两个方面:

(1)硬件设施的原因

Web 服务器的性能、带宽以及各种网络设备的性能和质量对网站的访问速度都会产生影响,用户的设备性能及带宽也影响访问网站的速度。

(2)Web 页面的大小

当 Web 服务器的各项性能指标以及网络带宽确定后,Web 页面的大小会成为影响访问网站速度的主要原因。一个网站能否吸引访问者取决于业务信息、产品或服务,而不在于页面的华丽程度。尽量减少页面的大小,减少各种华而不实的图片,使用户能够尽快见到网站的真面目,为网站留住用户争得时间。

**6. 交互性差**

许多企业网站缺乏互动,访问者看到喜欢的产品和服务信息却无法和企业进行互动交流,有的企业网站甚至没有电话、网上客服等。没有互动的网站只能是信息的强制传递,无法及时获取用户需求,也会失去大部分潜在客户。如果网上开辟网上客服,浏览者可以方便的和企业建立沟通(网上文字、网上免费热线、在线 QQ、MSN),将会大大提高成交率。

**7. 网站功能不全**

企业网站不仅是企业形象和产品的宣传的平台,而且是企业整体营销活动和内部管理的平台。企业的整体营销活动都可以通过这个平台来实现,比如:济南某律师事务所的网站不仅展示其实力和法律法规查询,而且开辟免费法律咨询,为企业和个人提供免费法律咨询,其服务受到市民好评,咨询量居高不下,无形中带来潜在或直接客户量的提升;某酒水企业通过企业网站进行网上新产品名称征集,短短几天就收到全国近千份征集案例。

### 8.无视客户感受

客户最关心的问题是:网站对我有什么用?网站能为我提供什么价值?我为什么要花钱消费网站上的产品(服务)?值得吗?可靠吗?当前相当一部分企业,没有摆正自己的心态,他们认为自己是网站的主人,而客户是到网站上索取他们想要的信息和服务的,给不给客户都是企业的事。正是因为有这样的心态,许多企业网站给人一种居高临下的感觉,无视客户的感受。

如果企业能把客户的利益摆在第一位,把网站定位于为客户服务的平台,从客户的角度出发,事先考虑客户最关心的问题,考察哪些因素最可能成为销售障碍,并事先整理出一个动态调整的 FAQ(常见问题解答)供客户方便地查阅,就会给客户以主人翁的感觉。

### 9.网站缺乏必要的推广

企业的网站是企业与外界沟通交流的平台,大部分企业认为,建立了自己的网站就做好了网络营销,发布了公司新闻客户就会浏览到。事实上企业的网站大部分成了信息的孤岛。如何避免孤岛?如何快速让网站产生效益?可以通过以下方面入手:

- 登陆搜索引擎关键词,让潜在客户主动找到你。
- 在各大网站发布公司信息和产品服务信息,扩大信息面,留下企业的网址。
- 把企业的新闻信息传播出去,开展新闻营销,建立信息的高效及时传播系统。

### 10.网站效果评估欠缺

网站有多少人访问,他们来自什么地方,通过什么途径找到网站,访问网站的什么内容等,对这些数据进行分析有助于企业产品和服务的不断改进,网络推广的效果也可以得到直观体现。

通过网站的评价、分析,对网站功能、结构、布局、内容等关键要素进行合理优化,使得网站的功能和表现形式达到最佳的效果,从而充分表现出网站的网络营销功能。

#### 2.2.2 网站的评价

根据网络营销研究与咨询的实践经验,大部分企业(包括互联网公司和电子商务网站)的网络营销问题都与网站专业水平不高有很大关系,网站评价与网站诊断为发现网站的问题、修订网络营销策略提供了依据,因此网站评价与网站诊断在网络营销应用中的地位显得越来越重要。本节将对企业网站建设中的典型问题,企业网站建设应遵循的一般原则和企业网站标准,网站评价的标准、部分专业机构的网站评价方法,以及网络营销学习者进行网站诊断等内容提出一些建议。

### 1.网站评价对网络营销的价值

企业网站是综合性网络营销工具,由此足以说明网站在网络营销中的作用,但现实情况是大部分网站因为专业水平不高而没有发挥其网络营销价值。在网站建设之前获得专业的策划并在网站建设过程中获得专业的控制,是最理想的发挥网站网络营销价值的方案,但实际情况是,大多数网站在建设过程中都缺乏对网络营销思想的理解,在网站运营过程中才发现问题。把网站评价作为一种"事后策略",虽然不是最佳时机,但也是一种比较接近实际的解决方案。如果在网络营销过程中发现网站的效果不佳,或者希望进一步改善网站的表现,最好进行一次全面的网站诊断评价,以网站综合评价分析结果为基础制定更加有效的网络营销经营策略。

(1)网站评价的作用

网站专业性评价不仅是对于企业网站建设水平的检验,更重要的价值在于将网站综合分析结果作为网络营销策略升级的依据。专业的网站评价分析可以发挥多方面的作用,如:

· 全面的网站诊断评价有利于及时了解网站的问题,帮助企业少走弯路,降低贻误时机可能造成的损失。

· 网站的功能、结构、内容要素等决定了哪些推广策略更有效,网站专业评价为制定有效的网站推广策略提供决策依据。

· 网站专业性评价可以获得专业网络营销人士的分析建议,对有效开展网络营销工作具有指导意义。

· 网站专业性评价结果为改善网站基本要素的表现以及网站升级再造提供参考。

· 了解网站的专业性与主要竞争者相比的优势和差距,采用第三方中立的网站评价更有公正性。

· 综合性网站诊断评价报告也是检验网站前期策划以及网站建设专业水平的依据之一。

(2)网站专业性评价的类型

在网络营销的哪个阶段进行网站专业性评价最理想?网站专业性诊断评价的时机可以分为两种情况:一种是在网站建设完成正式发布之前进行,另一种是在网站经营到某个阶段后根据网络营销策略的需要进行评价。

①企业网站正式发布之前的专业性诊断评价

了解网站的专业水平,最理想的状况是,在企业网站正式发布之前进行一次全面的专业性诊断评价。这里所指的网站发布,包括企业第一次完成网站建设,也包括对原有网站进行升级改造完成之后的重新发布。企业网站在建成后的一定时期内,网站在技术功能等方面具有一定的稳定性,网站一旦正式运营则不太方便从网站结构、功能等方面进行重大调整。如果网站建设在某些方面具有重大缺陷,则无疑会对它的正常运营带来不利影响。因此在网站正式发布之前进行一次综合性网站诊断评价是非常必要的,有利于及时了解网站的问题,少走弯路,降低贻误时机可能造成的损失。

如果企业网站是外包给网站建设服务商来完成的,那么网站评价也是企业对网站建设服务商提供的网站建设服务项目的检验。此外,专业机构提供的网站专业性综合评价报告中有关竞争者对比分析的内容,有助于了解网站的专业性与主要竞争者相比的优势和差距,基于第三方中立的观点更有公正性。

②企业网站运营过程中的诊断评价

随着网络营销应用的深入,对企业网站功能、内容、服务等方面的要求也会越来越高,并且企业竞争者的网络营销水平也可能在不断提高,这就对企业网站的专业性提出了更高的要求。因此,除了网站发布之前的专业性综合评价之外,在网站运营过程中,还应根据网络营销策略的需要适时地进行调整。其中重要的基础工作内容之一,就是对企业网站的专业性进行全方位的评价诊断,因为网站是网络营销策略的基础,网站的功能、内容、结构等影响甚至决定了网络营销的策略及效果。

归纳起来，在企业网站发布之后的运营过程中，在下列任何一种情况下，都有必要对企业网站进行全面的诊断评价，并根据网络营销专业人士的建议对企业网站进行必要的改进：

①网站发布初期，专业的网站诊断评价便于及时发现网站建设中的问题并做出调整，以免不合理的因素对网站运营造成不利影响。

②当网站进行了常规的推广，甚至采用多种付费推广之后并没有取得明显效果时。

③当发现网站的 PR 值远比主要竞争者低时，比如网站 PR 值低于 4。

④当网站在搜索引擎中的表现不佳时，比如搜索引擎收录网页数量少，或者收录网页质量不高（例如检索结果中信息不正确，没有合理的摘要信息等）。

⑤网站运营进入稳定期，难以再进一步提高访问量时。

⑥如果需要重新制定更加有效的网络营销策略时。

⑦当企业网站有必要进行升级改造时。

⑧竞争者的网站专业性水平远远领先时。

对于网站发布之后运营过程中的评价，这里列举了多种情况，大都可以归纳为一点：如果希望全面提升网络营销效果，那么对企业网站的专业水平进行全面的评价分析是必不可少的步骤，这一综合评价分析结果是网络营销策略升级的基本依据。

2. 不同机构的网站评价指标体系简介

网站评价可以自行评价也可以采用第三方机构进行评价，无论哪种方式，前提都是首先建立一套完整的网站评价指标体系。由于网站评价指标体系的建立比较复杂，涉及广泛的专业知识，而且与指标制定者的专业背景有很大关系，因此对一般网站而言，很难自行建立起完整的评价体系，所以一般采用第三方评价模式。不同评价机构制定的网站评价指标也有很大差异，有些注重网站的外在表现，有些注重网站的功能，只有从网络营销角度上对网站进行全面评价才能真正为网络营销策略提供支持。

下面对美国电子商务专业网站 btobonline 的网站评价方法和新竞争力网络营销管理顾问的网站评价指标体系给予简要介绍。

(1)美国电子商务专业网站 btobonline 的网站评价方法

美国专业电子商务资讯网站 btobonline（www. btobonline. com）根据网站建设在营销效果上的体现，每年评估全美 800 个知名企业网站，评出各行业 B2B 企业在网站建设方面的佼佼者。

入选"2008 年度美国 B2B 企业最佳网站 100 强"的都属于公司网站，横跨各大行业，很多都是大家耳熟能详的知名企业，不包括 B2B 中介、门户、搜索引擎、电子集市等网站，也排除了宾馆、航空公司、营销服务公司和广告中介等企业。

btobonline 制定的网站评比总分是 100 分，对每个网站重点进行 5 个方面的考核。这 5 类指标是：

①网站信息质量高低

网站提供的信息质量和信息呈现方式：公司业务的介绍情况；是否有关于产品和服务的信息；是否有完整的企业联系信息；是否有产品说明或评估工具，以区别于其他同类产品。

②网站导航易用度

网站信息是否组织良好，尤其当公司拥有庞大用户群的时候；是否有站内搜索引擎；网站各部分是否很方便地链接互通。

③网站设计优劣

网站设计的美观及愉悦程度；文本是否容易阅读；图片是否使用适当；是否创造性地采用了声频与视频手段增强宣传效果。

④电子商务功能

能否实现在线订购、支付。

⑤网站的特色应用

网站是否有社区或论坛；是否有计算器或其他可以增强用户体验的工具；访问者能否注册电子邮件通信；用户能否通过网站获得实时帮助（如在线拨号或聊天系统）；网站是否有通往相关信息互补性资源的链接。

表 2-1 所示的是 btobonline 经过综合评价评选出的 2008 年度美国 B2B 企业最佳网站 100 强前 10 名的资料。

表 2-1　2008 年度美国 B2B 企业最佳网站评价下 TOP10

| 排名 | 公司名称、网址 | 所属企业 | 点　评 |
|---|---|---|---|
| 1 | Adobe<br>www.adobe.com | 软件 | 该网站比较实用，为客户提供了一整套明确的解决方案 |
| 2 | Cisco Systems<br>www.cisco.com/SMB | 制造业：高科技 | 快速的网站访问速度，易于导航，引导访问者快速进入页面 |
| 3 | Formway Furniture<br>www.formway.com | 制造业：办公产品，家具 | 设计美观，有着独特的视觉感受；全面的搜索功能，产品展示 |
| 4 | InFocus Corp.<br>www.infocus.com | 制造业：高科技 | 良好的产品分类以及搜索功能 |
| 5 | Information Technology Toolbox<br>www.ITtoolbox.com | IT | 易于导航；优良的操作界面 |
| 6 | Johns Manville<br>www.specjm.com | 制造业 | 网站整体设计非常好，良好的视觉效果以及强大的导航功能 |
| 7 | TechSmith Corp.<br>www.Techsmith.com | 软件 | 设计简单，良好的导航和链接功能；提供很多有用的交互式工具，如在线演示和软件下载 |
| 8 | Suni Imaging<br>www.suni.com | 制造业：高科技 | 界面设计很好，符合逻辑，有大量白页信息 |
| 9 | ThomasNet<br>www.thomasnet.com | 批发/零售/分销 | 操作方便的电子商务网站，强大的搜索功能；其他特色包括左侧导航可以让客户自主选择按什么关键词来缩小相关的搜索 |
| 10 | USPS(美国邮政公司)<br>www.USPS.com | 物流服务 | 良好的搜索，友好和优化，主页提供很多关于该公司服务条款的选择 |

(2)新竞争力网络营销管理顾问网站评价指标体系简介

新竞争力网络营销管理顾问的网站评价指标体系针对不同类型的网站而制定，包括

B2B 电子商务网站评价、B2C 电子商务网站评价和一般企业网站评价。其中企业网站专业性评价系统共有 10 个类别共 120 项评价指标，包括网站整体策划设计、网站功能和内容、网站结构、网站可信性、同行比较评价等 10 个方面，每类指标包含若干项详细评价指标。新竞争力网站专业性评价指标体系以网络营销导向的企业网站建设为基本思想，在几年来对数千个网站进行深入研究的基础上逐渐完成。新竞争力的网站评价全面反映网站的专业水平，对制定和修正企业网络营销策略提供重要的参考依据。

与其他机构的网站测评体系相比，新竞争力网站专业性评价指标体系的主要特点如下：

①注重网站的网络营销价值而不是外在表现

一般网站测评主要从网站视觉、页面布局等外在的因素来评价，评价的结果表明了一个网站给人的"感觉"，而不是从网络营销的角度分析网站的专业水平，因此对于企业修正网络营销策略没有实质性的价值。新竞争力网站专业性综合评价则从网站总体策划、网站结构、内容、技术功能、服务、网络营销功能、竞争者分析等多个方面进行全面的评价，评价结果对于企业制定网络营销策略具有重要价值。

②网站评价指标体系全面、合理

新竞争力网站评价体系建立在对数以千计的网站进行系统研究的基础之上，评价指标体系全面、合理，并且对众多网站的评价证实这个指标体系的有效性。

③针对不同类别网站采用相应的评价指标体系

尽管一些基本要素对所有网站都是类似的，但不同类别的网站具有不同的特点，如B2B 电子商务网站、B2C 电子商务网站和一般企业网站在网站的经营思想、网络营销功能、技术功能、网站内容表现形式等方面具有一定的差异，因此对不同类别的网站需要采用相应的评价指标体系。

④在线评价与专家评价相结合

新竞争力网站专业性综合评价体系由在线评价与专家评价两个部分组成，其中在线评价根据新竞争力自行开发的网站专业性评价系统，对部分指标以在线评测的方式实现，但由于大部分指标不可能通过程序自动实现，因此还要根据资深网络营销专业人士的专业知识和经验进行分析评价。

⑤专业的分析建议

新竞争力网站专业性综合评价报告由资深网络营销专业人士完成，在对网站各个方面全面研究的基础上，提出针对性的分析建议，这些建议可以直接应用于改进网站专业水平，制定更加有效的网络营销策略。

⑥公正性与可信性

新竞争力是中立的研究型网络营销顾问机构，公司本身不提供网站建设服务，对所有参与评价的网站采用统一的标准，最大可能地避免了主观性和倾向性，因此评价结果的公正性和可信性更高。

3. 网站访问统计分析

网站访问统计分析，是指在获得网站流量基本数据的前提下，对有关网站访问数据进行统计、分析，从中发现用户访问网站的规律，并将这些规律与网络营销策略等相结合，从而发现目前网络营销活动中可能存在的问题,为进一步修正或重新制定网络营销策略提供依据。

(1)如何获得网站流量分析资料

由于网站流量分析对于网络营销发挥的重要作用,因此在正规的网络营销活动中都离不开网站流量统计分析。一份有价值的网站流量分析报告不仅仅是网站访问日志的汇总,还应该包括详细的数据分析和预测。如何才能获得网站访问统计信息呢?

获取网站统计资料通常有两种方法:一种是通过在自己的网站服务器端安装统计分析软件来进行网站流量监测,另一种是采用第三方提供的网站流量统计分析服务。两种方法各有利弊,采用第一种方法可以比较准确获得详细的网站统计信息,并且除了支付购买访问统计软件的费用之外无须其他直接的费用,但由于这些资料在自己的服务器上,因此在向第三方提供有关数据时缺乏说服力;第二种方法是正好具有这种优势,但要受到第三方服务商统计系统的制约,并且网站信息容易泄露,或者要为这种统计服务付费。此外,如果必要,也可以根据需要自行开发网站流量统计系统。具体采取哪种形式,或者哪些形式的组合,可根据企业网络营销的实际需要决定。一般来说规模不是很大的网站以第三方统计为主,非商业性网站则可以选择第三方免费流量统计服务。

现在国内出现了许多提供免费网站流量统计的网站,如51yes、51la 免费网站流量统计系统等。

(2)网站访问统计指标概述

网站访问统计分析的基础是获取网站流量的基本数据,对网站访问统计分析的相关研究认为,网站访问统计指标大致可以分为三类,每类包含若干数量的具体统计指标。这三类指标分别是网站流量指标、用户行为指标、用户浏览网站的方式。

①网站流量指标

网站流量统计指标常用来对网站效果进行评价,主要指标包括:

· 独立访问者数量(Unique Visitors)。

· 重复访问者数量(Repeat Visitors)。

· 页面浏览数(Page Views)。

· 每个访问者的页面浏览数(Page Views Per User)。

· 某些具体文件/页面的统计指标,如页面显示次数、文件下载次数等。

②用户行为指标

用户行为指标主要反映用户是如何来到网站的,在网站上停留了多长时间,访问了哪些页面等,主要的统计指标包括:

· 用户在网站的停留时间。

· 用户来源网站(也叫"引导网站")。

· 用户所使用的搜索引擎及其主要关键词。

· 在不同时段的用户访问量情况等。

③用户浏览网站方式

用户浏览网站方式的相关统计指标主要包括:

· 用户上网设备的类型。

- 用户浏览器的名称和版本。
- 访问者计算机分辨率显示模式。
- 用户所使用的操作系统名称和版本。
- 用户所在地理区域分布状况等。

在网站访问统计指标中,有些常用指标对网络营销的意义十分重要,往往受到更多的关注。这些指标包括:页面浏览数、独立访问者数量、每个访问者的页面浏览数、用户来源网站(来路统计)、用户使用的主要搜索引擎及其关键词检索等。下面对相关指标及其网络营销意义进行简要介绍。

(3)网站页面浏览数及其网络营销意义

在进行网站访问量统计分析时,页面浏览数(或称页面下载数、网页显示数)和每个访问者的平均页面浏览数是一项重要指标,不过实际工作中对这项指标的对比分析中经常会出现一些容易混淆的地方,因此在研究网站流量统计分析有关问题时,有必要对网页浏览数的真实意义做一些讨论。

①网站页面浏览数的基本含义

- 页面浏览数(Page Views)

网站页面浏览数是指在一定统计周期内所有访问者浏览的网页数量。页面浏览数也就是通常所说的网站流量,或者网站访问量,常作为网站流量统计的重要指标。如果一个访问者浏览同一网页三次,那么浏览数就计算为三个。

不过,页面浏览数本身也让人有很多疑问,因为一个页面所包含的信息可能有很大差别,一个简单的页面也许只有几行文字,或者仅仅是一个用户登录框,而一个复杂的页面可能包含几十幅图片和几十屏文字,同样的内容,在不同的网站往往页面数不同,这取决于设计人员的偏好等因素。例如,一篇6 000字左右的文章在新浪网站通常都放在一个网页上,而在有些专业网站则很可能需要5个页面。对于用户来说,获取同样的信息,新浪网的网站统计报告中记录的页面浏览数是1,而其他的网站则是5。

在网络广告的常用术语中也介绍过,由于页面浏览数实际上并不能准确测量,或者不同网站的页面浏览数可比性不高,因此现在IAB推荐采用的最接近页面浏览的概念是"页面显示"。无论怎么称呼,实际上也很难获得统一的标准,因此页面浏览指标对同一个网站进行评估时意义比较明确,而在不同网站之间比较时说服力就会大为降低。

- 每个访问者的页面浏览数(Page Views Per User)

这是一个平均数,是指在一定时间内全部页面浏览与所有访问者相除的结果,即一个用户浏览的网页数量。这一指标表明了访问者对网站内容或者产品信息感兴趣的程度,也就是常说的网站"黏性"。比如,如果大多数访问者的页面浏览仅为一个网页,表明用户对网站显然没有多大兴趣,或者是通过某种渠道(比如搜索引擎)临时获取某方面的信息,达到某地之后即离开网站。值得注意的是,由于各网站设计的原则不同,对页面浏览的定义不统一,同样也会造成每个访问者的页面浏览数指标在不同网站之间的可比性较低。

通过各种网站页面浏览数的对比分析,对网站流量统计指标中页面浏览数量问题的一般观点是:如果没有对一个网站的实际状况进行具体分析,单纯看页面浏览数(以及每个用户的浏览数)本身只能大致反映出一个网站的访问量情况,并不能说明网站内容是不是真的对用户具有"黏性",尤其不要为每个访问的平均页面浏览数很高而自豪。如果这个数字太高,反而说明网站设计存在一定的问题。当然,如果这个指标过低,也可能说明网站内容在某些方面存在问题。

②网站页面浏览数量统计指标的网络营销含义

在网站流量统计分析报告中,给出的网站页面浏览数一般是在一个统计时期内的网页浏览总数,以及平均每天页面浏览数。这些数字表明网站的访问量情况,可以用作对网站推广运营效果的评价指标之一,但是仅从网页浏览总数或者每天的平均网页浏览数中实际上发现不了对网络营销分析有很大价值的信息。除了表明网络营销的效果之外,应该如何在网页浏览数与网络营销之间建立关联关系呢?

根据网站流量数据分析的实践经验,网页浏览数对网络营销分析主要有下列四个方面的意义:

• 网页浏览数量历史数据与网站发展阶段特征对比分析

比如将三个月来网站每天的页面浏览数进行分析,从中分析网站浏览的发展形势,并且将这些数据与网站所处阶段特点结合分析。对于新发布的网站,如果网站页面浏览数处于明显上升趋势,那么与网站发展阶段的特征是基本吻合的,否则就应该进一步分析,为什么这期间网站访问量没有明显上升。类似地,如果网站处于稳定阶段,网页浏览数应该相对稳定或有一定波动,但如果数据表明页面浏览数在持续下滑,则很有可能反映出网站出现了某种问题,比如网站内容和服务方面存在某些问题,或者出现了新竞争者造成用户转移,或者在保持老客户方面存在问题使用户流失现象比较明显等。

• 分析网页浏览数变化周期

当网站运营一段时间后,网站处于相对稳定阶段,这期间网站访问量会表现出一定周期性的规律。比如在每一个星期一到星期四,访问量明显高于星期五到星期天,而在同一天中,上午10点和下午3点可能是网站访问量的高峰。掌握了这些规律之后,可以充分利用用户的访问特点,在访问高峰到来之前推出最新的内容,这样便于最大可能提高网站信息传递的效果。

• 访问者的页面浏览数量变化情况分析

通过每个访问者的页面浏览数量变化情况分析网站访问量的实际增长。每个用户的页面浏览数量反映了用户从网站获取信息的多少,一般来说这个平均数越高,说明用户获取信息量也越大(一个例外情况是,网站提供的信息对用户有价值,但用户获得信息不方便而造成平均页面浏览数过大,如需要多次点击,查找信息不方便,每个页面的信息量过小等)。通过对每个访问者的页面浏览数变化趋势分析,如果发现这一数据基本保持稳定,那么当与网站页面浏览进行对比分析时,页面浏览数的变化趋势就反映了网站总体访问量的变化。如果平均页面浏览数有较大变化,则需要对网站独立用户数、网页浏览数等指标进行比较分析才能发现网站访问量变化的真正趋势。因为如果每个用户平均页面浏览数增加,即使独立用户数量没有增长,同样会使得总的页面浏览数增加。反之,如果独立用户数保持稳定,但平均页面浏览数下降了,也会造成网页浏览数的减少。因此单纯从网站页面浏览数的变化情况还不足以说明网站的总体访问量变化趋势,需要与独立用户数、每个用户的平均页面浏览数量等进行比较分析。

· 栏目（频道）页面浏览数的比例分析

通过各个栏目（频道）页面浏览数的比例分析重要信息是否被用户关注。通过 Alexa 全球网站排名系统（www.alexa.com）可以看出一些网站各个栏目首页访问量占网站总访问量的比例，这一信息对于选择网站广告投放在哪个频道具有一定的参考价值。虽然这种数据来自第三方的统计，所采用的方法并不一定可靠，并且对于大多数访问量比较低的网站，信息的准确性较差，不过这种分析思路可以推广到任何一个网站，只是需要对自己网站各个栏目页面访问数量进行统计，一般的网站流量统计分析软件中都有这样的功能。通过对各个栏目页面浏览数量比例分析，可以看出用户对哪些信息比较关注，也可以获得多大比例的用户访问网站首页。这些数据对于各个重要网站的重点推广具有重要意义，比如，可以根据自己的预期决定采用搜索引擎关键词广告推出时应该链接到哪些页面，注册快捷网址时直接到达哪些页面等。这一比例分析通常也反映出一个重要事实：对于绝大多数网站来说，多数用户通常并不是首先来到首页，然后才根据首页导航逐级进入其他页面的。

关于页面浏览数量的分析及应用，上面介绍的是一般的内容，在网站营销管理实际工作中还可以获得更多有价值的信息，比如对某些重要页面的跟踪分析，可以获得在一个时期内的访问统计规律，或者与某项网站推广方案进行相关分析，从而判断网站推广的效果等。

此外，上述内容中也提到了网站独立用户（独立访问者）对网站流量访问统计分析的影响，独立用户也是网站访问统计分析的重要指标之一，接下来将详细介绍。

（4）独立访问者数量及其网络营销意义

①独立访问者数量的基本含义

独立访问者数量（Unique Visitors），有时也称为独立用户数量或者独立 IP 数量（尽管独立用户和独立 IP 之间并不完全一致），是网站流量分析中另一个重要的数据，并且与网页浏览数分析之间有密切关系。独立访问者数量描述了网站访问者的总体状况，指在一定统计周期内访问网站的数量（例如每天、每月），每一个固定的访问者只代表一个唯一的用户，无论他访问这个网站多少次。独立访问者越多，说明网站推广越有成效，也意味着网络营销的效果卓有成效，因此是最有说服力的评价指标之一。相对页面浏览数统计指标，网站独立访问数量更能体现出网站推广的效果，因此对网络营销管理具有重要意义。

一些机构的网站流量排名通常都依据独立访问者数量，如调查公司 Media Metrixt 和 Nielsen/NetRatings 对美国最大 50 家网站访问量排名就是采用独立访问数为依据，统计周期为一个月，无论用户在一个月内访问网站多少次，都记录为一个独立用户。不过值得说明的是，由于不同调查机构对统计指标的定义和调查方法不同，对同一网站检测得出的具体数字不一致。

②独立访问者数量的网络营销意义

在网站流量分析中，独立访问者数量（独立用户数量）对网络营销主要有下列作用：

· 独立用户数量比较真实地描述了网站访问者的实际数量

相对于网页浏览数和点击数等网站流量统计指标,网站独立访问者数量对网站访问量更有说服力,尽管这种统计指标本身也存在一定的问题。目前对独立访问者数量的定义通常是按照访问者的独立 IP 来进行统计的,这实际上和真正的独立用户之间也有一定差别。比如多个用户共用一台服务器上网,使用的是同一个 IP,因此无论通过这个 IP 访问一个网站的实际用户数量有多少,在网站流量统计中都算作一个用户。而对于采用拨号上网方式的动态用户,在同一天内的不同时段可能使用多个 IP 来访问同一个网站,这样就会被记录为多个"独立访问者"。

当然也有可能采用更精确的方式来记录独立访问者数量,比如用户网卡的物理地址等,或者多种方式综合应用。但由于这些统计方式可能会影响到对访问者其他信息的统计,如用户所在地区、用户使用的 ISP 名称等,因此在网站流量统计中,这种"精确统计"方式并不常用。所以,尽管独立 IP 数量与真正的用户数量之间可能存在一定差别,但目前的网站统计中仍然倾向于采用 IP 数量的统计。

• 网站独立访问数量可用于不同类型网站访问者量的比较分析

前面介绍过,通过每个访问者的页面浏览数变化趋势分析网站访问者的实际增长时需要用到独立访问者数量统计指标。因为对于不同的网站,用户每次访问的网页数量差别可能较大,对于新闻、专题文章等内容的网站,用户可能只是浏览几个最新内容的网页。而对于一些娱乐性的网站,如音乐、图片、社会性网络等,用户每次访问可能会浏览几十个甚至更多的网页,这样仅仅用网页浏览数量就很难比较两个不同类别网站的实际访问者数量,因此独立用户数量是一个通用性的指标,可以用于各种不同类型网站之间访问量的比较。

• 网站独立访问者数量可用于同一网站在不同时期访问量的比较分析

与不同网站的用户平均页面浏览有较大差别类似,同一个网站在不同时期的内容和表现会有较大的调整,用户平均页面浏览数也会发生相应的变化,因此在一个较长时期内进行网站访问量分析时,独立用户数量指标具有较好的可比性。

• 以独立用户为基础可以反映出网站访问者的多项指标

除了网站的"流量指标"之外,网站统计还可以记录出一系列用户行为指标,如用户计算机的显示模式设计、计算机的操作系统、浏览器名称和版本等,这些都是以独立用户数量为基础进行统计的。同样,在一个统计周期内同一用户的重复访问次数也可以被单独进行统计。

(5)用户来源网站分析及其网络销售意义

用户来到一个网站的方式通常有两种:一种是在浏览器地址栏中直接输入网址或者点击"收藏夹"中的网站连接;另一种则是通过别的网站引导而来,也就是来源网站。用户来源网站,有时也称为引导网站,或者推荐网站(Referring Site)。

许多网站统计分析系统都提供了用户来源网站统计的功能(来路统计功能),这对于网站推广分析具有重要意义,这些统计资料可以了解网站的用户来自哪里,以及各个来源网站占多大比例等。

①用户来源网站分析的主要统计指标

通过用户来源网站统计,可以看出是来自哪个搜索引擎、使用什么关键词进行检索,以及网站(网页)索引出现在搜索结果的第几页第几项。一般说来,通过网站流量统计数据可获得的用户来源网站的基本信息包括：

- 来源网站(网页)的 URL 及其占总访问量的百分比。
- 来自各个搜索引擎的访问量百分比。
- 用户检索所使用的各个关键词及其所占百分比。
- 在获得上述基础数据的前提下,可以继续分析获得更加直观的结果。
- 对网站访问量贡献最大的引导网站。
- 对网站访问量贡献最大的搜索引擎。
- 网站在搜索引擎检索中表现最好的核心关键词。

②用户来源网站分析的网络营销意义

访问者来源统计信息为网络营销人员从不同方面分析网站运营的效果提供了方便,至少可以看出部分常用网站推广措施所带来的访问量,如网站连接、分类目录、搜索引擎自然检索、投放于网站上的在线显示类网络广告等。以搜索引擎为例,通过来源网站的分析可以清晰地看出各个搜索引擎对网站访问量的贡献,哪个搜索引擎的重要程度如何,是不是值得去购买付费搜索服务,这样更有利于选择对网站推广有价值的搜索引擎作为重点推广工具,从而减少无效的投入。

不过,这些基本统计信息本身所能反映的问题并不全面,有些隐性问题可能并未反映出来。例如,根据分析某个关键词对于一个网站应该很重要,但是通过对重要搜索引擎带来访问量的分析发现,只有其中一个搜索引擎带来了访问量(通过自然搜索而不是付费方式),在这种情况下,并不能因此否定其他搜索引擎的价值,还需要作进一步分析才能知道是自己网站本身的问题,还是搜索引擎的问题。另外,网站访问量增长(或者下降)是因为某些推广措施还是其他原因? 对这些问题的深度分析,则需要考虑更多的因素。

另外,一个企业网站被竞争者关注是很正常的事情,竞争者访问的频度如何,主要关注哪些内容等都是值得研究的问题。根据详细的网站访问统计,甚至可以据此分辨出"谁是我们的朋友,谁是我们的敌人"。如果有必要,还可以针对主要竞争者设计专门的网页,以便给竞争对手的监视活动制造错觉。

(6)用户使用的搜索引擎和关键词统计

在网站来路统计分析中,可以看出用户来自哪些网站,其中也包括搜索引擎的引导。用户通过某个搜索引擎检索并来到一个网站,这个搜索引擎便成为引导网站中的一个。对于来源于搜索引擎的用户,通过网站统计数据可以获得更多的信息,其中对搜索引擎营销最有价值的一项统计信息是,用户通过什么搜索引擎以及使用什么关键词进行搜索。这些统计信息对于了解用户使用搜索引擎的习惯很有价值,对这些数据的分析结论可以用来更有效地改进网站的搜索引擎推广策略。

从网站推广管理的角度来看,在所有网站访问量统计资料中,搜索引擎关键词分析的价值甚至远高于独立用户数量和页面浏览数量这些被认为是最主要的网站流量统计指标。因为这些信息告诉网络营销人员,用户是如何发现你的网站的,他们使用哪些搜索引擎检索,利用这些关键词检索时你的网站在搜索结果中的排名状况——这些通过自己的主观想象往往是做不到的。但是,从大量零散的搜索引擎关键词信息中获得非常有价值的结论,并用于改进网站的搜索引擎推广策略,实际上并非简单的事情,正如一个人发现了一个天然的水晶石矿,但是从这些天然矿石的筛选到切割出璀璨的水晶,一般人是做不到的,不仅需要专业的设备,还需要熟练的专业技术人员来操作。

### 2.2.3 网站的诊断

网站评价诊断是一项综合性很强的网络营销知识,不是简单的网站外观评论。网站外在的因素,尤其是视觉效果对于网络营销导向的网站来说并不是最重要的,而且也不容易形成完整的评价体系。从网络营销角度来进行网站评价诊断,不仅需要对网站建设的基本要素和流程有所了解,还需要对网站运营管理有一定的认识。对网络营销导向企业网站问题要进行多角度的研究,包括网站基本要素、网站易用性、可信度、网站优化以及网站评价等方面,掌握这些知识也就具备了从网络营销的角度对网站进行诊断评价和研究的基础。

#### 1. 网站诊断的要点

对自行进行网站诊断的学习者,对网站进行初步诊断可以从下列四个方面开始:网站规划与网站栏目结构、网站内容及网站可信度、网站功能和服务、网站优化及运营。

(1)网站规划与网站栏目结构

• 网站建设的目标是否明确? 网站要为用户提供哪些信息和服务?

• 网站导航是否合理? 用户通过任何一个页面可以回到上级页面以及首页吗?

• 各个栏目之间的链接关系是否正确?

• 通过最多 3 次的点击,是否可以通过首页到达任何一个内容页面,是否可以通过任何一个页面到达站内其他任何一个网页?

• 是否有一个简单清晰的网站地图?

• 网站栏目是否存在过多、过少,或者层次过深等问题?

(2)网站内容及网站可信度

• 是否提供了用户需要的详尽信息,如产品介绍和联系方式?

• 网站内容是否更新及时? 过期信息是否及时清理?

• 网站首页、各栏目首页以及各个内容页面是否分别有能反映网页核心内容的网页标题? 是否整个网站都用一个网页标题?

• 网站首页、各栏目首页以及各个内容页面 HTML 代码是否有合理的 Meta 标签设计?

• 是否提供了产品销售信息、售后服务信息和服务承诺?

• 公司介绍是否详细,是否有合法的证明文件(如网站备案许可)?

(3)网站功能和服务

• 网站是否可以稳定运行,访问速度是否过慢?

• 为用户提供了哪些在线服务手段?

• 用户真正关心的信息是否可以在网站首页直接找到?

• 网站是否可以体现出产品展示、产品促销、顾客服务等基本的网络营销功能?

(4)网站优化及运营

• 网站总共有多少个网页? 被主流搜索引擎收录的网页数量是多少? 占全部网页数

量的百分比多高？是否有大量网页未被收录，或者在搜索结果中表现不佳？

· 网站的 PR 值是多少？如果首页 PR 值低于 3，那么是什么原因造成的？是否有某些栏目页面 PR 值为 0？

· 网站在搜索引擎优化方面是否存在不合理的现象，是否有搜索引擎作弊的嫌疑？

· 网站是否采用静态网页？如果采用动态网页技术，是否进行了合理的优化？

· 对搜索引擎的友好性：网站首页、各栏目首页以及各个内容页面是否有合理的有效文字信息？

· 网站访问量的增长状况如何？网站访问量是否很低？如果访问量低是不是因为网站优化不佳而造成的？

· 与主要竞争者比较，网站在哪些方面存在明显的问题？

通过对上述问题进行认真的分析思考，就不难发现网站是否存在与网络营销导向不相适应的明显问题。

2. 网站诊断评价方法

(1)Alexa 排名机器流量分析(www.alexa.com)

Alexa 排名是目前常引用的用来评价某一网站访问量的一个指标。事实上，Alexa 排名是根据对用户下载并安装了 Alexa ToolsBar 嵌入到 IE 等浏览器，从而监控其访问的网站数据进行统计的，因此，其排名数据并不具有绝对的权威性。但由于其提供了包括流量综合排名到访量排名、页面访问量排名等多个评价指标信息，且目前尚没有而且也很难有更科学、合理的评价参考，大多数人还是把它当作当前较权威的网站访问量评价指标。123 查网(http://www.123cha.com/alexa)提供了 Alexa 的流量分析中文查询界面。

(2)网站的 Google Page Rank 页面评定等级

Page Rank 取自 Google 的创始人 Larry Page，它是搜索引擎根据网页的 title、关键字密度、关键字格式、关键字在文章中的位置、页面的站内链接及站外链接等因素计算得出的网页等级评定分值。是 Google 排名运算法则（排名公式）的一部分，用来标识网页的等级/重要性。级别从 0 到 10 级，10 级为满分。PR 值越高说明该网页越受欢迎（越重要）。注意：Google PR 是和精确完整的网址相关的，不同的网址具有不同的 PR。www.abc.com 与 abc.com 的 PR 值是不同的。

(3)网站被几大搜索引擎收录和排名情况

网站被主流搜索引擎收录和排名状况可以从三个方面进行评价：

①网站被各个主要搜索引擎收录的网页数量。网页被收录的数量越多，意味着被用户发现的机会越大——这也是搜索引擎目标层次原理中的第一阶段，即增加网站的搜索引擎可见度。对搜索引擎收录网页数量进行评价，实际上也反映了网站的内容策略是否得到有效的实施，内容贫乏的网站自然不可能产生大量高质量的网页。因此对搜索引擎收录网页数量的比较，往往可以反映出不同竞争者网站之间网页推广资源的差异。

②被搜索引擎收录的网页数量占全部网页数量的比例。理想的情况是网站所有的网页都被搜索引擎收录，但实际上一些网站因为在网站栏目结构、链接层次和网页 URL 设计等方面的问题造成大量网页无法被搜索引擎收录，这样网站内部网页资源的价值就无法通过搜索引擎推广表现出来。网站被搜索引擎收录的网页比例越接近 100%，就说明

网站基于搜索引擎自然检索推广的基础工作越扎实。

③在搜索引擎检索结果中有较好的表现。在前两项评价的基础上,还有必要对网站在主流搜索引擎检索结果的表现进行评价,尤其是利用网络的核心关键词进行检索时,与竞争者相比,网站在这些关键词检索结果页面中的优势地位如何。因为搜索引擎推广在一定程度上可以理解为竞争者为有限的搜索结果推广而竞争,只有优于竞争者才能获得用户的点击。"关键词"是为网络通过搜索引擎自然检索带来较高访问量的关键词,也指"长尾理论"中反映在头部部分的重要关键词。因为用户检索行为的分散性,不可能对用户检索的所有关键词进行分析评价。

(4)获得其他网络链接的数量和质量

在常用的网站工作中,获得相关网站的链接是常用的推广方法之一,因此其他网站链接的数量和质量在一定程度上可以表明网络营销人员为推广工作所做的努力,尤其可以反映网站在行业中受到其他网站关注的程度。不过网站链接的数量与网站访问量之间并没有严格的正比关系,有些相关网站链接可能带来明显的访问量,也有些链接对网站推广的效果并不显著。不过,从网站链接在搜索引擎优化中的意义考虑,高质量的网站链接仍然是有价值的。

(5)网站访问量和注册用户数量评价

作为评价网站推广效果的基本指标,常使用网站访问量和注册用户数量等进行评价。网站访问量是网络营销取得效果的基础,在一定程度上反映了网站获得顾客的潜在能力,网站访问量指标则直接反映了网站推广的效果。注册用户数量反映了通过网站推广获得的网站营销资源,例如注册用户资料时开展 Email 营销。对网站访问数据的统计分析也是网络营销管理的基本方法和基本内容。

(6)网站的页面及 Meta 标签检测和关键字查询

利用 Meta 信息检测工具,可以检测网页的 Meta 标签,分析标题、关键词、描述等是否有利于搜索引擎收录,页面关键词出现的密度与数量,及是否符合蜘蛛的搜索。现提供此项服务的网站很多,如中国站长网(http://tool.chinaz.com),还有这方面的检测软件,如几木 SEO 助手等。

(7)各种网络营销活动反应率的评价

在网络营销活动中,有些活动的效果并不表现为访问量的增加而是直接达到销售促进的效果,因此便无法用网站访问量来进行评价。例如企业进行促销活动时,采用电子邮件方式发送优惠券,用户下载之后可以直接在传统商场消费时使用,用户就无须登录网站,这时网络促销活动的效果对网站流量就不会产生明显的增加,因此只能用该活动反应率指标来评价,如优惠券的下载数量、在商场中兑现的数量等。

另外,由于点击率通常比较低,而网络广告对于那些浏览而没有点击广告的用户同样产生影响,因此用网络广告对网站流量增加评价方式会低估网络广告的价值。对于这些通过网站访问量无法评估的网络营销活动,常采用对每项活动的反应率指标来进行评估,如网络广告的点击率和转化率、电子邮件送达率和回应率等。

关于网络营销的投资收益率(ROI)分析等综合评价方法,由于不同的企业网站对网络营销效果的目标、采用的网络营销方法和效果评价方法有较大差异,因此目前还没有一套广泛通用的评价方法，本书对此暂不作系统介绍。

3. 网站诊断评价报告的内容

(1)战略定位：对企业所在产业链进行分析

①产业、行业环境分析；

②行业竞争状况；

③企业自身定位、品牌定位、网站定位、市场定位、细分市场。

(2)目标客户群体(聚众、分众、公众)

①目标客户、客户分类；

②根据客户要求能给客户提供哪些产品和价值、服务？

(3)网站分析

①网站基本资料

·分析域名、空间、建站代码。

·网站在各大搜索引擎收录情况；网页收录量，反向链接、IP、PR；搜索企业名、产品名、关键词排名及页面部署情况和收录量；利用调查电话、Email了解创始人、公司名、网站实体；利用 IP 排查是否有站群等；是否使用二级域名。

·网站 Alexe 排名、网站流量分析、外链情况。

·网站访问页面分析。

·网站布局、UI 用户界面体验、PV 量。

·网站优化状况：页面优化、关键词优化。

②网站推广

·分析各搜索引擎的网页、新闻、贴吧、问答、论坛、博客等。

·仔细分析各收录页面并归类，看这些信息反映哪些情况，是否有负面情况。

③媒体投放

·网络媒体投放情况(搜索引擎、广告联盟、定向网站等)；

·其他媒体投放情况。

④整合推广：有无事件营销、相关广告语、软文、病毒源文章等。

⑤整体布局评价、客户评价。

(4)竞争对手分析

(5)评估结论

(6)解决方案

【案例】

## 雀巢网站诊断报告

一、网站概况

雀巢集团 www. nestle. com. cn(中国主页)整体看上去比较简洁，主色调以红色为主，能够突出企业的形象，不过其网页 banner 占据了太大的网站界面，整体看来主体和 banner 占同样空间，显得主次不清。

雀巢公司在处理自己的公司上也有些问题，首先是其主页不明显，让人对雀巢本身的公司没有兴趣,不利于网站文化的宣传与推广。

另外,其首页上的信息过于简单,大部分需要进入二级网页了解,这样就丧失了网站使用的简便性,容易使用户感到厌烦。在网上销售,除了香港和澳门网站外订购方面较为缺乏,不利于和用户互动联系。

二、网站诊断方法的说明

其方法包括:

1. 雀巢网站的 Alexa 排名机器流量分析;

2. 网站的 Google Page Rank 页面评定等级;

3. 网站被几大搜索引擎收录和反向链接情况;

4. 网站的页面及 Meta 标签检测和关键字查询;

5. Google 关键字排名查询;

6. IP/服务器物理定位查询。

三、网站问题罗列与分析

1. 网站 Alexa 排名

<table>
<tr><td colspan="3" align="center">站点 www. nestle. com. cn 的 Alexa 排名查询结果</td></tr>
<tr><td align="center">一周平均</td><td align="center">三月平均</td><td align="center">变化趋势</td></tr>
<tr><td align="center">590 321</td><td align="center">380 236</td><td align="center">升 207 950</td></tr>
</table>

2. 全球用户访问比例

<table>
<tr><td align="center">一周平均</td><td align="center">三月平均</td><td align="center">变化趋势</td></tr>
<tr><td align="center">0.00017%</td><td align="center">0.00025%</td><td align="center">上升 82%</td></tr>
</table>

现在雀巢的排名为 376 146,雀巢是世界最早建立的以婴儿奶粉起家的知名企业,而在中国的市场其奶粉的市场占有率却远不如其久负的盛名,所以首先应在网站上加强建设投资,增强 Alexa 的排名

3. 网站指向 IP 列表

<table>
<tr><td align="center">所相关的 5 个网站</td><td align="center">近月访问量</td></tr>
<tr><td align="center">nestle. com</td><td align="center">48 689</td></tr>
<tr><td align="center">nestle. com. cn</td><td align="center">376 146</td></tr>
<tr><td align="center">nestle. com. hk</td><td align="center">457 169</td></tr>
<tr><td align="center">nestle. com. tw</td><td align="center">595 588</td></tr>
<tr><td align="center">nescafe. com. cn</td><td align="center">768 181</td></tr>
</table>

明显看出在香港以及大陆的咖啡明显比同牌的产品排名要靠前得多,这不能不引起重视,一个以奶粉麦片起家的企业在咖啡上居然占主导,而且自己的主网站明显居于下风。

4. 比较同类产品的排名量

| 同类产品 | 今日访量 |
| --- | --- |
| nestle. com. cn | 376.146 |
| yili. com | 103.548 |
| mengniu. com. cn | 155.776 |

5. 网站的 PR 值

Page Rank 是 Google 排名运算法则(排名公式)的一部分,用来标识网页的等级/重要性。级别从 0 到 10 级,10 级为满分。

雀巢 Google PR 页面评定结果为 4(www. nestle. com. cn),www. nestle. com 评定为 7,台湾为 5,香港为 6。

6.. 几大搜索引擎的收录情况

| 搜索引擎 | 收录该网站网页的数量 | 反连接 |
| --- | --- | --- |
| Google | 689 | 251 |
| yahoo. com | 143 | 2 176 |
| 百度 | 268 | 4 |
| 搜搜 | 172 | 0 |
| sogo | 219 | 251 |

7. 关键字的收录(雀巢)

| | Baidu | 在网站 www. nestle. com. cn 的收录结果前 100 名中有 1 条记录 |
| --- | --- | --- |
| | Google | 在网站 www. nestle. com. cn 的收录结果前 100 名中有 1 条记录 |

四、雀巢有关页面检测信息结果

1. Meta 信息检测结果

(1)www. nestle. com. cn 页面检测信息结果

标题:nestle,6 个字符,建议 80 个字符以内。

关键字:无,建议 100 个字符以内。

描述:无,建议 200 个字符以内。

(2)www. nestle. com 页面检测信息结果

标题:nestle,6 个字符,建议 80 个字符以内。

关键字:nestle corporate homepage,建议 100 个字符以内。

描述:Nestle is a Nutrition, Health and Wellness company committed to increasing the nutritional value of our food while improving the taste. Headquartered in Switzerland, Nestle has offices, factories and R&D centres worldwide.

由此可见不论是雀巢总网站还是雀巢中国网站关键字都很少,且网站的描述也很简单。

2.雀巢中国网站的页面很简单,在它所包含的任何一个子网页里的标题都一样。

3.在雀巢中国网站上我们可以进入咖啡子网页,包含简单的介绍,通过链接,进入咖啡的主页。

(1)www. nescafe. com. cn 页面检测信息结果

标题:雀巢中文网站,建议80个字符以内。

关键字:轻松咖啡站,咖啡,雀巢咖啡,雀巢公司,雀巢中国,雀巢网站,东莞雀巢,雀巢产品,建议200个字符以内。

描述:雀巢咖啡中文网站为您带来雀巢咖啡产品详细介绍,包含咖啡历史文化、冲调方法和咖啡健康在内的资料库大全,更有在线游戏和礼品积分兑换等详细资讯,立即加入雀巢咖啡俱乐部更多精彩内容等你来!

由此可见,网站的描述是比较恰当合理的,但是标题没有改变。

(2)www. nestle. com. hk 页面检测信息结果

标题:welcome to nestle HongKong。

关键字:Nestle HongKong,Good Food,Good Life,Jetso,Kidsclub,Nutrition Land,Nutrition,Recipes,Nestle events,Life style,Healthy,Baby,Children,Kids,Parent,Old。

描述:Good Food Good Life。

由此可见,网站的描述过于简单,建议200个字符。

(3)www. nestle. com. tw 页面检测信息结果

标题:台湾雀巢,Good Food Good Life。

描述:雀巢公司成立于1867年,总部设立于瑞士Vevey。不论在销售及知名度上,都是排名全球第一大食品公司。雀巢共有分布于全球超过80个国家的200多家子公司及近480座工厂,并有约27万名员工,年营业收入超过1 099亿瑞士法郎(约954亿美金)。雀巢产品在国际上一向是领导品牌,从耳熟能详的雀巢婴幼儿营养品、雀巢咖啡、柠檬茶,到矿泉水系列及宠物食品,都在全球销售上独占鳌头。雀巢产品深根台湾已久,早年即曾随着二次大战美军物资而引入。由于台湾市场渐受重视,雀巢于1982年成立了台湾分公司,并于1984年成立台湾雀巢股份有限公司,不断扩大发展在台湾的业务及销售,目前是台湾最大的外商食品公司。对雀巢而言,台湾是一个十分重要的市场,更是一个携手成长、值得深耕未来的地方。

台湾雀巢一向秉持积极培育人才的精神,员工不但能在国内享有完整专业的训练,还有许多海外培训的机会。表现杰出的专业员工更有机会调派国外雀巢公司或瑞士总部,真正拓展视野,迈向国际化,有一展长才的机会。

关键字:台湾雀巢股份有限公司,食品,Nestle,Klim,food,nutrition,奶粉,营养,milk,婴儿,瑞士,食谱,料理,优惠,活动,保健,Nescafe,妈妈教室,雀巢妈妈教室。

由此可见,网站的描述篇幅过长,建议200字符以内。关键字选取比较全面、合理。

# 任务实施

选择一个企业网站，按照书中网站诊断评价报告的内容完成网站诊断评价报告。

| 一、网站概况 | |
|---|---|
| 二、网站诊断方法的说明 | |
| 三、网站问题罗列与分析<br>　　1.网站 Alexa 排名<br>　　2.全球用户访问比例<br>　　3.网站指向 IP 列表<br>　　4.比较同类产品的排名量<br>　　5.网站的 PR 值<br>　　6.几大搜索引擎的收录情况<br>　　7.关键字的收录 | |
| 四、有关页面检测信息 | |
| 五、总结 | |

# 附　录

**搜索引擎查询工具**

Alexa 工具栏下载

地址：http://download. alexa. com/index. cgi？ p＝

Google 工具栏下载

地址：http://toolbar. google. com/intl/zh-CN/index_ie. php

**域名与主机工具**

域名批量查询

地址：http://www. whois. sc

IP 转换成域名

地址：http://www. whois. sc/members/reverse-ip. html

**关键字工具**

Google AdWords 关键字工具：查询特定关键字的常见查询及扩展匹配

地址：https://adwords. google. com/select/KeywordSandbox

百度关键词工具：查询特定关键词的常见查询、扩展匹配及查询热度

地址：http://www2. baidu. com/inquire/dsquery. php

百度竞价排名查询：查询特定关键词价格

地址：http://202. 108. 250. 203/inquire/price. php

搜狐关键字工具：关键字搜索热度

地址:http://db.sohu.com/regurl/pv_price/query_consumer.asp

网易关键字工具:关键字搜索热度

地址:http://adpsearch.163.com/find_price.php

Overture 关键字使用频率工具(英文):特定关键字的常见查询及被查询次数

地址:http://inventory.overture.com/d/searchinventory/suggestion

**关键字分析**

网页关键字密度分析工具

地址:http://www.keyworddensity.com

查询关键字使用频率工具

地址:http://inventory.overture.com/d/searchinventory/suggestion

Meta 生成器

地址:http://vancouver-webpages.com/META/mk-metas.html

**搜索引擎及目录免费登录入口**

Google 登录

地址:http://www.google.com/intl/zh-CN/add_url.html

百度登录

地址:http://www.baidu.com/search/url_submit.htm

搜狐登录

地址:http://www.sogou.com/feedback/urlfeedback.php?urlword

一搜登录

地址:http://www.yisou.com/search_submit.html?source=yisou_www_hp

雅虎中国目录登录

地址:http://cn.yahoo.com/docs/info/suggest.html

DMOZ 登录

地址:http://ch.dmoz.org/World/Chinese_Simplified

英文搜索引擎自动提交

地址:http://www.trafficzap.com/searchsubmit.php

**内容与结构检测工具**

蜘蛛模拟器 1

地址:http://www.webconfs.com/search-engine-spider-simulator.php

蜘蛛模拟器 2

地址:http://www.spannerworks.com/seotoolkit/spider_viewer.asp

在线 URL 检测

W3CGLinkChecker

地址:http://validator.w3.org/checklink

**优化结果查询**

Google Page Rank 查询

地址:http://www.123cha.com/google_pagerank/

搜索引擎收录情况查询

地址：http://www.123cha.com/search_engine/

网站 Alexa 流量、访问量、页面浏览量排名查询

地址：http://www.123cha.com/alexa/

Google 更新检查工具查询工具

地址：http://www.google-Dance-Tool.com

Google 排名检索工具

地址：http://www.cleverstat.com

**链接广泛度测试器**

Google 链接广泛度测试器

地址：http:///www.webconfs.com/similar-page-checker.php

检查网站是否登录多个重要分类目录

地址：http://www.123promotion.co.uk/directory/index.php

同时检测 10 个搜索引擎的收录情况

地址：http://www.uptimebot.com

可同时与多个竞争对手网站进行比较

地址：http://www.marketleap.com/publinkpop

含链接广度、PR、Alexa 排名

地址：http://www.sowang.com/so/

多个服务器 PR 查询

地址：http://tool.shi8.com/pr/index.php

**Google 新功能**

Google 地图登录

地址：http://www.google.com/webmasters/sitemaps/login

# 学习情境 3

# 搜索引擎营销

**能力目标：**

1. 具备搜索引擎的注册能力；
2. 具备搜索引擎的优化能力。

**知识目标：**

1. 掌握将站点免费登录到搜索引擎的方法；
2. 掌握搜索引擎的使用方法；
3. 掌握网站在搜索引擎结果列表中提升排名的方法与技巧；
4. 熟悉搜索引擎的广告策略；
5. 掌握测试搜索引擎营销效果的方法。

## 任务：对具体网站进行搜索引擎优化

**任务描述：**对具体网站进行搜索引擎登录，并设定关键词进行搜索引擎优化。

# 知识准备

搜索引擎营销，是英文 Search Engine Marketing 的翻译，简称为 SEM。简单来说，搜索引擎营销就是基于搜索引擎平台开展的网络营销，利用人们对搜索引擎的依赖和使用习惯，在人们检索信息的时候尽可能将营销信息传递给目标客户。搜索引擎营销追求最高的性价比，以最小的投入，获最大的来自搜索引擎的访问量，并产生商业价值。搜索营销的最主要工作是扩大搜索引擎在营销业务中的比重，通过对网站进行搜索优化，挖掘企业的潜在客户。

当一个网站发布到互联网上之后，如果希望访问者能够通过搜索引擎找到，就需要进行搜索引擎登录，简单来说，搜索引擎登录也就是将你的网站基本信息（尤其是 URL）提交给搜索引擎的过程。据统计，搜索引擎是用户获取信息（包括产品、服务信息）最重要的途径之一（图 3-1）。

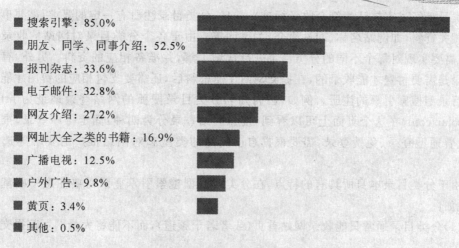

■ 搜索引擎：85.0%

■ 朋友、同学、同事介绍：52.5%

■ 报刊杂志：33.6%

■ 电子邮件：32.8%

■ 网友介绍：27.2%

■ 网址大全之类的书籍：16.9%

■ 广播电视：12.5%

■ 户外广告：9.8%

■ 黄页：3.4%

■ 其他：0.5%

**图 3-1　用户得知新网站的主要途径**

## 3.1 认识搜索引擎

### 3.1.1 搜索引擎营销的发展阶段

搜索引擎营销是随着搜索引擎技术的发展而逐渐产生和发展的。从国外的发展状况来看，搜索引擎营销模式经历了四个发展阶段：

第一阶段(1994—1997 年)：将网站免费提交到主要搜索引擎。

第二阶段(1998—2000 年)：技术型搜索引擎崛起，引发搜索引擎优化策略。

第三阶段(2001—2003 年)：搜索引擎营销从免费向付费模式转变。

第四阶段(2003 年之后)：从关键词定位到网页内容定位的搜索引擎营销方式。

### 3.1.2 搜索引擎营销的类型

搜索引擎有两种基本类型：一类是纯技术型的全文检索搜索引擎，另一类是分类目录型搜索引擎。这两种不同性质的搜索引擎，注册网站的方式也存在很大差别。

对于技术性搜索引擎(如百度、Google 等)，通常不需要自己注册，只要网站被其他已经被搜索引擎收录的网站链接，搜索引擎就可以自己发现并收录，但是，如果网站没有被链接，或者希望自己的网站尽快被搜索引擎收录，也可以自己提交。技术型搜索引擎通常只需要提交网站的上层目录即可(比如 http://www.google.com)，而不需要提交各个栏目、网页的网址，这些工作搜索引擎的"蜘蛛"自己就会完成。只要网站内部的链接比较准确，一般来说，适合搜索引擎收录规则的网页都可以自动被收录。另外，当网站被搜索引擎收录之后，网站内容更新时，搜索引擎也会自行更新有关内容，这与分类目录是完全不同的。这种搜索引擎登录的方法是，到各个搜索引擎提供的"提交网站"页面，输入自己的网址，提交即可，一般不需要网站介绍、关键词之类的附件信息。例如，在 Google 提交网站的地址是 http://www.google.com/addurl.html，在百度注册网站的网址为 http://www.baidu.com/search/url_submit.html。目前技术型搜索引擎的提交(或被自动收录)是免费的。

对于分类目录型搜索引擎，只有自己提交网站信息，才有可能获得被收录的机会(如果分类目录经过审核认为符合收录标准），并且，分类目录注册有一定的要求，需要事先准备好相关资料，如网站名称、网站简介、关键词等。由于各个分类目录对网站的收录原则不同，需要实现对每个不同的分类目录进行详细了解，并准备相应的资料。另外，有些分类目录是需要付费才能收录的，在提交网站注册资料后，还需要支付相应的费用才能实现分类目录型搜索引擎的注册。例如，国内知名分类目录搜狐的网站登录地址为 http://add. sohu. com，在这个页面上可以看到，搜狐网站登录分为四种：固定排序登录、推广型登录、普通型登录、免费登录，需要根据自己网站的类型和对网站推广的要求等选择登录。

由于分类目录本身所具有的特点，在分类目录型搜索引擎登录需要注意一些基本问题，比如：

（1）分类目录通常只能收录网站首页（或者若干频道），而不能将大量网页都提交给分类目录。

（2）网站一旦被分类目录收录将在一定时期内保持稳定，有些分类目录允许用户自行修改网站介绍等部分信息。

（3）无法通过"搜索引擎优化"等手段提高网站在分类目录中的排名。

（4）对于付费分类目录登录，通常需要缴纳年度费用，如果希望继续保持在分类目录中的地位，不要忘记定期缴费。

（5）在高质量的分类目录登录，对于提高网站在搜索引擎检索结果中的排名有一定价值，因此通常在网站正式发布之后先进行分类目录登录。

（6）由于分类目录收录大量同类网站，并且多数用户更习惯于用搜索引擎直接检索，因此仅靠分类目录被用户发现的机会相对较小，难以带来很高的访问量，通常还需要与其他网站推广手段共同使用。

（7）虽然有一些所谓的"搜索引擎自动登录软件"，但对于分类目录网站登录来说，不要指望采用任何"网络营销软件"来替代手工工作，这样不仅不会被正规的网站收录，甚至会影响网站的正常注册。

### 3.1.3 搜索引擎营销的主要模式

虽然搜索引擎营销划分为四个发展阶段，但每个阶段的搜索引擎营销方式并非是完全排斥的，通常是在保持前一阶段仍然有效的方法的基础上，出现新的搜索引擎营销模式。例如，最早的在分类目录上登录网站的方法至今仍适用于一些搜索引擎，只不过现在有的分类目录已经不再免费收录网站，而收录的原则也在不断发展变化之中。

利用搜索引擎营销的常见方式有下面几种：

**1. 免费登录分类目录**

这是最传统的网站推广手段。目前多数重要的搜索引擎都已开始收费，只有少数搜索引擎可以免费登录。但网站访问量主要来源于少数几个重要的搜索引擎，即使登录大量低质量的搜索引擎，对网络营销的效果也没有太大意义。搜索引擎的发展趋势表明，免费搜索引擎登录的方式已经逐步退出网络营销舞台。

**2. 搜索引擎优化**

即通过对网站栏目结构和网站内容等基本要素的优化设计，提高网站对搜索引擎的友好性,使得网站中尽可能多的网页被搜索引擎收录,并且在搜索结果中获得好的排名效果,从而通过搜索引擎的自然检索获得尽可能多的潜在用户。利用 Google、百度等技术型搜索引擎进行推广,当新网站建成发布后,通常不需要自己登录搜索引擎,而是通过其他已经被搜索引擎登录的网站的链接,让搜索引擎自动发现自己的网站(当然这些搜索引擎也提供用户自己提交网址的入口,不过这种主动提交可能比其他网站链接被搜索引擎收录的速度更慢)。

3.付费登录分类目录

类似于原有的免费登录,仅仅是当网站缴纳费用之后才可以获得被收录的资格。一些搜索引擎提供的固定排名服务一般也是在收费登录的基础上开展的。此类搜索引擎营销与网站设计本身没有太大关系,主要取决于费用,只要缴费一般情况下就可以被登录,但正如一般分类目录下的网站一样,这种付费登录搜索引擎的效果也存在日益降低的问题。

4.付费关键词广告

关键词广告是付费搜索引擎营销的主要模式之一,也是目前搜索引擎营销方法中发展最快的模式。不同的搜索引擎有不同的关键词广告显示,有的将付费关键词检索结果放置于搜索结果列表最前面,也有的放在搜索结果页面的专用位置。

5.关键词竞价排名

竞价排名也是搜索引擎关键词广告的一种形式,即按照付费最高者排名靠前的原则,对购买同一关键词的网站进行排名的一种方式。竞价排名一般采取按点击收费的方式。与关键词广告类似,竞价排名方式也可以方便地对用户的点击情况进行统计分析,可以随时更换关键词以增强营销效果。

6.网页内容定位广告

基于网页内容定位的网络广告(Content-Targeted Advertising)是关键词广告搜索引擎营销模式的延伸。广告载体不仅仅是搜索引擎的搜索结果网页,也延伸到这种服务的合作伙伴的网页。

此外,现在出现了更多搜索引擎模式,比如本地搜索、博客搜索、购物搜索等,这些都是搜索引擎在某些领域的具体细分模式,在搜索引擎营销的基本方式上与常规搜索引擎具有一定的相似性,并且这些细分搜索引擎的影响力还比较小,因此本书暂不专门介绍这些搜索引擎及其在网络营销中的应用。

## 3.2 搜索引擎的工作原理

搜索引擎的工作原理,可以分解为三步:从互联网上抓取网页→建立索引数据库→在索引数据库中按匹配程度搜索排序,如图 3-2 所示。

1.从互联网上抓取网页

搜索引擎利用能够从互联网上自动收集网页的 Spider 系统程序自动访问互联网,并沿着任何网页中的所有 URL"爬"到其他网页,重复这一过程,并把"爬"过的所有网页收集回来。

2.建立索引数据库

由分析索引系统程序对收集回来的网页进行分析,提取相关网页信息(包括网页所在URL、编码类型、页面内容包含的关键词、关键词位置、生产时间、大小、与其他网页的链接关系等),根据一定的相关度算法进行复杂计算,得到每一个网页针对页面内容中及超链接中每一个关键词的相关度(或重要性),然后用这些相关信息建立网页索引数据库。

3.在索引数据库中按匹配程度搜索排序

当用户输入关键词搜索后,由搜索系统程序从网页索引数据库中找到匹配该关键词的所有相关网页。因为所有相关网页针对该关键词的相关度早已算好,所以只需按照现成的相关度数值排序,相关度越高,排名越靠前。

4.输出结果

由页面生成系统将搜索结果的链接地址和页面内容摘要等内容组织起来返回给用户。搜索引擎的 Spider 一般要定期重新访问所有网页(各搜索引擎的周期不同,可能是几天、几周或几月,也可能对不同重要性的网页有不同的更新频率),根据网页内容和链接关系的变化重新排序。这样,网页的具体内容和变化情况就会反映到用户查询的结果中。

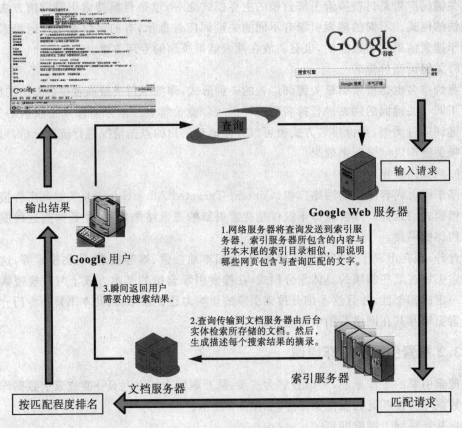

图 3-2  搜索引擎工作原理

### 3.3 搜索引擎登录

#### 3.3.1 搜索引擎登录

搜索引擎登录是指网站发布者主动在搜索引擎上登录自己的网址，以使别人在通过搜索引擎对某些关键字进行检索时，能查找到自己的网页。据统计，搜索引擎是用户获取信息（包括产品/服务信息）最重要的途径之一。这种方法是网站推广最流行、最简便的方法，而且通常都是免费的。在搜索引擎上登录的方法如下：

（1）选择知名度高的搜索引擎。全球有上千个搜索引擎，但没有必要在每个搜索引擎上登记。因为网站 80％ 的访问之中有 80％ 来自全球 10 多个主要的搜索引擎。现在在中国网民利用率最高的搜索引擎有 Google、百度、Yahoo、一搜、3721 等。著名的搜索引擎访问率高，登录网站能够更多地被检索访问，从而达到推广的目的。

（2）根据搜索引擎的要求，尽量优化网站，以使自己的网站在搜索结果中的排名尽量靠前。

（3）仔细阅读登录提示信息，按搜索引擎网站的要求填写注册网站的信息如"网站名称"、"网站地址"、"网站描述"等，并根据浏览者对关键字的拼写和查找习惯，提交有效的关键字和关键字组合，如图 3-3 就是搜狗的免费网站登录页面。

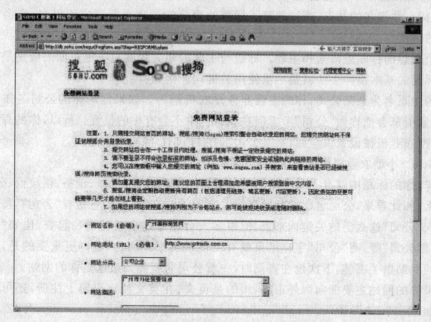

**图 3-3　搜狗的免费网站登录**

（4）完成登录，等候答复。

由于不同搜索引擎有一定差异，收集的网站和网页都不够全面。为了取得更好的推广效果，应该同时到多个知名度高的搜索引擎上去登记自己的网站和网页。由于搜索引擎网站非常多，逐一去注册非常麻烦，因此可请专门的服务公司来完成这一工作，例如"搜索引擎直通车"（http://www.se-express.com/）就提供了搜索引擎登录系列服务。

### 3.3.2 搜索引擎登录技巧

### 1.主动式搜索引擎登录技巧

登录搜索引擎的目的是希望在通过相关的关键字搜索时,其排名尽可能靠前。往往事与愿违。但是,通过一些措施和技巧,可以使网站的非名大大靠前。

主动式搜索引擎的"蜘蛛"软件发现一个 Web 网页时,它的主要目标是体现这个网页多方面的要素,确定网页占统治地位的主题,以便将来它们能够通过关键词搜索联系。通常,页面中被搜索引擎用来确定主题的重要元素有站点的域名、网页标题、Meta 标识中的关键词以及网页主体内容的前面几个句子等,尽管每一个搜索引擎分别使用一种略有不同的规则来衡量各种页面要素的重要性,但是,通过对这些元素的处理可以提高站点在搜索引擎结果页中的排名。

主动式搜索引擎登录具体的做法有以下几项:

(1)选择合适的网页标题

搜索引擎首先要判断的,是网站的标题与浏览者键人的关键词有无关联性。网页标题是出现在 Web 浏览器顶端名称栏的内容,也是用户书签文件中缺省的标签名,或者是网页文件源代码中<title>标记标与</title>标记符之间的那段文字。但就是这样短的一句话,可能是除了站点域名之外,搜索引擎用于确定网页内容主题最重要的因素。很多站点,包括一些知名的站点,往往忽略了标题的重要性。这个标题应用得当,将会大大提高站点的排位。

一个理想的标题应该紧扣主题。标题与主题的相关程度对决定页面的级别是非常重要的。标题的基本措辞手法就是尽量使用关键词。例如:

你的主页名为某某公司,你的主营业务是农机销售。如果你用你的公司名作为网页标题,搜索引擎会把你做"公司"考虑但在"农机"中不会有你的位置。所以,你的标题可以做成"小型农业机械设备供应商:某某公司",在 HTML 源码中就是:

<title>小型农业机械设备供应商:某某公司</title>

这样,你的标题中就有了 6 个常用的关键词:小型、农业、机械、设备、供应商、公司。

那么,如此看来,公司名称在标题里就没有用了? 有用,至少它带有"公司",虽然很少有人键入"公司"这么泛的关键词来查,但很多人会连着这个关键词一起查,比如"营销公司"、"电影公司"等,有"公司"字样结果就有可能跳出来。而且,也许更重要的是,如果有人把你的网站做了书签,下次他在查询时,一看公司名就能知道这是你的网站。

如果你的网站主要面向海外市场,用的是英文、在英文搜索引擎上注册,还可以考虑在前面加上一个"A",即"A small agriculture farming equipment provider:XYZ company"。因为英文搜索引擎的结果排位按字母顺序,加"A"会使位置靠前。

为增加网站的曝光率,你可以将每个网页的标题做得互不相同,然后把每个页面都提交给搜索引擎。这样,如果有 30 个页面,就可以有 30 次被检索到的机会。为什么要把每个标题做得互不相同呢? 因为一方面可创造通过不同关键词被检索到的机会,另外,有的较"智能"的搜索引擎,如果反复看到标题等指标相同的网页,会视为不良重注而不再理睐。

(2)优化网页 Meta 标签内的关键词

什么是"Meta 标签"呢？它位于网页源码开始部分，在＜head＞和＜/head＞之间（也是＜title＞标题定义所在的位置），是一组定义网页属性的 HTML 标签。这种标识分由 description 定义的关键字和由 keywords 定义的关键字。

例如：

＜title＞太平洋电脑网_中国第一专业 IT 门户网站＜/title＞

＜metaname＝"description" content＝"太平洋电脑网是专业 IT 门户网站，为用户和经销商提供 IT 资讯和行情报价，涉及电脑、手机、数码产品、软件等。"/＞

＜metaname＝"keywords" content＝"太平洋电脑网，太平洋，IT 门户，IT 资讯，电脑，手机，数码"/＞

＜/head＞

这种标识不是对所有的搜索引擎都起作用，例如著名的 Excite 就不支持，它不支持的理由在于这种标识太容易被设计者设计来误导"冲浪者"。不过总的来说，这种标识中的关键词的重要性要低于标题和其他要素。

总的来说，在使用这种技巧时要注意以下四点：

①要注意每个关键词的变体（别称）。对于英文的关键间，还要注意它的单复数、大小写、不同的动词形态、误拼的词等。

②要注意关键词的质量和数量。一般来说，关键词越多页面被命中的几率也越大。但也不全是这样。例如，在一个运动站点，一个页面以"高尔夫球"作页面标题，另一个页面以"网球"作标题。如果打算将"高尔夫球"和"网球"都写入每个页面，可能冲淡每个页面在各自搜寻结果中的重要性。但在关键词数量受限时，要选择长的词，如有关滑雪方面的关键词用"skiing"替代"ski"的效果就比较好，因为"skiing"从构词角度讲包含"ski"，有利于搜索引擎在搜索"ski"关键词时找到本网站。在决定词的取舍时，建议听一下周围朋友和同事的意见，集思广益。最后，可以用所选择的关键词先在搜索引擎中试查一下，然后看一下这些站点相关主页的源代码，也许会发现一些还没有想到的关键词。通过这一点，可以看到好的书写格式有可能要付出牺牲好级别的代价。这也正是搜索引擎的一个缺点。

一般来说，你可以放进至少 20 个关键词。网页简述多长才合适呢？建议串成一到两句，控制在二三十个字，最长不要超过 50 字。如果太长，有的搜索引擎就不予理睬，或者将显示出来的句子给拦腰截断。这里给的是个概数，具体到各家搜索引擎，会有一定的出入，你应该弄明白后再操作，免得白辛苦一场。

③要避免单纯的卖弄技巧。搜索引擎通常认为，一个页面中某个关键词的重复次数越多，那么在检索时这个页面在结果页中的排名就越靠前。因此，某些站点的建设人员会建议尽量增加"冲浪者"可能用来作查询词的那些词的重复次数。这也是那些向你允诺保证使你的站点出现在搜索引擎查询结果前列的人的最常用方法。然而此类站点可能被搜索引擎视为垃圾站点而将其置于数据库之外。

④在站点中，不要包含无关的通用词。防止自己的网站在结果列表中受这些无关的通用词的影响，因为有时"蜘蛛"或"机器人"程序会误以为这些词语是本网站的关键词，从而按这些词来对本网站在结果列表中进行排名。

（3）拟定准确的头行和主体内容

除了页面的标题之外，页面文件主体内容靠近主标题的正文部分内容非常重要，通常也对搜索引擎判定页面的内容有较大的影响。此外还有导航台像 Excite 不支持 Meta，它的"蜘蛛"软件自动将正文前的 20 行视为描述文字，并将其中重复次数最多的单词视为关键词。

（4）登录合适的页面

①避免"死链接"。检查链接是否正确，注意提交的页面中不要出现错误的"死链接"。

②图像地图。需要注意的是，"蜘蛛"软件对包含在图像中的超链接是不能识别的，也就是说，"蜘蛛"软件是不能沿着图像中的链接过渡到下一个页面的。因此，对于文本内容少的页面来说，要充分利 Meta 标识以便能帮助"蜘蛛"软件索引整个站点的内容。但更为重要的是，除了图像链接外还要包括文本链接，以便在图像功能关闭的情况下"蜘蛛"软件和"冲浪者"都能继续浏览整个站点。

③避免提交含有帧的页面。许多搜索引擎的"蜘蛛"软件对帧是不识别的，因此最好将站点的首页设计成无帧的页面，或者设计成无帧的并行版本。

④口令保护。该情况下要充分利用 Meta 标识，以便搜索引擎捕捉到该页面的主题，或者赋予搜索引擎一个特殊的参数，以便搜索引擎透过站点的保护而索引那些受口令保护的站点。通过一种特别的安排，一些搜索引擎就能索引受口令保护的站点。

⑤尽可能避免提交由程序产生的动态页面。如果一个站点使用 CGI、ASP 等技术从数据库读取内容而产生动态页面，站点建设人员应该想法创建一些动态的指针页面，以便在搜索引擎登录时提供关于站点内容的描述。大多数搜索引擎拒绝索引由程序产生的动态网页。将来搜索引擎站点有可能会建立一种索引动态页面的标准方法，但是单纯通过改进搜索引擎页面的办法是不能完全解决问题的。

（5）研究领先站点的页面文件源代码

如果你注册的站点仍旧没有出现在检索结果的前列，建议研究一下领先站点的源代码，看一看他们网页的源码，从人家的经验中获得些灵感。当然得从自己的竞争对手找起，找那些位居前十名的搜索结果。

在 HTML 源码中，网页简述的代码是：＜METAname＝"description" content＝"网页简述文本"＞

（6）制作站点通道页

大多数情况下，一个站点的网页被搜索引擎索引得越多，网站被用户访问机会就越多。多数搜索引擎"拒绝"对所递交的 URL 的第二级或第三级以下层次的网页进行索引，如果网站有四五级层次，"蜘蛛"将不带回网站的所有网页，解决的办法之一就是做一个"通道页"（Hallway Page），在"通道页"中放置网站的所有链接，"通道页"中按网页的重复程度排序链接，而且每个"通道页"中的链接数应控制在 50 以内。

假如一个网站为"中国食品"，并向搜索引擎登录了网站的首页。搜索引擎将索引网站，首页即为树状结构的根部，如果首页包含两个链接，分别指向"四川食品.htm"和"福建食品.htm"，则这两个网页就是第二级。

在"福建食品.htm"有链接指向"福州食品.htm"，则"福州食品.htm"为第三级，在

"福州食品.htm"有链接指向"细类食品.htm",则为第四级,如此类推。

　　第一级:index.htm;

　　第二级:"四川食品.htm"和"福建食品.htm";

　　第三级:"福州食品.htm";

　　第四级:"细类食品.htm"。

　　多数搜索引擎规定,随着网页级别的降低,蜘蛛软件对网页访问优先权也降低。网站的层次如果过多,其丰富的网页容易超过搜索引擎规定的每日注册限制。这也是为什么要专门制作一个"通道页"的原因。

　　(7)其他技巧

　　①检查网页的有效性。要经常检查网页在搜索引擎中的情况。也许你的竞争对手排在你的前面,也许你的网页莫名其妙地消失了,可利用某些网站提供的排名监测服务来进行监控,也可亲自到搜索引擎中查询你的网站。

　　②经常更新。为鼓励网页更新,搜索引擎将清除长期没有更新的网页。所以,应周期性地更新主页内容,但对已在搜索引擎排名很高的网页来说,应仔细考虑更新是否会危及已有的"地位"。

　　③站点域名是否是以".cn"结尾的中国域名。目前,某些搜索引擎提供某些国家的版本,通过过滤域名方式建立其索引数据库。比如,某搜索引擎的中文版只索引以".cn"结尾的中文域名,即使你的网站是中文网站,但不是以".cn"结尾的中文域名,也不能被加入到其数据库中。如果这种情况发生,可通知该搜索引擎以便人工加入你的网站。

　　2.被动式搜索引擎登录技巧

　　(1)搞好网站基础建设

　　因为主动式搜索引擎靠的是技术和程序来对搜索的网页数据进行整理,所以可以用这样或者那样的技巧来"瞒过"它,从而取得最佳的结果。然而被动式搜索引擎依靠的是人工对数据进行分类和整理,虽然其中的人为因素比重大,但正规、大型的目录指南站点的评判标准都有共同之处,它们的标准和普通网民认定一个网站好不好的标准并无太大出入。最基本的包括网站内容是不是丰富,是不是正确,内容增加的频率快不快,登录的速度快不快,网页结构是否清晰、合理,链接准确率高不高以及视觉设计是不是"酷"等。

　　(2)选择恰当的目录指南网站

　　目录指南网站成百上千,而且随着"门户"的深化,这类网站还在继续增加。不少人以为注册越多越好,而且还有精明的商家专门迎合这种需求,提供一次注册多家网站的服务或软件。当然,理论上,如能占据所有指南网站的前几名,那是最理想的,不过实际上很难实现。应该先进行一定的研究,根据各指南网站的访问量、特色及自己业务营销的需求,选择若干家最适合自己的指南网站。

　　(3)研究他人成功之道

　　选定适合自己的若干目录指南站点之后,就应该了解各个网站的规则。在研究目录指南网站本身规则的同时,也可以研究在这个网站上名列前茅的网站都有哪些共同之处,甚至可以和这些网站进行联系,了解其成功之道。

　　(4)交叉登录

目录指南中的交叉分类很普遍。一个网站按其属性,可以放在两个甚至三个不同的类别中,不能错过任何一个"登堂入室"的机会。比如,任何一家商业公司的网站都可以在商业类和特定业务领域进行交叉登录,以保证在所有的类别中都能有其名号。

(5)强强携手,使交换链接增值

寻找一些与你的网站内容互补的站点并向对方要求互换链接,最理想的链接对象是那些与你的网站流量相当的网站。流量太大的网站管理员由于要应付太多要求互换链接的请求,容易将你忽略。小一些的网站也可考虑。互换链接页面要放在网站比较偏僻的地方,以免将你的网站访问者很快引向他人的站点。

找到可以互换链接的网站,发一封个性化的 Email 给对方网站管理员,如对方没有回复,再打电话试试。不要片面追求链接的数量,对对方站点的质量与相关性要注意审视。

## 3.4 搜索引擎优化(SEO)

### 3.4.1 搜索引擎优化概述

搜索引擎优化(Search Engine Optimization,SEO),用英文描述是 to use some technics to make your website in the top places in Search Engine when somebody is using Search Engine to find something,一般可简称为搜索优化。搜索优化是针对搜索引擎对网页的检索特点,让网站建设各项基本要素适合搜索引擎的检索原则,从而获得搜索引擎收录尽可能多的网页,并在搜索引擎自然检索结果中排名靠前,最终达到网站推广的目的。

搜索引擎优化的主要工作是通过了解各类搜索引擎如何抓取互联网页面、如何进行索引以及如何确定其对某一特定关键词的搜索结果排名等技术,来对网页内容进行相关的优化,使其符合用户浏览习惯,在不损害用户体验的情况下提高搜索引擎排名,从而提高网站访问量,最终提升网站的销售能力或宣传能力。所谓"针对搜寻引擎优化处理",是为了要让网站更容易被搜寻引擎接受。搜寻引擎会将网站彼此间的内容做一些相关性的资料比对,然后再由浏览器将这些内容以最快速且接近最完整的方式,呈现给搜寻者。由于不少研究发现,搜索引擎的用户往往只会留意搜索结果最开首的几项条目,所以不少商业网站都希望通过各种形式来干扰搜索引擎的排序。当中尤以各种依靠广告维生的网站为甚。目前 SEO 技术被很多目光短浅的人,用一些 SEO 作弊的不正当的手段,牺牲用户体验,一味迎合搜索引擎的缺陷,来提高排名,这种 SEO 方法是不可取的。

在国外,SEO 开展较早,那些专门从事 SEO 的技术人员被 Google 称为"Search Engine Optimizers",简称 SEOs。由于 Google 是目前世界最大搜索引擎提供商,所以 Google 也成为全世界 SEOs 的主要研究对象,为此 Google 官方网站专门有一页介绍 SEO,并表明 Google 对 SEO 的态度。

对于任何一家网站来说,要想在网站推广中取得成功,搜索引擎优化都是至为关键的一项任务。同时,随着搜索引擎不断变换它们的排名算法规则,每次算法上的改变都会让一些排名很好的网站在一夜之间落后,而失去排名的直接后果就是失去了网站固有的可观访问量。所以每次搜索引擎算法的改变都会在网站之中引起不小的骚动和焦虑。可以说,搜索引擎优化成了一个愈来愈复杂的任务。

### 3.4.2 搜索引擎优化的步骤

**1.关键词的研究与选择**

首先要把需要的关键词都列出来,尤其是要分析用户习惯的关键词。在对客户的网站、搜索引擎占有率和市场目标进行分析后,SEO 工作室需要与客户共同建立关键词列表,用户将通过这些词来搜索客户公司的产品或服务,同样客户也会提出在搜索引擎需要获得的关键词排名。

**2.全面的客户网站诊断和建议**

在建立了全面的关键词列表后,就需要对客户网站进行全面诊断,目的是让客户网站的每个页面都在搜索引擎获得更高的排名。全面的诊断和建议包括搜索引擎的快照时间、收录速度、每个网页的具体内容和元信息优化的分析,使客户网站更符合搜索引擎的排名要求。SEO 工作室需要不断探索搜索引擎新算法,来保证客户网站的排名。

**3.搜索引擎和目录的提交**

一旦客户网站的建议被应用上,就需要把客户网站系统性地提交到目录和搜索引擎中。选择高质量的目录是最关键的,比如 DMOZ、hao123、8684 网址大全等。很多 SEO工作室购买自动登陆目录及搜索引擎的工具,搜索引擎非常厌恶这种作弊行为,严重的会略掉客户网站,所以建议还是手动操作。

**4.月搜索引擎排名报告和总结**

衡量自然搜索引擎优化是否成功,可以通过搜索引擎来检查先前制定的关键词。做得比较好的 SEO 工作室,一般都会提供一个基线排名报告,报告会根据每一个关键词在每一个搜索引擎中显示客户网站的排名位置。如果客户的网站以关键词来排名,那么这个基线排名报告将显示具体的页码、位置,以及关键词排名的搜索引擎。此外,好的 SEO工作室还会提供一篇每月摘要,这篇每月摘要将显示客户网站总的搜索引擎优化进展,商讨具体的排名计划。

**5.季度网站更新**

往往关键词的提升和期望值会有所差距,因此最初的高排名只是成功的一半,搜索引擎是不断改变算法的。自然的搜索引擎优化和营销目标,都是通过每个季度客户网站的更新,而不断改变搜索引擎的显示。这些更新通过结合搜索引擎的算法,将附加的产品关键字推广出去。搜索引擎优化不只是一个结果,而是一个持续不断的过程。

### 3.4.3 搜索引擎优化技巧

**1.标题优化**

标题是 Google、Baidu 等搜索引擎判断一个网页和关键词关联程度的重要部分。网页标题设计不合理会影响搜索引擎对网站的索引和收录。标题优化的第一步是保证标题中一定要包含关键词,第二步是注意标题优化不要太多,一般在 25～30 个字之间。目前,有些网站的标题甚至有近千字,属于优化过度,这样做一方面容易被认为是作弊;另一方面,30 字以后的内容,根本没有什么作用。

**2.Meta 标签优化**

网站设计时,要注意关键词和描述标签的相关性,避免出现滥设关键词的情况。如果一个高考咨询类网站的关键词设计成"高校、清华、北大、查分、知名高校、著名高校、招生办公室、教育、教学、培训",只能影响搜索引擎对其网站重要关键词的判断。而像"教育、教学"这样竞争激烈的关键词,只是简单地写到里面对排名帮助不大。

Meta 标签设计有三个原则:

第一,设定自己网站最重要的关键词,不要设定无用关键词。

第二,关键词的数量不要太多。

第三,描述标签不要写一些无用的话语,尤其是盲目鼓吹的话语,一定要用朴素的语言,尽量包含重要关键词,最重要的关键词多出现几次。但是要避免无用的重复累赘或简单地堆积关键词,且语句要符合语法规则。

例如:某网站的关键词设定为"高考咨询",主要提供高考咨询服务,可以将 Meta 标签设计如下:

<METAname="keywords" content="高考咨询高考招生">

<METAname="description" content="吉林高考信息网是一个专业高考咨询网站,提供最优秀的高考咨询服务,是您进行高考咨询、招生信息查询的理想网站">

### 3.关键词密度优化

有些网站的关键词设置不合理,虽然罗列了一定数量的关键词,但是其网站页面几乎找不到核心关键词,核心关键词密度设置极不合理。在优化时,可以考虑为其增加一些关键词。适当提高核心关键词的密度,提高网站与关键词的关联程度。

### 4.图片优化

因为搜索引擎对网页进行摘要时,主要针对的是文本信息,而对于图片的内容却无能为力。如果网站上面有很多图片,一定要合理优化图片标签,在图片标签的设计上要突出网站的关键词内容。

### 5.友情链接优化

如果网站原来没有友情链接栏目,则考虑增加该栏目,以便增加网站的对外链接,提高搜索引擎排名的权重系数。

### 6.网站地图优化

为增加搜索引擎抓取网页的数量,可以为网站生成网站地图,如果网站页面数量不多,可以人工完成;如果网站页数量很大,可以用生成网站地图的软件自动生成网站地图。

### 7.网页大小优化

网站首页内容不宜过多,网站的网页数不宜太多或太乱,要从有利于加快搜索引擎读取网站的速度出发来规划和设计首页及其他页面,同时这种优化也能加快网页的访问速度。

### 8.前台页面"静"下来

目前,大部分网站都采用了新的技术,即后台是动态程序,前台是静态页面,虽然前台是 HTML 的,但也可以通过后台修改。这有以下几个好处:

(1)HTML 格式的静态页面容易被搜索引擎收录,并且容易获得较好的排名。

(2)HTML 格式的静态页面比较节省服务器资源,不必担心网站人气增加过快。

(3)HTML 格式的静态页面不需要调用数据库,用户浏览速度非常快。

【案例】

## 阿里巴巴网站的搜索引擎优化案例分析

阿里巴巴是国内最早进行搜索引擎优化的电子商务网站，到目前为止也是网站优化总体状况最好的大型 B2B 电子商务网站之一。在《B2B 电子商务网站诊断研究报告》中，阿里巴巴网站获得了搜索引擎优化评价指标的满分，这是所有 102 个被调查 B2B 网站中唯一的一个。阿里巴巴的搜索引擎优化水平远远高于行业平均水平。

阿里巴巴的搜索引擎优化为什么能做到如此高的水平，这种状况为用户可以带来哪些价值呢？《B2B 电子商务网站诊断研究报告》对阿里巴巴的搜索引擎优化案例进行了分析。本文内容节选自《B2B 电子商务网站诊断研究报告》。

根据研究报告后面相关的调查数据，阿里巴巴中国站（china. alibaba. com）被 Google 收录的中文网页数量高达 3 600 000 页（2010 年 7 月数据），不仅从被收录的网页数量上来说，要远远高于同类网站的平均水平，更重要的是，阿里巴巴的网页质量比较高，潜在用户更容易通过搜索引擎检索发现发布在阿里巴巴网站的商业信息，从而为用户带来更多的商业机会，阿里巴巴也因此获得更大的网站访问量和更多的用户。

一个网站被搜索引擎收录网页数量对网络营销有多大意义？单从网站被搜索引擎收录网页的数量来说，并不能反映该网站的搜索引擎营销水平。根据搜索引擎营销目标层次原理，被搜索引擎收录尽可能多的网页数量只是搜索引擎营销的第一个层次；在此基础上，当用户通过相关关键词检索时，这些网页在搜索结果中要有好的表现，比如排名位置靠前，网页标题和摘要信息对用户有吸引力，这样才能引起用户对该网页的点击，这是搜索引擎营销的第二个层次；第三个层次是，当用户点击来到一个网站/网页时可以获得对自己有价值的信息，这样才能为达到搜索引擎营销的最高目标（促成用户转化）奠定基础。所以，如果一个网站被搜索引擎收录的网页数量很少，或者根本没有被收录，那么可以肯定其搜索引擎营销是失败的，在网页被收录数量多的基础上，如果同时保证网页质量高，才是比较理想的状况。

在进行相关研究时发现到这样一个现象：利用多个行业的产品为关键词在 Google 等主流搜索引擎检索，甚至是很生冷的产品名称，阿里巴巴的商业信息网页内容都会出现在搜索结果前面。这就意味着，通过搜索引擎，潜在用户可以发现阿里巴巴网站上企业发布的供求信息，也就是说阿里巴巴充分利用了搜索引擎营销策略为用户直接带来价值，在这方面，远远超前于其他同类网站。这就是阿里巴巴的搜索引擎优化水平较高的表现。从具体表现形式来说，阿里巴巴网站在保证尽可能多的网页被搜索引擎收录的基础上，还做到让每个被收录网页在搜索引擎中都有良好的表现。

阿里巴巴之所以能做到较高质量的搜索引擎优化水平，主要方法包括：网站栏目结构层次合理，网站分类信息合理，将动态网页做静态化处理，每个网页均有独立的标题，并且网页标题中含有有效的关键词，合理安排网页内容信息量及有效关键词设计等。另外，每个网页还有专门设计的 Meta 标签。这些工作对增加搜索引擎友好性是非常重要的。这些其实并没有什么神秘之处，都是网络营销导向的网站设计的基础工作，正是将这些看似简单的细微之处做到专业化，阿里巴巴的网页无论从被搜索引擎收录的数量还是质量，都远高于其他同类网站。从这个方面来看,可以说,阿里巴巴的专业性已经深入到每个网页、每个关键词甚至每个 HTML 代码。

对于 B2B 电子商务来说,网站优化策略已经成为网站经营策略的重要组成部分,这方面阿里巴巴已经做出了表率,其他 B2B 网站有必要对阿里巴巴的搜索引擎优化策略进行深入、系统的研究。

## 3.5 搜索引擎广告策略

### 3.5.1 付费搜索引擎广告概述

搜索引擎优化是基于搜索引擎自然检索的推广方法,并不是每个网站都可以通过搜索引擎优化获得足够的访问量。尤其在竞争激烈的行业中,大量的企业网站都在争夺搜索引擎检索结果中有限的用户注意力资源时,很多企业会受到搜索引擎自然检索推广效果的制约,因此企业的搜索引擎营销策略往往是各种搜索引擎营销方法的组合。付费搜索引擎广告因其更加灵活和可控性高等特点受到企业的认可,2001 年之后获得高速发展,成为网络广告领域增长最快的一种广告形式,到 2006 年底几乎占全部网络广告市场份额的半壁江山。本节讨论付费搜索引擎广告的形式、特点,以及网站投放搜索引擎广告的基本方法和主要问题。

付费搜索引擎广告的常见形式包括百度竞价排名广告、Google AdWords(关键词广告),以及部分搜索引擎在搜索结果页面的定位广告等。由于目前在中文搜索引擎服务市场,百度竞价排名和 Google 关键词广告是主流,下面仅对这两种搜索引擎广告作简要介绍。

百度竞价排名和 Google 关键词广告两者仅仅在表现形式上有一定差异,实质上都是基于关键词检索相关内容的搜索引擎广告形式,有时也笼统通称为关键词广告。

1. 百度竞价排名及其表现形式

根据百度网站(http://jingjia.baidu.com)的介绍,"百度竞价排名是百度国内首创的一种按效果付费的网络推广方式,用少量的投入就可以给企业带来大量潜在客户,有效提升企业销售额"。

竞价排名最初的含义,就是指在搜索引擎检索结果中,依据付费的多少来决定广告的排名位置,付费高的网站信息将出现在搜索结果的最靠前的位置。这里所说的付费,是指用户每点击一次检索结果的费用。搜索引擎竞价排名推广模式是一种按照点击付费的营销模式,这是有别于其他网络推广方式的最主要特点之一。

最早的付费搜索引擎竞价排名开始于 2000 年,创建于 1998 年的美国搜索引擎 Overture 以成功运作竞价排名模式而著名,并且带动付费搜索引擎营销市场蓬勃发展。Overture 在 2003 年 7 月份被雅虎以 16.3 亿美元的价格收购,成为雅虎搜索引擎营销的组成部分。百度是国内第一家提供搜索引擎竞价排名的互联网服务商,竞价排名也是目前百度主要的收益模式。

当我们在百度搜索引擎检索信息时,在搜索结果页面的部分检索结果后面会出现"推广"字样,这些标注了"推广"的信息就是百度提供的竞价排名推广服务。早期的百度竞价排名广告,所有的内容都出现在自然检索的前面。当用户通过一个关键词检索之后,在出现的检索结果中,首先是竞价广告信息,当这些广告内容显示之后才是自然检索结果。2006 年 2 月份之后百度对竞价排名广告的表现作了调整,一般只有在搜索结果第一页的部分或者全部内容后面标注为"推广",如果某一类别的广告信息比较多,则出现在搜索结果右侧单独列出的一列竞价广告信息,这一点与 Google 的关键词广告类似。

2. Google 的关键词广告及其表现形式

Google 的关键词广告一般出现在搜索结果的右侧,并且在关键词广告上面标注了"赞助商链接"。对于一些热门的关键词广告,有时也会在自然搜索结果的上面出现 1～2 项广告信息。当用"网站建设"作为关键词进行检索时出现的广告信息如图 3-4 所示。

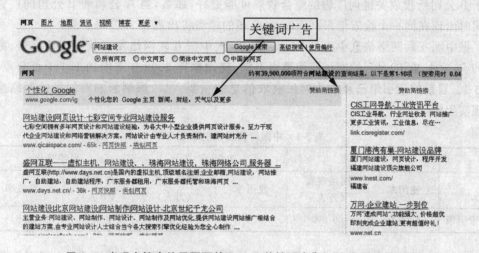

**图 3-4 出现在搜索结果页面的 Google 关键词广告(Google AdWords)**

图 3-4 中自然检索结果信息的上端标有"赞助商链接"并与背景色进行区分的内容和右侧标有"赞助商链接"的内容是关键词广告信息。

目前 Google 关键词广告在每个搜索结果页面的展示数量最多为 8 条,默认的每页自然检索结果为 10 条。

Google AdSense 是 Google 关键词广告的一种延伸模式,广告内容不出现在 Google 网站的检索结果页面,而是出现在加盟 Google AdSense 的会员网站的网页上。对于广告主而言,投放的关键词广告都是通过 Google AdWords 的后台进行的,用户也可以选择是否在 Google 合作伙伴(内容发布商)网站上展示自己的广告。

3. Google 关键词广告排名的算法规则

Google 关键词广告的竞价原则与百度竞价排名的区别主要表现在两个方面:一是搜索结果中付费推广信息出现的位置和方式不同;二是对出现在搜索结果页面的不同推广信息的排名规则有一定差异。

百度竞价排名以出价高者排名靠前为原则,而 Google 关键词广告的排名规则比较复杂。Google 关键词广告也有一套自己的"竞价排名"规则,虽然 Google 自己并没有使用竞价排名这一术语,不过与百度的竞价排名实质是类似的。Google 赞助商链接区域的关键词广告在每一页最多可以出现 8 条信息,这些信息的排名位置并非完全按照每次点击费用的高低来决定,还要考虑该关键词的可能点击率,以及用户所选择关键词与广告链接页面(着陆页)之间的相关性等。Google 根据一定的算法,综合这些主要因素来决定同类广告的排列次序。

例如,A 公司在 Google 投放了以"网站建设"为关键词的搜索引擎广告,假定这个关键词的点击率预计为 1%(Google 在关键词管理后台中提供了点击率估算工具),而 A 公司为关键词设定的每次点击费用为 1 元。如果 B 公司用同样的关键词在 Google 进行推广,设定的每次点击价格为 0.9 元,那么 A 公司的推广信息将出现在 B 公司之前。但是,假定 B 公司同时选择了"网站建设服务"作为关键词,而这个关键词的点击率估算为 2%,由于 B 公司所投放关键词广告的综合效果可能更好,那么,当 A 公司和 B 公司的广告需要同时出现在同一个检索结果页面时,B 公司的广告将出现在 A 公司之前。

据中国互联网络信息中心(CNNIC)第 24 次中国互联网络发展状况统计报告,截至 2009 年 6 月,有 69.4% 的网民使用搜索引擎,使用率比 2008 年末增加 1.4 个百分点,见表 3-1。目前搜索引擎已经成为网民获取信息的重要入口,深刻影响着网民的网络生活和现实生活。

表 3-1　中国网民搜索引擎使用率

| | 2008 年底 | | 2009 年中 | | 半年变化 | |
| --- | --- | --- | --- | --- | --- | --- |
| | 使用率 | 网民规模（万人） | 使用率 | 网民规模（万人） | 增长量（万人） | 增长率 |
| 搜索引擎 | 68.0% | 20 300 | 69.4% | 23 457 | 3 157 | 15.6% |

Google 通常根据终端用户的反馈信息来不断调整对着陆页质量评估的算法。2006 年 6 月底前后,Google 再次发布了 AdWords 广告着陆页评估技术升级,着陆页内容相关性将影响 Google AdWords 广告价格。如果用户购买的关键词与所指向的链接页面(广告着陆页)内容不相关,那么这些用户的 Google AdWords 关键词广告最低 CPC 价格将要上升。不过,大部分企业的关键词价格将不会因这次技术升级受到影响。

此次技术更新主要针对部分网站利用 Google AdSense 漏洞,制作空无内容而仅放置 Google AdSense 广告骗取广告费的网站,即所谓的"Made For AdSense"(MFA)网站。这些网站往往以最低价格购买 AdWords 广告,然后把广告引向一个带有 AdSense 或其他上下文关联广告的着陆页面,用户点击广告所获得的佣金收益超过他购买关键词的成本费用,从而骗取广告费。

Google 认为,由于页面内容本身没有价值,这样的广告页面带来极差的用户体验。因此通过提高这类网站的关键词 CPC 价格,提高成本,让这些网站无利可图。Google 在其关键词广告的帮助中心对什么是高质量的着陆页提出了一些建议,主要包括:提供与关键词相关的实实在在的内容,有用户个人信息保护声明,导航清晰,网站明确区分内容链接与广告链接。

除了 MFA 网站直接受到影响之外,此次 AdWords 着陆页评估算法升级还将影响那些采用图片的活动宣传性网页,如采用 Flash 制作的富媒体网页。Did-it Media Management 的执行主席 Kevin Lee 认为,这些网站在设计网页时从来不考虑搜索引擎优化,因为他们主要通过购买关键词广告来获得用户点击。但本次 AdWords 算法升级后，由于 AdWords 蜘蛛在这些花哨的 Flash 着陆页面找不到关键词文本内容，可能会使着陆页与关键词的相关性降低，从而导致关键词 CPC 价格提高。因此，Lee 认为，搜索引擎优化不仅对网站的自然检索带来访问量，现在对网站的 Google 关键词广告成本也产生直接的影响。

可见，投放和管理搜索引擎关键词广告决不是简单的事情，并不是随便可以做好的。

### 3.5.2 搜索引擎关键词广告的特点

以关键词广告为代表的付费搜索引擎市场之所以受到企业欢迎，主要取决于竞价排名模式自身的特点。归纳起来，包括百度竞价排名在内的各种关键词广告模式具有下列特点：

1. 用户定位程度高

由于推广信息出现在用户检索结果页面，与用户获取信息的相关性强，因而搜索引擎广告的定位程度远高于其他形式的网络广告。而且，由于用户是主动检索并获取相应的信息，具有更强的主动性，因此更加符合网络时代用户决定营销规则的思想。

2. 按点击数量付费，推广费用较低

按点击付费(Cost-Per-Click，CPC)是搜索引擎关键词广告模式最大的特点之一，对于用户浏览而没有点击的信息，将不必为此支付费用。相对于传统网络广告按照千人印象数(CPM)收费的模式来说，更加符合广告用户的利益，使得网络推广费用大大降低，而且完全可以自行控制，改变了网络广告只有大型企业才能问津的状况，成为小型企业自己可以掌握的网络营销手段。目前百度竞价排名每次点击的最低费用为 0.3 元，Google 关键词广告甚至没有最低消费的限制。当然如果达不到一定的点击费用，你的推广信息可能不会出现在搜索结果中。

3. 广告预算可自行控制

除了每次点击费用之外，用户还可以自行设定每天、每月的最高广告预算，这样就不必担心选择过热的关键词而造成广告预算大量增加，或者其他原因使得推广预算过高，并且这种预算可以方便地进行调整，为控制预算提供了极大方便。

4. 关键词广告形式简单，降低制作成本

关键词竞价的形式比较简单，通常是文字内容，包括标题、摘要信息和网址等要素，关键词不需要复杂的广告设计，因此降低了广告设计制作成本，使得小企业、小网站甚至个人网站、网上店铺等都可以方便地利用关键词竞价方式进行推广。

5. 关键词广告投放效率高

关键词广告推广信息不仅形式简单，而且整个投放过程也非常快捷，大大提高了投放广告的效率。

6. 广告信息出现的位置可以进行选择

在进行竞争状况分析的基础上，通过对每次点击价格和关键词组合的合理设置，可以预先估算推广信息可能出现的位置，从而避免了一般网络广告的盲目性。

7. 广告信息可以方便地进行调整

出现在搜索结果页面的推广信息，包括标题、内容摘要、链接 URL 等都是用户自行设定的，并且可以方便地进行调整，这与搜索引擎自然检索结果中的信息完全不同。自然检索结果中的网页标题和摘要信息取决于搜索引擎自身的检索规则，用户只能被动适应。

如果网页的搜索引擎友好性不太理想,则显示的摘要信息对用户没有吸引力,将无法保证推广效果。

**8. 可引导潜在用户直达任何一个期望的目的网页**

由于关键词广告信息是由用户自行设定的,当用户点击推广信息标题链接时,可以引导用户来到任何一个期望的网页。在自然检索结果中,搜索引擎收录的网页和网址是一一对应的,即摘要信息的标题就是网页的标题(或者其中的部分信息),摘要信息也是摘自该网页,而在关键词广告中可以根据需要设计更有吸引力的标题和摘要信息,并可以让推广信息链接到期望的目的网页,如重要产品页面等。

**9. 可以随时查看广告效果统计报告**

当购买了关键词竞价排名服务之后,服务商通常会为用户提供一个管理入口,可以实时在线查看推广信息的点击情况以及费用,经常对广告效果统计报告进行记录和分析,对于积累竞价排名推广的经验,进一步提高推广效果具有积极意义。

**10. 关键词广告推广与搜索引擎自然检索结果组合将提高推广效果**

一般的网站不可能保证通过优化设计使得很多关键词都能在搜索引擎检索结果中获得好的排名,尤其是对于一个企业拥有多个产品线时,采用关键词广告推广是对搜索引擎自然检索推广的有效补充。

此外,利用多种搜索引擎营销组合策略占据有限的搜索结果推广空间,也是一种合理的竞争方式。

上面列举了搜索引擎关键词广告的一般特点。具体到不同的搜索引擎,还会有一些自己的特点,例如百度提供的点击价格查询、相关关键词的检索量,对于选择关键词及其排名位置有较大参考价值;而 Google 提供了信息非常全面的在线帮助信息、关键词推荐和效果跟踪分析工具,给专业用户带来了极大的便利,并且 Google 投放和管理关键词广告的整个流程都是在线实现的。

总之,以基于搜索引擎关键词检索的推广方式是目前最具有影响力,并且继续保持高速发展态势的网络营销模式,值得每个企业市场人员认真研究,并将这种高效的营销模式成功应用到自己的企业营销活动中去。

**3.5.3 搜索引擎关键词广告应用中的问题探讨**

尽管关键词广告具有许多独特的优点,但不可避免地在实际应用中也存在一些突出的问题,有些问题甚至对搜索引擎营销市场的发展造成了一定的影响。这其中既有关键词广告模式本身的缺陷,也有用户专业经验方面的制约,还包括竞争环境不够规范的因素带来的问题。归纳起来,搜索引擎关键词广告应用中的问题表现在下列几个方面:无效点击问题、广告信息对用户的误导、广告投放和管理需要专业知识、每次点击价格上涨削弱了关键词广告的优势。

**1. 关键词广告中无效点击比例过高**

无效点击是搜索引擎广告中最突出的问题之一。无效点击包括恶意点击和非目标用户的无意点击。

恶意点击有几种原因:第一种原因是竞争者所为,目的是消耗完对手的预算费用后广告不再显示,以获得自己的广告排名上升;第二种原因是来自搜索引擎广告联盟网站,他们为了获得每次点击的广告佣金而自己实施广告点击行为；第三种原因则可能来自搜索引擎营销代理服务商，由于部分搜索引擎竞价排名服务商给代理商的佣金来自用户所投入的费用，用户的竞价排名广告被点击越多，服务商可以获得更多的收益。关键词每次点击价格越高则点击欺诈越严重，而且通过搜索引擎广告代理商投放的广告点击率比用户直接投放广告明显更高一些，这就是典型的明证（详见下面的调查资料）。

## 【知识拓展】

### 搜索引擎广告每次点击价格越高则点击欺诈率越高

美国市场咨询公司 Click Forensics 发布的"点击欺诈指数"（Click Fraud Index）调查中揭示：在 2006 年第二季度，搜索引擎广告总体点击欺诈率是 14.1%，比第一季度的 13.7% 有所上升，而每次点击 CPC 价格在 2 美元及以上的热门关键词中，点击欺诈达到 20.2%。看来，搜索引擎广告每次点击价格越高则点击欺诈率越高，显示出搜索引擎关键词广告点击欺诈明显的利益驱动。

在 2006 年第一季度中，直接通过 Yahoo!和 Google 网站在线自助购买的搜索引擎广告点击欺诈率是 12.8%，通过搜索引擎广告代理商购买的搜索引擎广告点击欺诈率是 20.3%。这一数字对比又表明，搜索引擎代理商与搜索引擎广告的恶意点击难脱干系，代理商为了谋取更多的佣金也加入到搜索引擎欺诈点击行列。当然，参与搜索引擎广告点击欺诈的除了代理服务商之外，更多来源于竞争对手和网络广告联盟网站。

此外，除了关键词广告的恶意点击，广告客户还不得不面对无效点击所带来的广告费用。

Click Forensics 调查表明，各个国家和地区的搜索引擎广告点击欺诈水平有较大差异，最高的点击欺诈率出现在美国和加拿大，达到令人难以置信的水平——超过 88% 的点击欺诈率。北美之外的国家，点击欺诈率出现最高的国家是印度。

美国搜索引擎广告投放最多的 5 大行业是零售业、金融服务、健康保健、技术和娱乐行业，这几大行业的关键词平均 CPC 价格在 2006 年第二季度是 4.51 美元。如果考虑到点击欺诈因素，"搜索引擎广告中可能有超过 60% 的费用被浪费掉了"。

总之，恶意点击提高了广告用户无效投入的成本，使得企业蒙受经济损失，甚至失去对竞价排名推广模式的信任，也引起了一些因搜索引擎广告带来的法律纠纷。

用户的无意点击造成的无效点击，则主要因为竞价排名信息与用户期望的信息不一致所造成。比如用户希望获取关于数码相机的知识而非打算购买产品，但在检索结果前列的是数码相机厂商的推广信息，用户点击之后并没有获得自己期望的信息，但厂家也要为这样的点击付费。

据国外专业媒体报道，恶意点击者通常使用一些被称为 hitbot 的软件自动点击广告，现在，投放各类搜索引擎关键词广告的用户都不得不面对无奈的恶意点击问题。对于恶意点击的情况，几乎所有搜索引擎竞价排名服务商都表示，会采取相应的技术手段识别，对于这些恶意点击将不会收取用户的费用。但实际上要完全排除恶意点击是不太可能的。而对于用户无意点击造成的无效点击，可以合理推测，是没有办法杜绝的，而且竞价排名信息越是靠前，这种无效点击的比例就可能更大。

**2.广告信息与自然检索结果可能对用户获取信息产生误导**

对于网络营销专业人士而言,识别搜索引擎自然检索结果和关键词广告信息并不难。但对于大多数互联网用户而言,可能并不清楚两者的区别。这是搜索引擎营销中值得注意的一个现象。

由于搜索引擎服务商在搜索结果中将付费网站的信息排名靠前或者用其他不合理的方式使得用户难以分辨自然搜索结果与付费广告的区别,从而对用户形成信息误导。美国非营利机构《消费者报告》曾向用户提出八点建议,提醒用户采用必要的措施尽可能减少这种信息误导所产生的影响。这些建议包括:通过对比选择值得信任的搜索引擎,不要仅依靠一个搜索引擎,不要只关注第一页搜索结果,仔细辨识搜索引擎关于付费结果的文字说明等。

如果搜索引擎服务商在这些问题上不能自律,会有更多用户对于竞价排名信息产生不信任感,这样对于竞价排名模式的长期发展将产生不利影响。不过,广告信息与自然检索结果可能对用户获取信息产生误导的现象至今并没有得到显著改善。对于投放搜索引擎广告而言,也可能是好消息,可以利用一般用户的行为特点,设计更受用户关注的广告信息,而不仅仅是枯燥的产品介绍之类的推广文字。中国互联网络信息中心(CNNIC)对中国搜索引擎市场所作的调查显示:能分辨正常检索信息和竞价排名搜索结果的互联网用户仅占5.1%。这意味着将近95%的用户在浏览和点击检索结果时是不区分是否是广告内容的,只要信息与自己的需求相关,就可能引起点击行为的发生。

在美国互联网用户中,情况也大体相同。网络用户中占56%的网民不知道搜索引擎结果中所谓赞助商广告链接(sponsored)和自然搜索结果的区别。18~34岁的人群中有47%的人知道赞助商链接是广告结果。55岁以上的有62%的人不知道搜索结果中有付费广告这回事。显然年轻的网民比那些年长的更明白二者的区别。调查显示,上网经历本身并不足以让人明白这一搜索结果区别问题,因为有53%的上网时长超过5年的网民仍然搞不清楚搜索引擎的广告结果。

搜索引擎广告信息对用户可能造成误导的现象提出了这样一个值得思考的问题:如果在搜索结果中付费广告信息和自然搜索结果并存,用户在分不清两者差异的情况下对广告链接所进行的点击行为是否真正可以称得上有效点击?或者说,这种点击在多大程度上对企业是真正有价值的?对付费搜索引擎广告用户的投资回报率产生多大影响?对于一般用户来说,这种状况对用户通过搜索引擎获取有效信息产生了哪些影响?这些相关问题已经成为付费搜索引擎营销策略必须考虑的内容。

**3.专业的搜索引擎关键词广告投放和管理并非易事**

尽管关键词广告推广信息看起来并不复杂,无非是简单的标题和摘要信息,但实际上真正有效的竞价排名广告并不是表面看到的这么简单。因为除了推广信息的设计之外,还包括关键词的选择(即用户通过哪些关键词检索时期望自己的广告信息出现在搜索结果页面)、关键词管理、预算设置、每次点击费用的选择、对广告展示和点击情况的统计分析等。在这些内容中,通常需要拥有丰富的经验才能处理好每个环节。例如对于关键词的选择,由于用户检索行为非常分散,不容易完全把握用户的行为特征,不仅要对用户检索习惯进行研究,同时还需要分析竞争者的状况,这些工作对初次接触竞价排名推广模式的市场人员有一定的难度。对于关键词管理和效果分析则可能需要更多的经验和专业知识。

以 Google 关键词广告为例，仅在 Google AdWords 支持页面（http：//adwords.google.com/support/?h1＝zh_CN）提供的常见问题解答条目就超过 400 个，这些问题还未必能包括营销人员所希望了解的全部问题，或者有些问题解释有不够详尽之处。作为 Google 关键词广告的非专业人员，要马上了解这么多问题显然不是很容易的事情，要精通 Google 关键词广告更非短时间可以做到。学习也是有成本的，有时这种成本可能更高。

2006 年 10 月初，Google 在其官方博客中宣布，应许多广告客户的需求，将在美国几大城市开设线下搜索引擎关键词广告 AdWords 培训课程（AdWords Seminars for Success），以帮助广告客户利用 AdWords 广告获得商业成功。课程针对两个级别的广告客户：初级—中级水平以及中级—高级水平。这也说明了 Google 关键词广告投放管理的复杂性。

4. 关键词广告每次点击费用在不断上涨

由于越来越多的企业加入到搜索引擎广告推广的行列，为了在有效的展示空间中获得用户尽可能高的关注，许多企业纷纷采用增加每次点击费用的方式期望获得好的排名，这就使搜索引擎竞价排名费用不断上涨。根据美国搜索引擎营销专业机构 SEMPO（Search Engine Marketing Professional Organization）2004 年 12 月份发布的《北美地区搜索引擎营销应用状况研究》，关键词广告的价格在过去的 12 个月内已经平均上涨 26％，广告客户称平均价格再上涨 33％就不能盈利。

竞价排名营销模式的低成本优势是相对的，实际上，有些热门关键词每次点击价格非常昂贵，已经到了不可思议的地步。美国一家专门跟踪 Google 广告关键词价格的网站 googlest.com 对高价关键词的研究发现，有些关键词广告每次点击的价格高达 300 多美元，这种天价广告是否能获得合理的投资收益率还是一个很大的疑问。可见，随着竞价排名竞争的激烈，尤其是一些营销预算雄厚的大公司加入到这个行列之后，竞价排名推广的低成本优势将逐渐消失，这对大量中小企业来说不是好的信号。

### 3.5.4 搜索引擎关键词广告的投放策略

1. 关键词广告投放相关的基本问题

无论是自行投放关键词广告，还是委托搜索引擎广告代理商投放，在制定关键词广告计划以及投放关键词广告时，都需要考虑这些基本问题：我的网站需要投放关键词广告吗？应该在哪个阶段投放，在哪些搜索引擎上投放？应该如何选择关键词，如何设计关键词广告及着陆页？如何设定关键词广告预算并对广告效果进行管理控制？

（1）在网站运营的哪个阶段投放关键词广告

关键词广告的特点之一是灵活方便，可以在任何时候投放，也可以将任何一个网页作为广告的着陆页面。因此，如果需要，可以在网站推广运营的任何阶段投放关键词广告。不过在网站运营的某些阶段采用关键词广告策略则显得更为重要，例如：

• 网站发布初期。

• 有新产品发布并且希望得到快速推广时。

• 在竞争激烈的领域进行产品推广时。

· 当(与竞争者网站相比)网站在搜索引擎自然检索结果效果不太理想时。

· 希望对某些网页进行重点推广时。

(2)搜索引擎广告平台的选择

应该在哪个搜索引擎投放关键词广告？如果有充足的广告预算，可以选择在所有主流搜索引擎同时投放广告。这是因为不同的搜索引擎有不同的用户群体特征，如果希望自己的广告内容向尽可能多的用户传递，那么选择不同搜索引擎的组合是比较合理的。如果潜在用户群体特征比较明显，并且正好与某个搜索引擎的用户特征最为吻合，那么在单一搜索引擎投放广告即可实现较好的营销效果。

例如，市场调查公司 comScore Media Metrix 的一项有关调查发现，美国各大搜索引擎(Yahoo!和 MSN 等)的用户特征与 Google 用户均有不同程度的区别，主要表现是：Google 的男性用户多于女性用户；Google 的用户总体上比访问其他搜索引擎的用户更有可能进行在线购买。Google 用户与各大搜索引擎用户特征的差异背后的意义是，通过用户使用搜索引擎的行为可以看出，上网经验丰富的用户更倾向于使用 Google 并且具有更高的购买倾向。

国内中文搜索引擎用户同样具有明显的特征，根据北京正望咨询有限公司在 2007 年 9 月《中国搜索引擎京沪穗用户调查报告 2007》中提出的观点，国内的搜索引擎用户特征可以描述为"学生的百度，白领的 Google"。这是因为在 2007 年百度的市场处于绝对垄断地位，用户群体以学生为主(18～24 岁的占 44％)，Google 市场占有率继续下滑，目前仍是排行第二(18～24 岁的占 30％)，其主要用户群体是企业用户、白领、2002 年之前上网的老用户等。对用户群体进行细分之后发现，在高端用户(截至 2007 年 9 月，25 岁及以上，学历在大学本科及以上，收入在 3 000 元以上的非学生用户)中，Google 首选市场份额为 32.6％，百度为 53.4％，其他为 7.1％。百度用户大学生(包括大专生)比例最高，占 50.2％，Google 用户中企业用户比例最高，占 48.5％。

不仅用户的职业群体造成了使用搜索引擎倾向的差异，甚至不同地区用户使用搜索引擎的习惯也大不一样。同样根据中国互联网信息中心(CNNIC)的研究报告，北京用户首选百度的比例最高，而上海用户首选 Google 的比例更高。这些用户行为特征为针对不同类型、不同地区的目标用户采用最有效的搜索引擎平台提供了参考依据。

(3)关键词组合的选择

关键词组合是搜索引擎广告中最重要也是最有专业技术含量的工作内容之一，因为关键词的选择直接决定了广告的投资收益率。一些看起来用户检索量很大的通用词汇可能带来大量的点击(意味着花费了大量的广告费)，但却不一定获得很高的顾客转化率。所以，在选择关键词时，既要考虑这些关键词可能带来的用户检索量，也需要考虑用户点击率与转化率的关系。合理的关键词选择建立在对用户检索行为分析的基础之上。

一般来说，一个网站的关键词可分为三大类型：核心关键词、关键词组合(含核心关键字的词组及句子)、语意扩展关键词(同义词、否定词、语境关联词等)。这些关键词又可以从通用性和专用性等角度进行分析。一般来说，通用性关键词用户检索量大，但并不一定转化率高，顾客转化率高的检索往往是比较专业的关键词或者多个关键词组合。例如，当用户用形如"产品名称/型号＋品牌名称＋价格＋销售地点"(三星手机 D908 深圳销售点价格)之类的关键词组合时，往往可能意味着他已经形成了初步的产品购买意向。

选择合适的关键词及关键词组合依赖于搜索引擎营销人员丰富的经验，以及对该行业产品特点和用户检索行为的深入理解。同时，也可以借助于搜索引擎服务商提供的相关工具和数据进行分析，例如 Google 提供的关键词分析工具和百度的相关检索资料等。

Google AdWords 广告自助发布系统后台提供的关键字查询参考工具，可以显示用户搜索的某核心关键词下的关键词组合和语境关联词汇(Google 叫"扩展广泛匹配")，供广告客户使用该工具进行关键词策划，选择要投放竞价广告的关键词列表。百度提供的相关检索则直接可以通过利用对某一关键词进行检索时，点击检索结果页面最下方的"更多相关检索"来获得。

**【案例】**

网上鲜花订购是竞争比较激烈的领域之一，搜索引擎关键词广告是网上鲜花店常用的推广手段。与鲜花相关的关键词很多，有些关键词如"鲜花图片"等用户检索量很大，但不见得是最好的选择。当特殊节日如情人节将要到来之际，"情人节＋鲜花订购"可能成为季节性最热的关键词，这些通用词汇和热门词汇每次点击的价格相对也比较高。

那么应该如何从大量通用性和热门关键词中选择价格适中又能带来顾客的关键词呢？如果网站选择在百度投放竞价排名广告，百度提供的相关关键词检索和竞价排名点击价格就可以作为重要的参考依据。

如图 3-5 所示是在百度搜索引擎利用"鲜花"为关键词进行检索，百度提供的相关关键词统计信息(百度提供的相关关键词总数为 100 个，下面为前 15 个关键词)。

与"鲜花"相关的关键词，被搜索次数较多的见图 3-5(点击每个关键词，可查看搜索结果)：

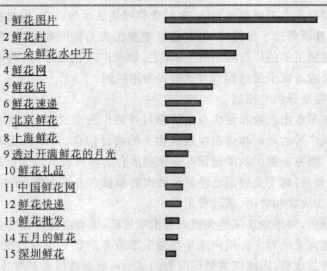

**图 3-5　与"鲜花"相关的关键词搜索信息统计**

分析：

从图 3-5 所示的相关关键词中可以看出，"城市＋鲜花"是最常见的具有一定专用性的关键词组合，对于网上鲜花店而言早已不是什么秘密，许多鲜花网站正是选择这样的关键词投放广告的。但是当越来越多的同行网站认识到这一特点之后，"城市＋鲜花"的广告竞争也就越来越激烈，要获得好的广告排名位置，关键词广告每次点击的价格也就越来越高。显然，这就为关键词选择带来了更大的难度，需要从定位程度更高的关键词组合中进行选择。

（4）广告文案及广告着陆页面设计

选择合适的关键词组合之后，还需要对广告文案和着陆页面进行专业的设计。关键词广告形式比较简单，主要是简短的标题和一段简要的描述文字。在广告内容写作方面，与一般的分类广告类似，应达到让用户通过有限的信息获得关注并点击广告链接来到网站获取详细信息的效果。

关键词广告着陆页的设计对于顾客转化有重要关系。如果用户点击广告信息来到网站（广告着陆页）之后无法获得他所需要的信息和服务，那么这个用户很快就会离开，广告费用也就白白浪费了。Google 甚至把关键词与着陆页的相关性作为评估关键词广告价格的一个指标，由此也可以看出其对提高用户体验、增强广告效果的意义。

（5）关键词广告预算控制

制定推广预算是任何一项付费推广活动必不可少的内容，关键词广告也不例外。在关键词广告的特点中已经介绍过，关键词广告的优势之一是广告用户可以自行控制费用，给关键词广告预算管理以更大的自主性。作为搜索引擎营销人员，应该充分利用这一特点进行广告预算控制。

例如，在 Google 投放关键词广告，不仅可以设定每天最高广告费用限额，用户还可以自行设定每个关键词每次点击费用的高低，多付费将增加显示的机会，少付费则相应地减少。这样，当广告预算消费过于缓慢时，可以通过增加相关关键词数量，或者适当提高每次点击价格等方式获得更多的广告展示机会；反之，如果广告花费过高，则可以通过降低每天的广告费用限额或者减少关键词等方式进行费用控制。

（6）关键词广告效果分析与控制

关键词广告是按照点击次数和每次点击价格付费的广告形式，因此每个搜索引擎服务商都会提供关键词广告的展示和点击次数等相关的统计信息，否则也就不能称之为按点击付费的广告了。服务商提供的关键词广告管理后台的各项数据是分析关键词广告的基础，这些指标一般包括：每个关键词已经显示的次数和被点击的次数、点击率、关键词的当前价格、每天的点击次数和费用、累计费用等。

通过广告效果分析，如果发现某些关键词点击率过低，也有必要对这些关键词进行更换。因为这样的关键词无论对广告用户还是搜索引擎服务商都是没有意义的，这样的关键词显然不受服务商的欢迎，因此该关键词广告的显示可能会被服务商终止。例如，当在 Google 的关键词点击率不足 $0.5\%$ 时，就需要对关键词进行修正，而点击率低于 $0.3\%$ 时会被自动取消该关键词广告的显示。

另外，还可以结合网站流量统计分析数据进行对比分析。尤其当发现某些关键词广告点击数据异常时（比如可能产生了点击欺诈），进行关键词广告效果分析与网站流量对比分析就更为重要。

2. 关键词广告与搜索引擎优化的关系

企业在搜索引擎关键词广告与搜索引擎优化的策略之间进行选择时，许多网站会倾向于仅采用搜索引擎优化推广方法。因为企业可能会形成这样的想法：既然可以通过免费方式进行搜索引擎优化推广（甚至获得比关键词广告更好的效果），为什么还要花钱去投放关键词广告呢？其实，与搜索引擎优化相比，除了要向搜索引擎支付费用的主要"缺点"之外，关键词广告其实还有许多优点，关键词广告在某些方面比基于搜索引擎优化的自然检索结果更为突出。搜索引擎关键词广告与搜索引擎优化并不矛盾，最理想的方式是根据网站的实际状况和网络营销竞争环境综合处理两者的关系，这样才能获得最优的搜索引擎营销效果。

从表面来看，关键词广告是要付费的，而搜索引擎优化是免费的。不过这里说的"免费"仅仅是搜索引擎免收服务费，不等于说网站不需要为搜索引擎优化投入资源。搜索引擎优化的资源投入既有可以评估的人力资源投入，也包括因优化效果不佳造成的延误商业机会的潜在机会成本。如果委托第三方服务商来操作，则还要承担服务商的不规范造作甚至作弊带来的被搜索引擎惩罚的风险。

搜索引擎关键词广告在很大程度上是广告用户可以自己控制的，如显示的广告内容、链接 URL、期望的显示数量等，因此具有可预期和控制的特点，比正常的网页检索内容更有优势，当然这是以付出广告费用为代价的。

比较搜索引擎优化与关键词广告，两者虽有很大的不同，但也有一定的共性，即都是利用用户在检索时对搜索结果页面内容的关注而传递营销信息。那么，应该如何有效利用两者的关系来实现最大限度的营销效果呢？

这里仍以 Google 关键词广告为例。对于搜索引擎 Google 而言，通过搜索引擎优化获得好的排名目前仍是免费的，因此应该是搜索引擎营销必不可少的基础工作，事实上应该是在网站建设阶段就做好的一项工作。但通常情况下，仅靠搜索引擎优化设计还不足以使得多个重要关键词都获得好的排名，尤其是企业网站含有众多产品系列时，这时可以利用 Google 的关键词广告作为一种有效的补充手段。

一般说来，免费的检索结果与付费的关键词广告同时出现的机会并不多，而且这种情况可以通过修改关键词广告的设置而改变。如果在搜索结果中同时出现了免费的搜索结果和付费的关键词广告，用户会更倾向于点击哪个信息呢？这取决于用户对信息的偏好和个人习惯。一般来说，影响用户点击决策的因素有两个方面：首先是信息是否对用户有价值；其次是用户对待这两种信息的浏览习惯和偏好程度。如果对此视为同等的信息，则很可能点击关键词广告，因为广告的信息通常更吸引人，否则可能会忽略广告的存在。如果用户最终点击的是免费收录的信息而不是广告，也不必为此懊恼，因为在没有花费的情况下获得了一个新的用户，应该是值得庆幸的事情。如果面对两个结果，都没有引起用户的点击行为发生，那才叫搜索引擎营销的失败。

网络营销信息传递的原则之一就是建立尽可能多的信息传递渠道，也就是尽可能多地为用户创造发现企业信息的机会。因此,在资源许可的情况下,同时采用多种推广方式会比单一方式获得更好的效果。

## 3.6 搜索引擎营销效果分析

搜索引擎营销效果分析的内容主要包括:如何评估搜索引擎营销效果;影响搜索引擎营销效果的主要因素;如何提高搜索引擎营销效果等。

### 3.6.1 搜索引擎营销效果的评估方式

使用搜索引擎是用户网上"冲浪"不可或缺的"e 生活形态",搜索引擎营销已然成为最重要工具的之一。据统计,搜索引擎收入从 2000 年的几乎没有增长到 2006 年的 56 亿美元,已经占据在线营销花费的 40%,成为在线营销快速增长的重要版块。

但是随着广告主搜索引擎营销预算的持续增长,整个行业也正经历着"成长的烦恼"。除了越来越多的广告主涌入市场带来的客户数量上的膨胀,单个大客户的需求也越来越大,广告主单位贡献值快速增加。2007 年之前,一个客户可能提交三四十个关键词;但现在有的单个大客户就可能提交一万个关键词。如何协助广告主管理好庞大的关键字广告,评估和优化广告绩效,是整个搜索引擎营销市场面临的重要问题。

在北美市场,Google、Yahoo 和 MSN search 分别以开放 API 的形式提供自身广告数据和管理功能,便于广告用户分析、管理和评估自己的搜索引擎广告。2008 年,处于中国搜索市场领跑地位的百度,正是借鉴了国际成功经验,面向广告代理和大客户开放了第一期 API,这正符合了搜索引擎市场的发展趋势与多方需求。广告商将能通过此获得更高的营销价值,搜索引擎公司则可进一步开采"搜索金矿"。然而围绕着搜索引擎开放的 API 数据,如何能帮助广告主进行更好的优化搜索广告呢?面对海量的关键字,原来靠人工方式进行选择和管理的投放方式需要被计算机自动智能体系所取代,第三方公司开发相关工具也便呼之欲出了。

面对这些趋势,奥美世纪在 2008 年 3 月份正式签约百度推出了基于搜索引擎的竞价管理工具,完成了与百度 API 接口的对接。近年来,在网络广告业界搜索引擎营销正逐渐成为主流业务之一。奥美世纪推出"战略性产品"竞价管理工具,是由 Microchannel Technologies 公司提供技术支持,支持全球范围内的搜索引擎投放,并适用于各大主流搜索引擎。此次成功整合百度 API 接口,加强了其对中文关键字信息的搜索与采集,完善了其支持多种语言环境的系统;通过获得关键字信息和效果报告来评估网络营销活动的效果;无须登录每个搜索引擎账户便可管理和监测多个项目的关键字、广告创意、竞价以及排名,使客户从容分配更多时间进行数据分析、趋势分析以及广告优化,从而使在线广告的效果得到更大提升。由于无须第三方检测工具的时间和费用,因而大大降低了成本。

该工具不是提供麦当劳似的"标准化套餐",而是按照客户的口味专门加工的"私房菜"。每个客户的需求都是不一样的,该工具可以为客户导出不同的分析报告,涉及关键词投标的策略、关键词和项目的管理,并且可以把在各大搜索引擎投放的关键词等统一起来,还可以完成不同语言、汇率间的转换。

同时,利用该工具广告商可以获得关键字信息和效果报告,评估整体网络营销活动的效果。根据不同客户、不同品牌阶段、营销目的,报告也可以根据显示率、点击率或参与活动率给出 ROI(投资回报,Return on Investment)分析。通过这些充分的数据,广告商可对搜索引擎营销服务进行即时优化,提高付费广告的精准度,降低成本,使客户能够享受到更为透明、有效的搜索引擎营销服务。

因此,作为国内首家整合百度 API 接口的 4A 广告公司,该工具将推动大客户搜索引擎营销进入新的成长阶段,促进中文搜索营销市场与国际的接轨,并促使国内搜索引擎营销向效果营销的方向良性发展。

### 3.6.2 影响搜索引擎营销效果的因素

搜索引擎营销效果取决于多种综合因素的影响,例如搜索引擎优化取决于网站结构、网站内容、网页格式和网页布局、网站链接等多种因素,而搜索引擎关键词广告的效果受关键词选择、关键词价格制定、广告内容设计水平、广告着陆页的内容相关性、行业竞争状况等因素的影响。因此,从这些难以穷尽的因素中找出影响搜索引擎营销效果的主导因素是比较困难的。

搜索引擎营销的基本思想就是让网站获得在搜索引擎中出现的机会。当用户检索并发现网站或网页的有关信息时,可以进一步点击到相关的网站或网页进一步获取信息,从而实现向用户传递营销信息的目的。由此可以推论,研究影响搜索引擎营销效果的因素可以从三个角度来考虑:企业网站建设的专业性、被搜索引擎收录和检索到的机会、被用户发现并点击的情况。每个方面会有不同的具体因素在发挥作用。

在搜索引擎优化的内容中已经介绍过一些可以增强搜索引擎效果的方法,这里将影响搜索引擎营销的相关因素进行归纳,以便进一步加深对搜索引擎营销基本思想的理解,并在实践应用中参考。

1. 网站设计的专业性

企业网站是开展搜索引擎营销的基础,网站上的信息是用户检索获取信息的最终来源。网站设计的专业性,尤其是对搜索引擎的友好性和对用户的友好性对搜索引擎营销的最终效果产生直接的影响。从本质上来说,搜索引擎优化与网络营销导向网站建设是一回事,两者不仅指导思想一致,而且很多具体工作内容也是一样的。

2. 网站被搜索引擎收录和检索的机会

如果在任何一个搜索引擎上都检索不到,这样的网站将不可能从搜索引擎获得新的用户。网站被搜索引擎收录不是自然而然发生的,需要用各种有效的方法才能实现这个目的,如常用的搜索引擎登录、搜索引擎优化、关键词广告等,同时还要对搜索引擎进行优化设计,以便在搜索引擎中获得好的排名。需要注意的是,搜索引擎营销不是针对某一个搜索引擎,而是针对所有主要的搜索引擎,需要对常用的搜索引擎设计针对性的搜索引擎策略,因为增加网站被搜索引擎收录的机会是增加被用户发现的基础。

3. 搜索结果对用户的吸引力

仅仅被主要的搜索引擎收录并不能保证取得实质性的效果,搜索引擎返回的结果有时数以千计,绝大多数检索结果都将被用户忽略。即使排名靠前的结果也不一定能获得被点击的机会,关键还要看搜索结果的索引信息(网页标题、内容提要、URL 等)是否能够获得用户的信任和兴趣,这些问题仍然要回到网站设计的基础工作上才能解决。对搜索引擎广告也是同样的道理,如果关键词广告设计难以吸引用户注意,或者广告信息出现的位置不够理想,也很难取得明显的效果。因此,搜索引擎营销不应仅仅关注搜索引擎本身,同时也要对用户使用搜索引擎的行为进行研究。

### 3.6.3 增强搜索引擎营销效果的方法

明确了搜索引擎营销效果的影响因素,可以在此基础上采取针对性的提高搜索引擎营销效果的措施。影响搜索引擎营销效果的因素以及可采取的方法很多,下面仅罗列部分资料供参考,包括搜索引擎组合策略以及善于使用搜索引擎提供的分析管理工具。

#### 1.搜索引擎营销组合策略

实践经验表明,合理的搜索引擎营销组合策略可以明显提升搜索引擎的营销效果,这是由用户获取信息行为的多渠道特征所决定的。搜索引擎营销组合策略包括搜索引擎优化方法与关键词广告的组合、关键词广告与网页展示性广告的组合等。具体到每一种搜索引擎营销方法,又可以作进一步的细分。比如搜索引擎关键词广告策略,可以通过不同搜索引擎平台的组合、各种类别关键词的组合等方式使得推广效果达到最大化。

搜索引擎营销组合策略提升营销效果的结论也得到部分研究机构的研究证实。

(1)付费搜索引擎广告的转化率略高于搜索引擎优化

美国网络分析公司 Web Side Story 通过对付费搜索引擎广告和搜索引擎优化的顾客转化率调查分析发现,搜索引擎广告在顾客转化率方面比基于自然检索的搜索引擎优化略高一筹,这与付费搜索引擎广告应用灵活有密切关系,例如广告用户可以随时投放对用户有吸引力的关键词广告文案。

Web Side Story 在 2006 年 1—8 月份调查了 20 个 B2C 电子商务网站的访问量和顾客转化率数据,搜集了 5 700 万次通过搜索引擎的网站访问行为,显示搜索引擎关键词广告形成的订单转化率是 3.4%,而搜索引擎优化自然检索获得的转化率是 3.13%。

Web Side Story 分析师认为,搜索引擎关键词广告和自然排名的顾客转化率各有优势。对于关键词广告来说,广告主可以主动控制广告信息,决定广告被链接的页面,删除转化率低的关键词等,因此广告对于潜在顾客可能更有吸引力。但另一方面,人们更重视未经人工修饰的自然索引结果,因此自然排名结果对潜在客户的吸引更大。自然检索排名的点击率通常比付费搜索结果高出 1.5 倍,只是自然结果信息和链接页面的不可控性使自然排名结果即使能够带来访问量,其转化率也往往不能与关键词广告相比。

因此,付费搜索引擎广告和搜索引擎优化两种搜索引擎营销方式都应该给予同等重视,采用多种模式的网络营销策略组合效果更为显著。

(2)关键词广告与网页展示广告同时采用提高顾客转化率

在搜索引擎营销活动中,提高搜索引擎广告顾客转化率的措施通常从搜索引擎广告本身入手,比如对用户检索行为的准确分析以及在此基础上选择最有效的关键词组合、广告着陆页面内容的相关性等。美国市场调查机构 Atlas Institute 的一份调查显示,企业投放搜索引擎广告的同时投放展示性广告,可以提升广告的顾客转化率,也就是说,增强搜索引擎营销效果的方法可以延伸到搜索引擎广告与其他形式网络广告之间的组合策略。

Atlas 做过对 11 位广告客户调查,结果发现 22% 的企业在同时投放搜索引擎广告和展示性广告的时候,广告转化率上升 22%。Atlas 同时跟踪分析了 180 万用户行为,发现 44% 的用户看到了来自同一广告客户的展示性广告和搜索引擎广告。

研究表明，只看到搜索引擎广告的用户转化率是只看到展示性广告的用户转化率的3倍，同时看到搜索广告和展示广告的用户转化率比只看到展示广告的用户转化率高4倍。此外，Atlas 这项调查报告对相关数据的分析发现，广告在用户面前展示3～8次获得的转化率最高。

【案例】

## 网络营销人员的自述——如何提高网站用户转化率

我进入电子商品零售网站 goodguys.com 的任务是通过业务拓展和营销策略为这个网站增加销售。老板要求我做网站优化和 PPC 搜索引擎广告以增加访问量。我们首先需要增加现有访问者的顾客转化率。

我所做的第一步是查看网站的整体设计和性能表现。我发现首页文件太大，即使在宽带下打开网站也要几乎30秒。我让设计团队将图片在不影响图片尺寸及显示质量的情况下将文件缩小，同时交给他们一个任务：清理 JavaScript 和其他影响页面下载速度的代码。

优化代码之后，下一步是带领开发团队进行购物体验分析。这方面的改进主要是让购物、结算过程更加简单、方便。为此我请了一家专门做网站易用性优化（usability）的公司，根据他们提供的方案执行了主要的改进。

之后又邀请了一家经验丰富的搜索引擎营销公司为我们购买搜索引擎广告，并在搜索引擎购买了一系列能够直接促成顾客转化的定位明确的关键词。这些工作明显增加了网站的访问量和用户的信任，在此基础上，通过采取下面五项措施进一步提高网站用户的转化率。

提高网站客户转化率的措施之一：证明

让更多顾客购买，有一个看似非常简单却被很多网站忽略的因素：社会证明。人们往往会因为其他人都购买了某商品而认为这个商品值得购买，因此在网站上增加"热销商品"、（Best Sellers）或"推荐商品"（Recommended Items），为顾客节省了购买考虑的时间。同时，增加更多来自第三方的肯定性反馈，如顾客的反馈信息、奖励及赞誉、商品/服务评论、案例/成功故事等。

提高网站客户转化率的措施之二：优惠

基于网站的有效促销方式有：免费试用、下载、在线工具、视频演示等。基于价格的促销办法主要有免运费、打折、现金回馈等。在 goodguys.com 网站上，我们采用定期抽奖获得数码相机的办法鼓励顾客注册我们的促销 Email，这个策略非常成功。

提高网站客户转化率的措施之三：安全

安全是网民实施网上购物的最基本需求。我们尽量在消费者实施网上购买、结算、配送的全过程中都突出显示我们的行业及安全证明、承诺及保证。

提高网站客户转化率的措施之四：沟通

在网站上增加让消费者与销售代表或客服人员互动的机会很重要。虽然我们不可能像亚马逊那样在网站上整合诸如"点击对话"的按钮，但在 goodguys.com 网站上，我使用了一个在线调查表单，了解顾客对于网站的看法，他们希望怎么改进，希望收到什么样的Email 订阅信息等。在不到一周的时间收到500份左右的反馈意见，这些客户反馈意见对于我们的 Email 营销开展和网站改进有很大帮助。

提高网站客户转化率的措施之五：监测

我们通过流量统计系统每天监测网站的访问量来源、搜索引擎及关键词统计，尤其是Google 的流量统计工具，将 AdWords 关键词广告和网站流量分析都整合在一起。根据对这些数据的分析，我们获得了不断优化改进网站的依据。

分析：

采用以上五项措施之后，使得在 goodguys.com 不断获得新的潜在客户的同时，用户转化率明显提升。

### 2. 善于使用搜索引擎提供的分析管理工具

网站在搜索引擎中的效果如何，最终是由搜索引擎本身来评判的。搜索引擎为了改善用户对搜索结果的体验，同样希望收录的网站提供高质量的内容。从这个角度来说，合理的搜索引擎优化尽管不能为搜索引擎带来直接收益，但对于提高搜索引擎的用户满意度有直接帮助。从长远角度来说，对搜索引擎服务商也是有价值的。

从另一个角度分析，如果企业关注网站在搜索引擎自然检索结果的效果，就表明企业重视搜索引擎营销。这些企业除了采用搜索引擎优化方法之外，通常也会同时投放搜索引擎广告，实际上很多网站的搜索引擎推广都是同时采用搜索引擎优化和关键词广告的。在这方面，著名的电子商务网站阿里巴巴就是最典型的案例。

为了提高网站在搜索引擎检索中的效果，百度和 Google 都向网站管理员提出了详细的建议。一些搜索引擎还提供了很多有实用价值的搜索引擎营销效果分析工具。例如，Google 一直在为提高网站的搜索引擎可见度及搜索引擎营销效果而尽自己的努力。Google 官方网站提供的部分免费网络营销分析管理工具，可以帮助网站管理员了解自己网站在搜索引擎中的表现以及网站的访问情况，还可以对竞争者网站的搜索引擎优化状况进行调查分析，根据这些分析可以制定更有针对性的搜索引擎营销策略，为网站带来更多的访问量，提高网站的用户转化率。

Google 提供的免费网站分析管理工具包括：免费 Google 网站地图（Google Sitemaps）、Google 向网站管理员提供的有用信息、Google 所获取的关于客户网站的信息、Google 网站访问统计（Google Analytics）、Google 顾客转化率等。

【案例】

#### 搜索引擎对汽车网站的推广效果显著

作为常用的网站推广方法之一，搜索引擎营销对汽车网站推广效果显著。Yahoo!搜索引擎部和市场分析公司 Compete 联合调查发现，随着搜索引擎使用的增长，越来越多的用户依靠搜索引擎检索进入汽车网站获取信息。

2007 年 6 月，1/5 的访问者通过搜索引擎进入汽车制造商网站（如福特汽车），以及第三方汽车媒体网站（如 autotraders.com）。而在 2006 年 7 月，只有 17.5% 的汽车网站访问者来自搜索引擎。

Compete 公司调查来源包括 Compete 公司调查数据库中 200 万消费者用户的网站点击量、对 846 名过去 12 个月购买汽车的网民的调查、26 个汽车网站和 6 个搜索引擎。

正是基于对搜索引擎营销推广网站效果的认可，汽车网站的网络营销人员对汽车相关的关键字购买的投入也越来越多。根据另一家公司 Fathom 2007 年 8 月的调查，汽车类关键字的平均 CPC 价格由 2006 年 9 月的 1.54 美元上涨到 1.68 美元。

Yahoo!调查发现，每月访问汽车站点的访问者达到 2 500 万，其中，约 2 005 万人访问第三方汽车网站，890 万人访问汽车制造网站（包含访问两类网站的用户）。用户利用搜索引擎检索所使用的关键字，包括第三方汽车网站品牌、汽车制造商公司名称、通用的汽车相关词汇等。

被调查用户检索汽车相关内容所使用的关键字及其所占比例的详细调查结果如下：

- 第三方汽车网站品牌，36%。
- 汽车制造商公司名称，26%。
- 通用的汽车相关词汇，21%。
- 汽车品牌（如 Toyota Camry），17%。

该项调查还显示，在通过搜索某一特定品牌汽车关键字开始浏览汽车网站的用户中，有 46% 的用户最终退出页面是在第三方网站，由此暗示，很多第三方汽车网站都购买了专门的汽车品牌关键字，将搜索者引向自己的网站，而用户通过这些网站确实找到了自己想要的信息，因而不再上其他网站寻找。

# 任务实施

选择一个企业网站，对网站进行搜索引擎登录，并设定关键词进行搜索引擎优化。

实施步骤：

1. 选择适合企业目标客户的搜索引擎。

2. 选择合适的关键词对网站的标题、Meta 标签、内容源代码等进行优化。

3. 按搜索引擎网站的要求填写注册网站的信息，如"网站名称"、"网站地址"、"简短的网站描述"等，提交有效的关键字和关键字组合。

4. 经过一段时期的运行后，对搜索引擎的收录情况常进行查看，根据情况进行优化，再注册。

| 搜索引擎 | |
| --- | --- |
| · 关键字 | |
| · 网站的标题 | |
| · Meta 标签 | |
| · 内容源代码 | |
| 按搜索引擎网站的要求填写注册网站的信息截图结果 | |
| 搜索引擎收录情况截图结果 | |

# 学习情境 4

# Email 营销

**能力目标：**

1.具备收集目标邮件地址和群发邮件的能力；

2.具备邮件营销的管理能力。

**知识目标：**

1.了解许可 Email 营销概念，了解它与垃圾邮件的区别；

2.掌握外部邮件列表的创建和使用方法；

3.掌握通过外部邮件列表和邮件群发软件进行邮件群发的方法；

4.熟悉病毒性营销的方法。

## 任务：结合企业项目，开展 Email 营销

任务描述：结合企业项目，申请和建立一个邮件列表，以管理员的身份进行管理和维护，进行邮件群发，并对 Email 营销进行有效性分析。

# 知识准备

### 4.1 Email 营销概述

Email 诞生于 20 世纪 70 年代初，到 90 年代，Email 已经被广泛使用，Email 应用于营销领域也由此诞生。现在，Email 营销已是网络营销信息传递的重要手段之一，与其他网络营销方法相辅相成，本身又自成体系。但是，并非所有的商业邮件都是 Email 营销，有些是我们所不喜欢的垃圾邮件。那么，什么才是真正的 Email 营销呢？

【案例】

#### 第一个通过互联网赚钱的"律师事件"

1994 年 4 月 12 日，美国亚利桑那州一对从事移民签证咨询服务的律师夫妇 Laurence Canter 和 Martha Siegel 把一封"绿卡抽奖"的广告信发到他们可以发现的每个新闻组。这在当时引起了轩然大波，他们的"邮件炸弹"让许多服务商的服务处于瘫痪状态。

有趣的是两位律师在 1996 年还合作写了一本《网络赚钱术》。书中介绍了他们的这次辉煌经历：通过互联网发布广告信息，只花费了 20 美元的上网通信费用就吸引来25 000个客户，赚了 10 万美元。他们认为，通过互联网进行 Email 营销是前所未有的而且几乎无须任何成本的营销方式。当然他们并没考虑别人的感受，也没有计算别人因此而遭受的损失。这对律师夫妇堪称在因特网上因垃圾邮件而"留名青史"的"开山鼻祖"，他们宣告了以"不请自来"为特点的商业推销垃圾邮件时代的开始。

### 4.1.1 Email 营销的诞生与发展

据被称为"电子邮件之父"的美国工程师，电子邮件的发明人雷·汤姆林森（Ray Tomlinson）回忆道，电子邮件的诞生是在 1971 年秋季（确切的时间已经无法考证），当时已经有一种可传输文件的电脑程序以及一种原始的信息程序。但两个程序存在极大的使用局限——例如，使用信息程序的人只能给接收方发送公报，接收方的电脑还必须与发送方一致。

发明电子邮件时，汤姆林森是马塞诸塞州剑桥的博尔特·贝拉尼克·纽曼研究公司（BBN）公司的重要工程师。当时，这家企业受聘于美国军方，参与 Arpanet 网络（互联网的前身）的建设和维护工作。汤姆林森对已有的传输文件程序以及信息程序进行研究，研制出一套新程序，它可通过电脑网络发送和接收信息，再也没有了以前的种种限制。为了让人们都拥有易识别的电子邮箱地址，汤姆林森决定采用@符号，符号前面加用户名，后面加用户邮箱所在的地址，电子邮件由此诞生。

虽然电子邮件是在 20 世纪 70 年代发明的，但是由于当时使用 Arpanet 网络的人太少，网络的速度也仅为目前 56 kbps 标准速度的二十分之一。受网络速度的限制，那时的用户只能发送些简短的信息，根本别想象现在那样发送大量照片；到 80 年代中期，个人电脑兴起，电子邮件开始在电脑迷以及大学生中广泛传播开来；到 90 年代中期，互联网浏览器诞生，全球网民人数激增，电子邮件随着网络使用率的增加迅速发展，被逐步应用于营销活动。

自电子邮件诞生到 Email 营销的应用，经历了一个比较长的时期，并且逐渐形成了一些被广泛认可的行业规范。但到目前为止，Email 营销的应用也没有完全规范化，不仅相关的法律不完善，而且企业在应用 Email 营销时存在着大量的误区，这在很大程度上制约着 Email 营销价值的发挥，也造成了一定的混乱，因此需要对 Email 营销进行深入、系统的研究。正确认识 Email 营销及其方法，还要从最早通过互联网赚钱的"律师事件"谈起。

前面提到的美国两个律师制造的垃圾邮件客观上促成了人们对网络营销的思考，网络营销也是从垃圾邮件问题引起重视之后才逐渐发展起来的。现在普遍的观点是，Email 营销诞生于 1994 年，不仅是因为两个律师的"杰作"，而且是因为这个时期，人们开始对 Email 营销进行比较系统的研究，如在 1994 年，美国人 Robert Raisch 写了《未经许可的电子邮件》一文，在互联网领域产生了重要影响，这些研究让人们对 Email 营销有了较为系统的了解和认可。而将 Email 营销概念进一步推向成熟的，是许可营销概念的诞生。

"许可营销"理论由美国营销专家 Seth Godin 在他的《许可营销》（*Permission Marketing：Turning Strangers into Friends into Customers*，Simon&Schuster，1999）一书中

最早提出并进行了系统的研究。这一概念一经提出就受到网络营销人员的普遍关注并得到广泛应用。许可 Email 营销的有效性也已经被许多企业的实践所证实。

按照 Seth Godin 的观点,许可营销的原理其实很简单,也就是企业在推广产品或服务的时候,事先征得顾客的许可,得到潜在顾客许可之后,通过 Email 的方式向顾客发送产品/服务信息,因此,许可营销就是许可 Email 营销。许可营销的主要方法是通过邮件列表、新闻邮件、电子刊物等形式,在向用户提供有价值信息的同时附带一定数量的商业广告。例如,一些公司的网站在要求你注册成为会员或者申请某项服务时,会询问你"是否希望收到本公司定期发送的最新产品信息",或者给出一个列表让你选择自己希望收到的信息。在传统营销方式中,由于信息沟通不便,或者成本过高,许可营销很难行得通,但是互联网的交互性使得许可营销成为可能。

有关 Email 营销的定义也有很多,网络营销专家冯英健先生对 Email 营销的定义为:Email 营销是在用户事先许可的前提下,通过电子邮件的方式向目标用户传递有价值信息的一种网络营销手段。Email 营销的定义中强调了三个基本因素:基于用户许可,通过电子邮件传递信息,信息对用户是有价值的。三个因素缺少一个,都不能称为有效的Email 营销。在这个定义里,也把真正的 Email 营销与垃圾邮件区分开来,也就是说,只有具备以上三个因素的商业邮件,我们才能称为真正的 Email 营销,反之则称为垃圾邮件。

### 4.1.2 Email 营销的现状和问题

随着 Internet 的迅速普及,Email 已成为了人与人沟通的主要手段,越来越成为生活中不可缺少的一部分。对大多数用户来说,电子邮箱是他们最经常使用的网络服务之一。

艾瑞咨询对中国电子邮箱用户规模的统计数据显示,2008 年中国电子邮箱用户规模已达 1.7 亿,相比 2007 年的 1.3 亿增长 30.8%。电子邮箱用户占互联网用户的比例为57.0%。艾瑞咨询预计,到 2012 年中国电子邮箱的用户规模将超过 2.9 亿。艾瑞咨询认为,网络办公的专业化趋势日益明显,网民通常使用更为专业化的电子邮件进行商务交流活动。这也促使更多商家通过电子邮件直投的方式进行网络营销。同时,注重电子邮箱的方便、快捷和保密性,增强用户体验成为电子邮件运营商竞争的重点。

据中国互联网络信息中心(CNNIC)第 24 次中国互联网络发展状况统计报告,截至2009 年 6 月,我国网民中电子邮件使用率为 55.4%。随着互联网的进一步普及和网民的成长,会有越来越多的人使用电子邮件作为工作和生活工具,长期来看,电子邮件的使用率还将会上升。

电子邮件已成为人们日常和商务生活中的一种主要沟通方式,这就为企业通过Email 开展营销活动提供了一个很好的用户基础和营销环境。

尽管很多市场研究公司都认为 Email 营销前景非常乐观,但到目前为止这个被广为看好的市场并没有真正繁荣起来,很多公司并不了解 Email 营销的含义和基本方法,Email 营销还远没有成为一种主流的网络营销手段。这包含着两方面的含义:一方面是企业对利用 Email 开展营销还缺乏足够的认识,也没有掌握 Email 营销的正确方法;另一方面,提供 Email 营销专业服务的市场还没有真正形成,而且现有的一些公司在市场培育和推广方面还存在很多问题。这种情况在国内表现得更为突出。正是由于这些原因,对

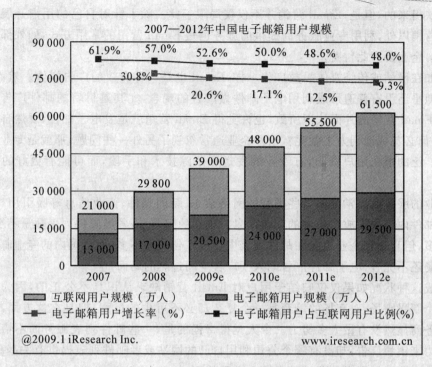

图 4-1　2007—2012 年中国电子邮箱用户规模

Email 营销的认识和操作手段是否能够得到发展，决定了 Email 营销在未来的整体发展水平。

对上网用户来说，Email 对生活和工作产生了巨大影响，并且这种影响逐步向没有上网的人口扩散，在所有互联网提供的服务中，电子邮件一直占据第一位，这正是开展 Email 营销的基础。正因为如此，其中包含着巨大的商机，让无数营销商向往和憧憬，也让许多企业惊叹互联网的神奇，可以在极短的时间内以几乎可以忽略不计的成本向数以万计的用户发送信息，并且错误地认为滥发邮件就是网络营销。

一些国际著名的咨询公司的研究报告也都表明 Email 是廉价高效的网络营销工具，甚至估计 Email 营销的反馈率高达 5％～15％，不仅远远高于标准 Banner 网络广告的点击率，而且也高于传统直邮广告的回应率。但事实上，Email 营销的效果远远没有发挥出来。不过我们也不能因为自己的 Email 营销效果不佳而否定这种研究结果，因为必须清楚这种调查的结论是有条件的，即"在正确利用 Email 营销的前提下"。一些企业正是由于忽视了正确的营销方法，或者说将 Email 营销想象得过于简单了。

这一点可以从许多公司常用的"Email 营销"手段中看出。常见的做法包括：自行收集或者向第三方购买 Email 地址，大量发送未经许可的电子邮件；对自己网站的注册用户反复发送大量促销信息，又不明确给出退订方法；虽然基于许可的方式建立了邮件列表并拥有一定数量的用户，但是邮件列表质量不高，订阅者的阅读率也不高。此外，大部分邮件列表订户数量很少，受众面小，也是制约 Email 营销效果的重要原因。

这里所讲的 Email 营销所存在的问题，都是针对一些企业自行利用 Email 开展营销的时反映出来的,但是,Email 营销并不仅仅局限于此。除了针对自己的用户开展内部邮件列表营销以外,利用专业服务商提供的服务也是 Email 营销的常用方式,即外部邮件列表,当然,企业要为此付费。

正如在网站或传统媒体投放广告一样,Email 也是一种有效的广告媒体。然而,国内的企业似乎还没有普遍形成利用电子邮件做广告的观念,尤其是付费的邮件广告。这仍然是对 Email 营销的片面认识所致,也许觉得 Email 营销就是发电子邮件,既然自己就可以发送,何必花钱请别人来做呢?这些企业通常忽视了另外一些问题,那就是专业服务商拥有更广泛的潜在用户资源,有专业的发送和跟踪技术和手段,而可能有更好的营销效果。

专业的服务商通常提供某些类型的网络杂志、新闻邮件、商业信息等吸引用户参与,然后在邮件内容中投放广告主的商业信息。现在的问题是,各类邮件列表数量不少,订阅者也很多,但真正有企业愿意在邮件列表中投放广告的并不多,而且国内的专业邮件营销服务市场还不完善,电子邮件广告陷入了广告空间过剩的局面。

造成这种状况如果仅仅归结于用户对 Email 营销缺乏认识是不公正的,因为邮件广告是一个新兴市场,对市场的培育是一个复杂却必不可少的过程,但是在这方面,现有的一些服务商显然没有做太多努力。令人觉得奇怪的是,一些邮件列表服务商不惜投入大量的人力来销售广告,却没有哪个公司利用自己的网站或者邮件列表提供有关基础知识,让更多的企业了解 Email 营销的真正含义和价值。

### 4.1.3 Email 营销的分类

1. 按照是否经过用户许可分类

按照发送信息邮件是否事先经过用户许可来划分,可以将 Email 营销分为许可 Email 营销和未经许可的 Email 营销。未经许可的 Email 营销也就是通常所说的垃圾邮件(Spam),正规的 Email 营销都是基于用户许可的。

2. 按照 Email 地址的所有权分类

潜在用户的 Email 地址是企业重要的营销资源,根据对用户 Email 地址资源的所有权,可将 Email 营销分为内部 Email 营销和外部 Email 营销,或者简称为内部列表和外部列表。内部列表是企业通过自己的网站或利用一定方式获得用户自愿注册的资料来开展的 Email 营销,企业拥有 Email 的所有权。而外部列表指利用专业服务商或者同专业服务商一样可以提供专业服务的机构所提供的 Email 营销服务,而自己并不拥有用户的 Email 地址资料,也无须管理维护这些用户资料。

3. 按照营销计划分类

根据企业的营销计划,可分为临时性的 Email 营销和长期 Email 营销。临时 Email 营销通常应用于如不定期产品促销、市场调查、节假日问候、新产品通知等,主要是一些不定期的营销活动;长期的 Email 营销通常以企业内会员资料为基础,主要表现为以新闻邮件、电子杂志、顾客服务等各种形式的邮件开展营销活动。这种列表的作用要比临时性的 Email 营销更持久,主要是一些比较长期固定的营销活动,其作用更多地表现在顾客关系、顾客服务、企业品牌的应用等方面。

4. 按照 Email 营销的应用方式分类

按照是否将 Email 营销资源用于为其他企业提供服务,Email 营销可分为经营型和非经营型两类。开展 Email 营销需要一定的营销资源,获得和维持这些资源本身也要投入相应的经营资源。当资源积累到一定的水平,便拥有了更大的营销价值,不仅可以用于企业本身的营销,也可以通过出售邮件广告空间直接获得利益。当以经营性质为主时,Email 营销实际上已经属于专业服务商的范畴了。

在实际工作中,面对的往往不是单一形式或单一功能的 Email 营销,可能既要建立自己的内部列表,又需要采用专业服务商提供的邮件列表服务;既要有长期的 Email 营销规划与应用,也会有不定期的营销活动需要采用临时 Email 营销;企业的 Email 营销中,既有顾客关系、顾客服务的 Email 营销,也有在线调查、产品促销等。

## 【案例】

### 解读《互联网电子邮件服务管理办法》

为了规范互联网电子邮件服务行为,保障公民、法人和其他组织的合法权益,根据《中华人民共和国电信条例》和《互联网信息服务管理办法》的规定,信息产业部决定制订《互联网电子邮件服务管理办法》(简称《办法》),并于 2006 年 2 月 20 日以信息产业部第 38 号令公布,于 2006 年 3 月 30 日起施行。办法共计 27 条,主要从以下几个方面进行了规定:

1.电子邮件服务提供者的资质、权利与义务

规范和加强对互联网电子邮件服务管理,是有效打击垃圾邮件、保障电子邮件使用者合法权益的措施之一。为此,《办法》规定:一是对提供互联网电子邮件服务实行市场准入管理。二是建立了电子邮件服务器 IP 地址登记制度。三是要求互联网电子邮件服务提供者按照技术标准建设服务系统,采取安全防范措施。四是对电子邮件服务进行了具体的规范。例如,第八条规定:"互联网电子邮件服务提供者向用户提供服务,应当明确告知用户服务内容和使用规则";第九条规定:"互联网电子邮件服务提供者对用户的个人注册信息和互联网电子邮件地址负有保密的义务。互联网电子邮件服务提供者及其工作人员不得非法使用用户的个人注册信息资料和互联网电子邮件地址;未经用户同意,不得泄露用户的个人注册信息和互联网电子邮件地址,但法律、行政法规另有规定的除外",等等。

2.有关垃圾邮件的界定

什么是垃圾邮件?

2000 年 8 月,中国电信制定了垃圾邮件处理办法,并将垃圾邮件定义为:向未主动请求的用户发送的电子邮件广告、刊物或其他资料;没有明确的退信方法、发信人、回信地址等的邮件;利用中国电信的网络从事违反其他 ISP 的安全策略或服务条款的行为;其他预计会导致投诉的邮件。

2002 年 5 月 20 日,中国教育和科研计算机网公布了《关于制止垃圾邮件的管理规定》,其中对垃圾邮件的定义为:凡是未经用户请求强行发到用户信箱中的任何广告、宣传资料、病毒等内容的电子邮件,一般具有批量发送的特征。

中国互联网协会在《中国互联网协会反垃圾邮件规范》中是这样定义垃圾邮件的:本规范所称垃圾邮件,包括下述属性的电子邮件:(一)收件人事先没有提出要求或者同意接

收的广告、电子刊物、各种形式的宣传品等宣传性的电子邮件;(二)收件人无法拒收的电子邮件;(三)隐藏发件人身份、地址、标题等信息的电子邮件;(四)含有虚假的信息源、发件人、路由等信息的电子邮件。

事实上,采用以上列举方式对垃圾邮件进行定义并不能全部涵盖所有的垃圾邮件。目前,国际没未对垃圾邮件的定义达成一致的意见,理解不同,说法不一。但是它们对垃圾邮件核心要素的认识却基本一致,即构成垃圾邮件的核心要素主要有:

(1)未经用户许可,对其发送;

(2)同时发送大量信件,影响正常网络通信;

(3)含有恶意、虚假、伪装的邮件发信人等信息。

## 4.2 邮件列表

邮件列表(Mailing List)的起源可以追溯到 1975 年,是互联网上最早的社区形式之一,也是 Internet 上的一种重要工具,用于各种群体之间的信息交流和信息发布。早期的邮件列表是小组成员通过电子邮件讨论某一特定话题,一般通称为讨论组。由于早期联网的计算机数量很少,讨论组的参与者也很少,现在的互联网上有数以十万计的讨论组。讨论组很快就发展演变出另一种形式,即有管理者管制的讨论组——也就是现在通常所说的邮件列表,或者叫狭义的邮件列表。邮件列表相关于一个组名,这个组里包含若干本域内的邮件地址,只要发送邮件时在收件人栏填写这个组名,那么组里的邮箱均能收到邮件。邮件列表是 Internet 上一种适合一对多方式发布电子邮件的有效工具,用于各种群体之间的信息交流和信息发布,具有传播范围广、使用简单方便的特点,只要能够使用 Email,就可以使用邮件列表。

讨论组和邮件列表都是在一组人之间对某一话题通过电子邮件共享信息。但二者之间有一个根本的区别:讨论组中的每个成员都可以向其他成员之间同时发送邮件;而对于现在通常的邮件列表来说,是由管理者发送信息,一般用户只能接收信息。因此也可以理解为,邮件列表有两种基本形式:

• 公告型(邮件列表):通常由一个管理者向小组中的所有成员发送信息,如电子杂志、新闻邮件等。

• 讨论型(讨论组):所有的成员都可以向组内的其他成员发送信息,其操作过程简单。

一般情况下,在采用内部列表开展 Email 营销时,有时也笼统地称为邮件列表营销,邮件列表开展的 Email 营销以电子刊物、新闻邮件等形式为主,是在为用户提供有价值信息的同时附加一定的营销信息。事实上,正规的 Email 营销主要是通过邮件列表的方式实现的。

常见的邮件列表形式有:电子刊物、新闻邮件、注册会员通讯、新产品通知、顾客服务关系邮件、顾客定制信息。

但在采用外部列表的时候,Email 营销和邮件列表之间的区别就比较明显,因为是利用第三方的用户 Email 地址资源发送产品或服务信息,并且通常是纯粹的商业邮件广告,这些广告信息是通过专业服务商所拥有的邮件列表来发送的，也就是说，这个邮件列表是属于服务商的。对服务而言，是邮件列表的经营者，而作为广告客户的企业是利用这个第三方的邮件列表来开展 Email 营销。

### 4.2.1 建立邮件列表发行平台

应用 Email 营销，必须有 Email 用户资源及邮件发送系统。外部邮件列表的 Email 资源可以通过向专业邮件服务商购买得到，而企业内部的 Email 资源则需企业建立自己的邮件列表平台，也就是如何运用技术手段来实现用户加入、退出以及发送邮件、管理用户资源等基本功能。具有这些功能的系统我们称为"邮件列表发行平台"。发行平台是邮件列表营销的技术基础。那么这个技术问题如何实现呢？一般有两种方式：如果自己的企业网站具备必要的条件，可以建立在自己的 Web 服务器上，实现自主管理；如果订户人数比较多，对邮件列表的功能要求很高，也可以与邮件列表专业服务商合作，利用专业的邮件发行平台来进行。当然，如果邮件列表规模很小，用户数量较少，发送邮件内容并不需要考虑太复杂的技术问题，那么也可以利用一般的邮件发送方式或是通过一些邮件群发软件来完成。

【知识拓展】

#### 邮件列表的主要功能

选择邮件列表专业发行平台时需要对以下方面进行必要的考察：

(1)邮件列表发行平台的基本功能。作为一个完善的邮件列表发行平台，应该具备下列基本功能：

- 用户加入、退出列表：包括新用户加入时的确认、错误邮件地址识别和提醒等。
- 用户地址管理：增加、删除、编辑用户的 Email 地址。
- 查看注册用户信息：管理员查看列表用户总数、每个用户的 Email 地址、加入时间等。
- 注册用户资料备份：为防止数据丢失，定期将注册用户资料备份，其实现可以通过 Email 发送到管理员邮箱，也可以通过 Web 方式保存。
- 邮件内容编辑：如果是通过 Web 方式发送邮件，需要提供在线编辑区域。
- 邮件内容预览：发送前对邮件的检查是必不可少的步骤，正式发送邮件列表之前先发送给管理员，待最后检查确认后才发送，可以尽可能减少错误。
- 删除邮件列表及 Email 地址：当不再利用该发行平台时，邮件列表经营者可以删除列表，并清空所有注册用户地址。

(2)邮件列表的高级管理功能。对于要求较高的邮件列表，下列功能也很重要，可根据需要选择：

- 邮件格式选择：可根据用户选择提供纯文本、HTML、RichMedia 等不同格式的邮件内容。
- 批量导入用户资料：将一个已有的邮件列表转换新的发行平台时，这个功能尤其重要。
- 退回邮件管理：退回邮件是不可避免的，有时邮件退信率相当高，适当的管理将可以提高邮件传送达率。

• 更换 Email 地址:用户更换新的 Email 地址的现象非常普遍,为了争取这部分用户重新加入邮件列表,提供方便的更换 Email 地址程序十分必要。

• 个性化设置:如用户提交 Email 地址后的反馈信息页面定制、发送给用户确认邮件的设置等,对于用户最终确认加入列表具有重要的促进作用。

根据不同的 Email 营销目的和手段,如果还有其他特殊需要,则应和服务商取得联系,以获得专业的服务。各邮件列表服务商提供的发行平台在功能上会有一定的差别,可根据自己的需要进行比较选择。

### 4.2.2 邮件列表的主要资源

邮件列表意味着潜在的营销客户资源,建立一个可以反复发送信息的列表是 Email 营销成功的关键,下面是建立邮件列表的几个主要资源:

1. 现有客户

这是可充分利用的最好的资源,对于任何生意来说最困难的事情就是寻找新顾客,不但代价昂贵,花费时间,而且要争取信任,但是,向对企业感到满意的顾客再次销售就会容易得多。只要企业的产品或服务价格公道质量又好,客户就会继续购买。

假如还没有建立客户 Email 地址数据库,可用下列方法建立:下次和客户通过邮寄或 Email 联系时,能够为通过 Email 回复者提供特别的服务,例如一份免费报告或特别折扣优惠,从而得到顾客的 Email 地址。

2. 其他业务的顾客

通过其他相关的、非竞争性的业务合作人发送商业性 Email,即通过互惠的交换,在其他公司向其顾客发送的邮件中加入介绍自己企业的产品或服务信息。

经验:在前期企业应该放弃部分利润,买主会变为顾客,一旦成为忠诚的顾客,以后就能够反复地向他们销售,因此,从长期来讲,合作方式能够为企业带来丰厚利润。

3. 网站的访问者

通过网站上的表单建立潜在顾客列表是最有力的手段,有三种主要策略鼓励访问者自愿加入邮件列表:邀请人们订阅新闻邮件;提供免费的、无版权问题的咨询;请求访问者把网站推荐给他们的朋友和同事。

可利用许多方法和网上浏览者互相影响:向回应者提供免费报告,创建新闻邮件,提供免费软件或共享软件的免费下载,作为报答,通常能够询问访问者的名字和 Email 地址。

给出适当的理由吸引人们留下联系信息以便和他们保持联系,向他们发送新的产品或服务信息。

4. 广告

无论利用在线广告还是非在线广告,都要留下 Email 地址,以鼓励人们通过 Email 联系,因为企业目标是把顾客和潜在顾客的 Email 地址收集到自己的邮箱中来,这样,企业便能够建立一个可通过 Email 联系的可靠的潜在顾客列表。

把企业的 Email 地址印在名片、文具、发票、传真、印刷品上,即使在广播电视广告上也留下 Email 地址,这样,便于顾客通过 Email 联系,这种 Email"关系"使得企业能够通过电子邮件向顾客介绍最新的产品或服务。

**5. 在报刊上发布新闻**

报纸杂志提供的新闻具备较高的有效性，企业能够利用下面的方法建立自己的 Email 列表：在报刊上发表人们必须通过 Email 才能够接收的免费报告；发表一些引起读者共鸣的话题，在读者回应的过程中收集其姓名和 Email 地址。

**6. 推荐**

当有潜在顾客索取免费报告时，请求他向自己认为可能感兴趣的朋友推荐这份报告。

当有被推荐的人加入时，发一封个人化的邮件向其解释：你是由你的朋友（给出名字）推荐来的，你的朋友请求给你发一份免费报告。为确保他们不介意将其加入邮件列表，可在邮件结尾加上这样的信息："为证实这封邮件已发给收信人，请回复这封邮件，并在主题栏写上'thanks'，以让我们确信这份报告已发到了正确的地址，我们已履行了对（朋友的名字）的许诺。"假如收件人没有对这份报告给予回复，那么，为了不引起反感，假定他们以后对你的信息没有兴趣，不要再继续给他们发送邮件。

**7. 租用 Email 地址列表**

这可能要花费较大的代价，但假如邮件列表很适合你的目标受众，付出也是值得的。根据需要的邮件数量、目标定位方式连同收集名字的方式不同，每个 Email 地址的价格会有所不同，每个地址的价格在 0.05～0.4 美元之间。建议先用一个小的列表测试回应状况，或利用后面所附 Email 直邮服务商之一提供的服务。

最好利用著名在线公司的邮件列表，并且要很细心，决不要使用包含数以百万计的 CD-ROM 地址列表，因为其中大部分地址是无效的。

**8. 直接回应邮件**

给潜在客户邮寄企业的 Email 地址，对利用 Email 回应的邮件者给予额外的奖励，告诉他们订单很快就会处理完毕，假如利用 Email 回应，将获得一定的奖励。

企业的目的是把昂贵的潜在顾客的邮寄费用转化为廉价的 Email 地址列表，利用 Email 能够联系到的人越多，你的费用就减少得越多（利润就越高）。

**9. 会员组织**

为了一个目的在一起工作的人们是最好的潜在顾客的 Email 列表，假如潜在顾客属于一个协会、网络、校友会、俱乐部、学校或其他组织，总之是因为具备某种一起兴趣或原因而形成的一个群体，向他们提供产品或服务的折扣优惠——只允许通过 Email 联系。

通过会员组织的新闻或公告宣传对会员的特别优惠，为会员提供服务，这种措施肯定是有价值的。上述九种资源有助于建立自己的邮件列表。

**4.2.3 提供有价值的邮件内容**

当拥有了一定的 Email 用户，并且也有 Email 营销的技术保证以后，就可以给用户发送邮件了。对于已经加入列表的用户来说，Email 营销是否对他产生影响是从接收邮件开始的。用户不会去关心邮件列表采用什么技术，也不关心列表中有多少数量的用户，用户关心的是邮件的内容是否对他有价值。如果内容与自己无关或是自己不感兴趣，即使加入了邮件列表，迟早也会退出，或者直接把邮件删除，这种状况显然是营销人员所不愿意看到的。因此邮件内容的设计与制作对 Email 营销最终效果有直接的关系。所以选择合适的、对用户对价值的内容，再加上对邮件其他要素的合理设计，是 Email 营销是否能取得成功的关键。

【知识拓展】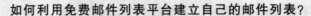

### 如何利用免费邮件列表平台建立自己的邮件列表？

灵动软件——邮件列表专家

灵动软件(http://www.cn99.com)邮件列表系统创建于 1999 年 11 月,凭借快速的发信速度和稳定的系统很快赢得了用户,迄今为止,目前已拥有邮件列表 38 000 多份,其中优秀的电子杂志 5 000 多份,订户数 960 多万,每天新增订户 2 万多。你可以在那订阅或创建自己的邮件列表。过程为:先注册为他们的用户,然后升级为高级用户,就可以创建自己的邮件列表了。不过为了确认用户身份,要求使用教育网、电信或政府的收费 Email 的用户才可以。如果你没有上述 Email,可以和他们的工作人员联系用其他方式确认身份。做完这些,你就可以创立自己的邮件列表了。

利用上面的免费平台,很容易就可以建立自己的邮件列表了。不过,要注意:1.做好列表后最好把订阅入口放在自己的主页上或单独建一个邮件列表页面,使更多的人订阅你的电子杂志。2.要把订阅者的邮件备份,以防不测。

【知识拓展】

### 减少电子邮件退信的九种策略

在《Email 趋势报告》中,Double Click 提出了减少邮件退信的九种策略:

(1)尽量避免错误的邮件地址:在用户加入邮件列表时,请用户重复输入 Email 地址,就像用户注册时的密码确认那样。

(2)改进数据登记方法:主要适用于通过电话人工记录用户 Email 地址的情形,对工作人员进行必要的训练。

(3)发送确认信息:即采取用户确认才可以加入列表的方式。

(4)鼓励用户更新 Email 地址:对于退回的邮件地址,当用户回到网站时,提醒他们确认正确的 Email 地址,或者对于错误的邮件地址做出表示,请求用户给予更新。

(5)让注册用户方便地更换 Email 地址:用户邮件地址改变是很正常的,在改变之后如何让用户方便地更新自己的注册信息,才会获得较多的响应。

(6)保持列表信息准确:对于邮件列表地址进行分析判断,对于无效用户名或者域名格式的邮件予以清除。

(7)利用针对 Email 地址改变保持联系的专业服务。

(8)对邮件被退回的过程有正确了解:退信有硬退信和软退信之分,针对不同情形采取相应对策。

(9)尽可能修复失效的邮件地址:如果用户注册资料中有邮政地址等其他联系方式,不妨用其他联系方式与用户取得联系,请求他更新邮件地址。

### 4.3 邮件群发

一般而言，一个企业掌握的有效邮件地址有上千上万个，企业的工作人员每天都要处理来自客户和潜在客户的邮件，如果用传统的邮件发送办法进行邮件的回复与发送，工作量相当大。对于营销人员来说，有必要了解和掌握另一项重要的 Email 营销技术——邮件群发技术。

一提到邮件群发，人们首先想到的可能就是大量的垃圾邮件。其实不然，邮件群发只是一种中性的技术手段，是否会产生大量的垃圾邮件，完全取决于人们对这项技术的应用环境和方法的掌握。

下面以"超级邮件群发机"软件为例，说明电子邮件群发技术的实现方法与过程。

"超级邮件群发机"可以支持邮件加密发送，允许发送附件文件，甚至还能用它来发送匿名邮件。该软件在群发模式下工作时，不需要经过 SMTP 中转，就能快速把邮件内容送到对方的邮箱中。它支持多线程发送，发送速度极快；支持 HTML 格式的邮件，可以使邮件内容更加丰富多彩。该程序还能对发送失败的邮件地址进行自动重复发送，并允许自行定义重发的次数。

第一步：安装和启动

首先要在机器中安装电子邮件群发软件，安装后启动该软件。程序安装结束后，将会自动在桌面上添加一个"超级邮件群发机"的快捷运行图标，以后要启动程序时，直接用鼠标双击桌面上的运行程序图标，就能进入到它的程序界面。在未注册的情况下，可以使用50 次，要是暂时不想注册，可以单击"试用"，直接进入到如图 4-2 所示的设置界面。

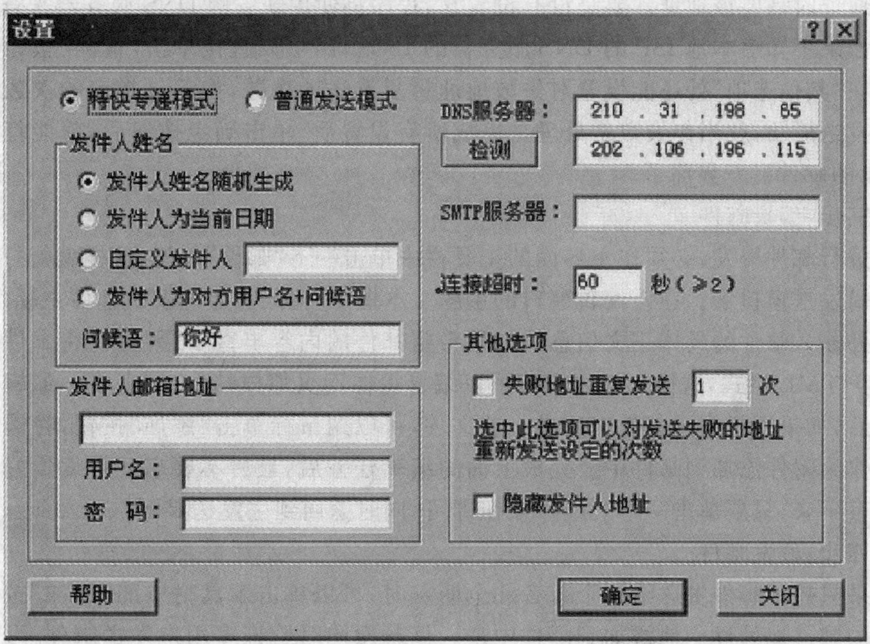

图 4-2 设置界面

第二步:设置参数

为了按指定要求来群发邮件,必须先在图 4-2 中对群发参数进行合适的设置。该程序的最新版本增加了邮件发送模式的设置,可以选择"普通发送"或"特快专递"模式来发送邮件。对于那些不方便查找 DNS 服务器的用户,可以使用普通发送模式,这种模式采用了与 Outlook Express 一样的发送方式来发送邮件,需要通过 SMTP 来中转,所以选用这种模式时,需要正确填写 SMTP 服务器、邮箱地址、用户名以及密码等信息。而"特快专递模式"是专门用于群发邮件的,这种模式不需要经过 SMTP 中转。

一旦选中"特快专递模式",还必须在"发件人姓名"处将"发件人姓名随机生成"选项选中。倘若希望收信人清楚自己真实身份,也可以在"自定义发件人"处将自己真实姓名输进去,同时在"发件人邮箱地址"处输入真实的 Email 地址。因为某些 SMTP 服务器要检验该发件地址是不是真实的,如果是不真实的,可能就不接收邮件。因此,为了确保所有邮件都可以成功发送,务必填写真实的邮件地址与对应该地址的用户名和密码。

为了表示对收信人的敬意,可以在"问候语"处输入一些问候的话语,如可以输入"你好",如邮件发送给"aaa@21cn.com"用户,那么该用户在接收邮件时会在"发件人"处看到"aaa:你好"的字样。

在"连接超时"设置项处可以设置等待邮件服务器回应的等待时间,如在指定时间内邮件服务器没有任何反应,就让程序自动进行下一个邮件的发送,而当前邮件就会作为发送失败处理。因此,可以根据本网段的上网带宽设置合适的连接超时时间。如邮件发送失败较多,可以尝试将"连接超时"时间适当增大。

在"DNS 服务器"设置项处必须正确设置好当地 ISP 的域名解析服务器地址,查询目标邮件地址时需要该地址。要是没有设置它,程序将使用缺省的 DNS 服务器来查询邮件地址。如果不知道本地 ISP 的 DNS 服务器的 IP 地址,可以直接单击"检测"按钮来测试获取。在"其他选项"处还能设置对失败地址重复发送的次数,如超过指定的次数邮件还是没有发送成功,就当作失败来处理。完成所有设置后,单击确定按钮后,就能打开如图 4-3 所示的邮件群发界面了。

第三步:编辑邮件

要进行邮件群发,必须在主界面的工具栏中单击一下"邮件"按钮,这样就能打开一个邮件编辑发送窗口了。在该编辑窗口的主题文本框中,输入需要群发的邮件主题,在内容文本框处输入邮件的具体正文信息。如果希望邮件的内容丰富多彩,可以将邮件的正文设置为 HTML 格式,这样邮件内容就可以编辑得像网页那样精致、漂亮了。编辑好邮件的正文后,如果还想通过邮件来传递一些文件,可以用鼠标单击"添加"按钮,将需要传递的文件作为附件添加到邮件中。完成上面的编辑任务后,最后不要忘记将编辑好的邮件内容保存下来,只要单击一下"保存"按钮即可,同时返回到主发送界面。

第四步:群发邮件

如果只想将邮件发送给一个或者几个朋友时,可以单击工具栏中的"添加"按钮来将收件人的邮件地址逐一地添加到邮件中来。倘若想同时给许多用户发送邮件,可以直接单击"导入"按钮,将事先搜集或者保存好的地址簿添加到邮件中来。设置好收件人的地址后,需要做的就是单击主界面中的"发送"按钮,将当前编辑的邮件快速发送到指定的地

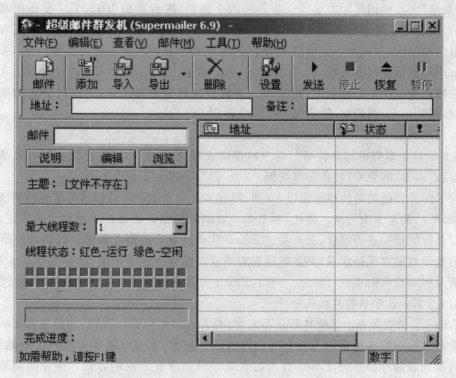

图 4-3　邮件群发界面

址中去。如果邮件到达对方的信箱中,"超级邮件群发机"程序还会打开一个邮件发送成功的提示界面来告知邮件发送成功了。

## 4.4 EmaiL 营销管理

### 4.4.1 Email 营销评价指标

不管从网络营销策略的整体还是单独的网络营销方案来看,都要用特定的指标来进行评价,使得企业能"立竿见影"地量化所投入的营销资源的回报。

评价 Email 营销相关的指标有送达率、开信率、回应率、转化率等,但实际上完善的 Email 营销指标评价体系还没完全建立,也没有公认的测量方法。下面将能反映 Email 营销的效果的某些指标罗列出来供参考。

根据营销的过程将 Email 营销指标分为四大类:

1.获取和保持用户资源阶段

有效用户总数、用户增长率、用户退出率等指标需要在每次发送邮件列表前后进行统计,以便获得有关数据。

2.邮件信息传递阶段

每次发送邮件内容时,并不能发送到所有用户邮箱,有时可以有效送达的信息比例可能很低。即使用户数量再多,如果无法有效地传递信息,也就无法有效地开展 Email 营销。在 Email 营销中,用来描述信息实际传递的指标有"送达率"和"退信率"。"送达率"

和"退信率"所反映的实际上是同一事件的两个方面,两者之和为100%。在每次邮件发送之后,对退信情况进行跟踪分析,不仅可以及时了解邮件的实际发送情况,而且有可能发现退信的原因,并采取一定的措施给予补救,从而降低邮件列表的退信率。

### 3.用户对信息接收过程

在信息送达用户邮箱之后,用户不一定就能阅读并做出反应,用户对信息的接受过程,可以用开信率、阅读率、转信率等指标来评定。

### 4.用户回应

Email营销最终的结果将通过用户的反应表现出来,用户回应指标主要有直接带来的收益、点击率、转化率、转信率等指标。

与Email营销相关的指标超过10项,但在实际中对Email营销进行准确的评价仍然有困难,有时甚至无所适从。因此,对Email营销效果的评价最好采用综合的方法,既要对可以量化的指标进行评价,又要关注Email营销所具有的潜在价值。例如,Email关系营销有助于与顾客保持联系,并影响顾客对企业产品或服务的印象,顾客没有点击Email并不表示将来没有购买的可能性。同时,Email关系营销能增加用户对品牌的忠诚度。

### 4.4.2 Email营销的有效性分析

Email营销效果评价指标体系还不完善,或者有的指标难以获得,如何进行Email营销才是有效的呢?这是营销人员都感到很难确切把握,但又非常希望准确了解的问题。针对内部列表和外部列表,Email营销的效果评价通常有不同的方式。企业的期望目标也不尽相同,专业服务商的Email营销服务通常希望获得定量的直接反映率指标和直接营销收益,内部列表由于是长期连续的活动,Email营销的有效性并不是通过一两次活动可以准确评估的,通常采取定性分析方法。

### 1.内部Email营销的有效性

内部邮件营销的有效性主要表现在:

- 后台技术稳定;
- 较多用户加入列表;
- Email营销资源稳步增加;
- 信息送达率高,退信少;
- 用户认可邮件内容,高效的阅读率;
- 用户认可邮件格式;
- 用户信任,回应率高;
- 用户资源对企业有长期营销价值;
- 综合应用效果较好,在提高企业品牌,维护顾客关系,改善顾客服务,促进产品推广,市场调研等多方面发挥作用。

### 2.外部列表Email营销的有效性

外部列表Email营销经常是临时的,每次活动发送邮件次数有限(有的可能只发送一次),一般只注重短期效果,以邮件送达总数、开信率和点击率等为主要监测指标。当获得了这些基本指标之后,我们可以通过定性对比和定量分析,从而断定Email营销活动是否有效。

有效的 Email 营销主要表现在：邮件可送达尽可能多的目标用户，反应率在行业平均水平之上，获得的直接收益大于投入的费用或达到期望的目标等。

此外，外部列表 Email 营销也可能获得其他的效果，如网站访问量增加、品牌知名度提升、对相关产品和服务的附带宣传效果等。如果服务商和潜在用户列表选择合理，邮件内容、格式和主题等基本信息设计合理，综合考虑 Email 营销的各种效果，仍然无法达到预期的目标，则可以认定本次 Email 营销活动是无效的。

由于企业资源、行业特征、方法等因素的差异，并不是所有的 Email 营销都有效，部分企业的 Email 营销活动可能没有取得预期的效果，这时候，应根据实际情况进行总结分析，找出失败的原因，以便对 Email 营销进行改进，或者放弃采用 Email 营销方法，毕竟 Email 营销不是万能的。Email 营销是一项实实在在的营销活动，只有在具备一定基础条件的前提下，对每一个方面都用比较专业的方法来操作才能获得理想的效果。此外，有些人员对于"Email 营销"概念的认识有一定的偏差，而且过于在乎眼前利益，结果使得 Email 营销没有达到期望的效果。

## 4.5 病毒性营销

### 4.5.1 病毒性营销的概念

病毒性营销也称为病毒式营销或病毒营销。

病毒性营销是一种常用的网络营销方法，常用于进行网站推广、品牌推广等。病毒性营销利用的是用户口碑传播的原理，在互联网上，这种"口碑传播"更为方便，可以像病毒一样迅速蔓延，因此病毒性营销成为一种高效的信息传播方式，而且，由于这种传播是用户之间自发进行的，因此几乎是不需要费用的网络营销手段。

病毒性营销并非真的以传播病毒的方式开展营销，而是通过用户的口碑宣传网络，信息像病毒一样传播和扩散，利用快速复制的方式传向数以千计、百万计的受众。病毒性营销的经典范例是 Hotmail.com。Hotmail 是世界上最大的免费电子邮件服务提供商，在创建之后的 1 年半时间里，就吸引了 1 200 万注册用户，而且还在以每天超过 15 万新用户的速度发展。令人不可思议的是，在网站创建的 12 个月内，Hotmail 只花费很少的营销费用，还不到其直接竞争者的 3%。Hotmail 之所以爆炸式地发展，就是由于利用了"病毒性营销"的巨大效力。病毒性营销的成功案例还包括 Amazon、ICQ、eGroups 等国际著名网络公司。病毒性营销既可以看作是一种网络营销方法，也可以认为是一种网络营销思想，即通过提供有价值的信息和服务，利用用户之间的主动传播来实现网络营销信息传递的目的。

### 4.5.2 病毒性营销的起源和基本原理

病毒性营销已经成为网络营销最为独特的手段，被越来越多的网站成功利用。

1996 年，Sabeer Bhatia 和 Jack Smith 率先创建了一个基于 Web 的免费邮件服务，即现在为微软公司所拥有的著名的 Hotmail.com。许多伟大的构思或产品并不一定能产生征服性的效果，有时在快速发展阶段就夭折了，而 Hotmail 之所以获得爆炸式的发展，就是由于被称为"病毒性营销"的催化作用。

当时，Hotmail 提出的病毒性营销方法是颇具争议性的，为了给自己的免费邮件做推广，Hotmail 在邮件的结尾处附上："P. S. Get your free Email at Hotmail"，因为这种自动附加的信息也许会影响用户的个人邮件信息,后来 Hotmail 将"P. S."去掉,将强行插入的具有广告含义的文字去掉,不过邮件接收者仍然可以看出发件人是 Hotmail 的用户,每一个用户都成了 Hotmail 的推广者,这种信息于是迅速在网络用户中自然扩散。

这就是病毒性营销的经典范例。这种营销手段其实并不复杂,下面是基本程序:

(1)提供免费 Email 地址和服务;

(2)在每一封免费发出的信息底部附加一个简单标签:"Get your private,free Email at http://www. hotmail. com";

(3)然后,人们利用免费 Email 向朋友或同事发送信息;

(4)接收邮件的人将看到邮件底部的信息;

(5)这些人会加入使用免费 Email 服务的行列;

(6)Hotmail 提供免费 Email 的信息将在更大的范围扩散。

美国著名的电子商务顾问 Ralph F. Wilson 博士将一个有效的病毒性营销战略归纳为六项基本要素,一个病毒性营销战略不一定要包含所有要素,但是,包含的要素越多,营销效果可能越好。

这六个病毒性营销的基本要素是:

(1)提供有价值的产品或服务;

(2)提供无须努力就向他人传递信息的方式;

(3)信息传递范围很容易从小向很大规模扩散;

(4)利用公共的积极性和行为;

(5)利用现有的通信网路;

(6)利用别人的资源。

病毒性营销与生物性的病毒不同,因为数字病毒可在国际间不受制约地迅速传播,而生物病毒往往需要直接接触或其他自然环境的作用才能传播。尽管受语言因素的限制,Hotmail 的用户仍然分布在全球 220 多个国家,在瑞典和印度,Hotmail 是最大的电子邮件服务提供商,尽管没有在这些国家做任何的推广活动。尽管 Hotmail 的战略并不复杂,但是,其他人要重复利用这种方法,却很难取得同样辉煌的效果,因为这种"雪球效应"往往只对第一个使用者才具有杠杆作用。

### 4.5.3 实施病毒性营销的基本方式

病毒性营销是目前所使用的最成功的网络营销服务之一,常见的方式有三种:

#### 1. 口头传递

最普遍的口头传递病毒营销方式是"告诉一个朋友"或"推荐给朋友",这也是大部分网站使用的方法。对这种方法,各种网站的使用率是不一样的。对于一些娱乐网站,"告诉一个朋友"的使用率可能会高一些。但对其他大型内容网站,这种方法是不够的。使用率主要取决于所推荐内容的类型和用户群特点。但这种病毒营销可以低成本并快速执行,其效果还可以通过引入竞赛和幸运抽签得以增强。

#### 2. 传递下去

对大部分 Email 用户来说,这是一个很受欢迎的活动。每当收到有趣的图片或很酷的 Flash 游戏的附件,我们通常把它发给朋友。而他们也顺次把该附件发给他们的联系者。这种滚雪球效应可以轻松创建起一个分销渠道，在几小时之内，到达成百上千的人们那里，而起始不过是一封电子邮件。

这里要谈到如何实施"传递下去"的病毒营销：

用 Flash 创建一个有趣的游戏，按地址簿中的地址把它发出去。Flash 中要包括网站地址及邀请人们点击你的网站。同时，要让该游戏在你的网站上也可以下载。接下来就等着看它如何像病毒一般扩散出去。

要成功地实施"传递下去"的病毒营销，你必须创建一些人们想和其他人分享的东西，比如用 PowerPoint 制作的幻灯片、有趣的图形和小小的应用程序等。到网站 http://www.madblast.com 上去看看一些"传递下去"的例子。

3. 免费服务

最成功的以服务为基础的病毒营销先驱是 Hotmail。一开始他们很少进行促销活动，但在它们发出的每封邮件底端都使用一个收尾线，该收尾线包括一个短小的玩笑以及他们的网址。公司由此获得显著发展。现在设想一下每天发出去的 Email 的数量，以及这些 Email 如何帮助 Hotmail 获得更多用户——这些用户又导致更多的 Email 发出去。

下一个例子是 Blue Mountain 的网络问候卡。当有人发出一封 Blue Mountain 的网络问候卡，接收者必须去 Blue Mountain 的网站才能收看，这就带来另一个发贺卡的潜在用户，而这个用户会又发出更多贺卡。

再举一个例子：BraveNet 网络服务商。BraveNet 为用户提供一些诸如访客登记、论坛、在线调查和 Email 表格的工具。当人们在一个会员网站上使用 BraveNet 的访客登记时，就会看见 BraveNet 的广告，邀请他们注册 BraveNet 获得服务。

如果企业拥有一个以服务为基础的网站，可以考虑运用病毒营销来发展网站，开发独创的点子。

【案例】

### 40 天之内拉拢 4 000 万人的病毒营销

到底是什么活动促使这么多人参与？它是如何传播呢？这就是由可口可乐发起、腾讯技术支持的火炬在线传递活动。

2008 年 3 月 24 日，可口可乐公司推出了火炬在线传递，而这个活动堪称经典的病毒性营销案例。

如果你争取到了火炬在线传递的资格，将获得"火炬大使"的称号，头像处将出现一枚未点亮的图标，之后就可以向你的一个好友发送邀请。如果 10 分钟内可以成功邀请其他用户参加活动，你的图标将被成功点亮，同时将获取"可口可乐"火炬在线传递活动专属 QQ 的使用权。这个好友就可以继续邀请下一个好友进行火炬在线传递，以此类推。

网民们以成为在线火炬传递手为荣，"病毒式"的链式反应一发不可收拾。

这个活动在短短 40 天之内就"拉拢"了 4 000 万人（41 169 237 人）参与其中。平均起来，每秒钟就有 12 万多人参与。一个多月的时间内，在大家不知不觉中，身边很多朋友的 QQ 上都多了一个火红的圣火图标（同时包含可口可乐的元素）。

### 4.5.4 让病毒营销取得好效果的策略

**1.提供免费的、有价值的产品或服务**

在市场营销人员的词汇中,"免费"一直是最有效的词语,大多数病毒性营销都提供有价值的免费产品或服务来引起注意,例如,免费的 Email 服务、免费信息、免费"酷"按钮、具有强大功能的免费软件。"便宜"或者"廉价"之类的词语可以产生兴趣,但是"免费"通常可以更快引人注意。这方面最成功的莫过于金山公司。

看一看金山毒霸进行病毒式营销的整个过程:①提供金山毒霸试用版免费下载和网站转载服务;②试用版定期通知用户升级版本或购买正式版;③试用用户进行人际传播,转载的网站进行网络传播,更多的人知道金山毒霸;④更多用户免费使用金山毒霸试用版;⑤金山毒霸的品牌信息在更大的范围扩散。

这一程序经过反复运作之后,金山毒霸收到了两个明显的效果:一是品牌知名度大大提高,二是大量的消费者开始习惯使用它的产品。这就是病毒式营销的魅力:设计好的场景,设计好的情节,设计好的结果……当广大试用消费群已经形成,并且习惯使用金山毒霸(试用版)时,金山毒霸正版低价风暴来临,于是消费者就纷纷为之"折腰",因此,金山毒霸的成功也就顺理成章了。

**2.提供无须努力即可向他人传递信息的方式**

病毒只在易于传染的情况下才会传播,因此,携带营销信息的媒体必须易于传递和复制,如 Email、网站、图表、软件下载等。病毒性营销在互联网上得以极好地发挥作用是因为即时通信变得容易而且廉价,数字格式使得复制更加简单,从营销的观点来看,必须把营销信息简单化,使信息容易传输,越简短越好。

**3.传递范围要很容易从小向很大规模扩散**

为了像野火一样扩散,传输方法必须从小到大迅速改变,这方面典型的案例是中国第一部使用 Flash 技术制作的手机大片,这部根据周星驰《大话西游》改编而来的动画和原剧真人表演相比,Flash 更加夸张搞笑,并结合了流行元素。这部大片一经上传到网上,便在新浪、搜狐、TOM、网易、腾讯、闪客帝国等网站迅速传播,其下载量已超过了 1 000万次,入选网站评选的"年度最受欢迎的 Flash",更在电视等媒体上纷纷播放。

**4.利用公共的积极性和行为**

巧妙的病毒性营销计划利用公众的积极性。贪食是人们的驱动力,同样,饥饿、爱和理解也是驱动力。通信需求的驱动产生了数以百万计的网站和数以十亿计的 Email 信息。建立在公众积极性和行为基础之上的营销战略将会取得成功。

**5.利用现有的资源进行网络传播**

大多数人都是社会性的,社会科学家告诉我们,每个人都生活在一个 8~12 人的亲密网络之中,网络之中可能是朋友、家庭成员和同事。根据在社会中的位置不同,一个人的宽阔的网络中可能包括二十、几百或者数千人。

例如,一个服务员在一星期里可能定时与数百位顾客联系。网络营销人员早已认识到这些人类网络的重要作用,无论是坚固的、亲密的网络还是松散的网络关系。互联网上的人们同样也发展关系网络,他们收集电子邮件地址以及喜欢的网站地址。

**6.利用别人的资源**

对市场营销人士来说，最困难的是如何深入了解消费者的思维并将自己的信息传达到他们的脑子里。通常的方式是尽量提高信息传递的声音，期望着嗓门越大，被听到的概率越高。但是"病毒"却有着更精明的方法：它们能够找到一个途径，利用一眼看去似乎全然不搭界的路径接近自己的载体，从而牢牢依附在载体身上。

最具创造性的病毒性营销计划是利用别人的资源达到自己的目的，如会员制，在别人的网站设立自己的文本或图片链接。

### 4.5.5 病毒营销实施要注意的事项

病毒性营销实施过程中要注意以下事项：

#### 1. 别让病毒营销成了病毒

实践中发现，一些营销人员为采用病毒性营销而费尽心机，甚至以此作为目标，这无异于舍本逐末。同时，也出现了一些肤浅的认识，以为只要在邮件的底部写上"请访问我们的网站"，或者"请将此邮件转发给你的同事和朋友"之类的语言就是病毒性营销。

其实，病毒性营销的实质是利用他人的传播渠道或行为，自愿将有价值的信息向更大范围传播。如果提供的信息或其他服务没有价值，无论如何哀求或者恐吓都不会产生真正的病毒性的效果，反而令人反感，成了真正的病毒。

用于病毒营销的信息要有独创性。同样是免费电子邮件服务，为什么 Hotmail 能成为病毒性营销的经典，而其他网站并没有取得同样辉煌的效果呢？答案应该是：缺乏独创性！

#### 2. 要在具有相关性的一定范围内传播

病毒性营销给人的感觉是一定要在很大的范围内传播，其实，并不是每个网站的信息都可以或者有必要让全世界的人都知道。

病毒性营销有一个大体的范围，如行业性的产品给所有人发布，不但浪费很多资源，也使很多客户感到反感。而如果能在行业细分的网站或者媒体上发布，将势必带来事半功倍的效果。

# 任务实施

结合企业项目，申请和建立一个邮件列表，以管理员的身份进行管理和维护，进行邮件群发，并对 Email 营销的有效性进行分析。

对群发后的效果进行统计，主要包括退信率、网站的流量、客户的反应率、获得的直接收益率等，并进行分析。

1. 实验准备

(1)上网计算机，Windows 操作系统。

(2)IE 5.0 及以上浏览器。

2. 实验过程

(1)会员申请

首先登录到灵动软件网络(http://www.unimarketing.com.cn/)，如图 4-4 所示。

图 4-4　灵动软件首页

要新建邮件列表,必须拥有一个邮箱,点击"免费账户注册",先注册会员,如图 4-5 所示。

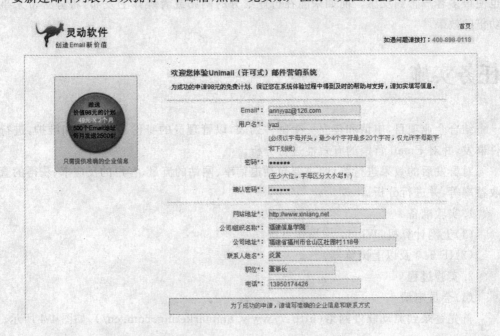

为了成功的申请，请填写准确的企业信息和联系方式
行业*：教育/培训
企业性质*：事业单位或社会团体
您是通过什么途径找到我们的？* 百度搜索
目前您的邮件地址数量是多少？* 5000以下
我保证所有邮件发送经过邮件接收者许可，如果违反“反垃圾邮件条例”，同意灵动创新关闭账号
我已经阅读并同意灵动创新Unimail系统客户试用协议 试用协议
验证码*: 7846 7846 如果您看不清验证码，请点击图片 刷新
发送激活邮件，完成注册
重 置
如遇问题请拨打：400-898-0118

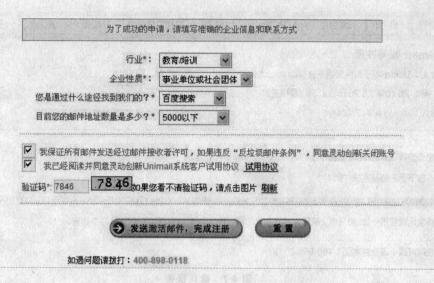

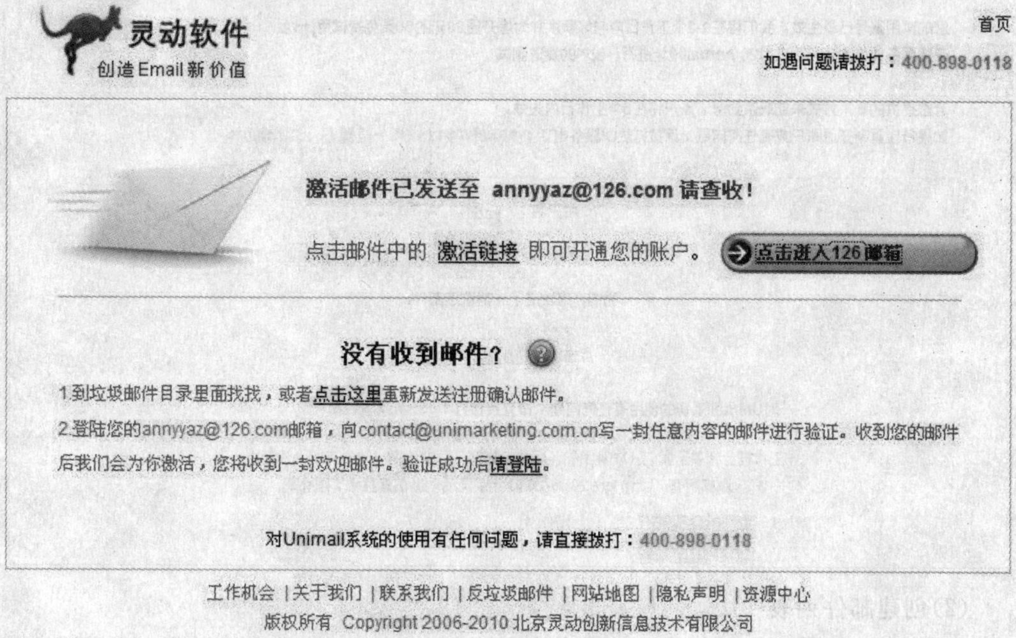

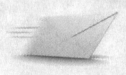

图 4-5 会员注册

会员注册表格填写完成后，灵动软件会给你发送确认提示，如图 4-6 所示。稍后可以到自己的邮箱中接收确认邮件，如图 4-7 所示。在确认邮件中点击“确认”按钮，然后系统会自动打开一个新的页面，提示完成注册，如图 4-8 所示。

灵动软件
创造Email新价值
首页
如遇问题请拨打：400-898-0118
激活邮件已发送至 annyyaz@126.com 请查收！
点击邮件中的 激活链接 即可开通您的账户。
点击进入126邮箱
没有收到邮件？
1.到垃圾邮件目录里面找找，或者点击这里重新发送注册确认邮件。
2.登陆您的annyyaz@126.com邮箱，向contact@unimarketing.com.cn写一封任意内容的邮件进行验证。收到您的邮件后我们会为你激活，您将收到一封欢迎邮件。验证成功后请登陆。
对Unimail系统的使用有任何问题，请直接拨打：400-898-0118
工作机会 | 关于我们 | 联系我们 | 反垃圾邮件 | 网站地图 | 隐私声明 | 资源中心
版权所有 Copyright 2006-2010 北京灵动创新信息技术有限公司

图 4-6 确认邮件发送

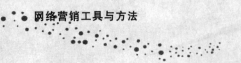

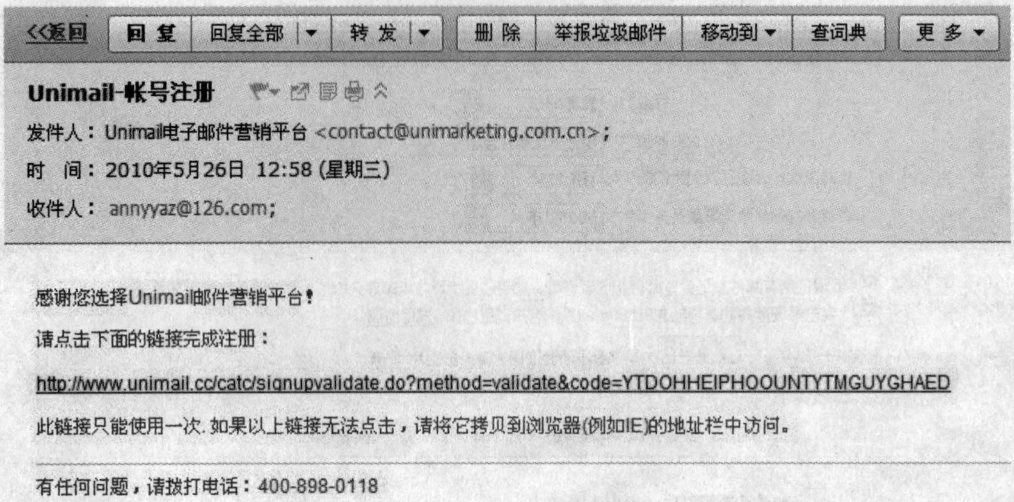

| <<返回 | 回复 | 回复全部 ▼ | 转发 ▼ | 删除 | 举报垃圾邮件 | 移动到 ▼ | 查词典 | 更多 ▼ |

**Unimail-帐号注册** ✆▼ ☑ 🖨 ✂

发件人：Unimail电子邮件营销平台 <contact@unimarketing.com.cn>；

时 间：2010年5月26日 12:58 (星期三)

收件人：annyyaz@126.com；

感谢您选择Unimail邮件营销平台！

请点击下面的链接完成注册：

http://www.unimail.cc/catc/signupvalidate.do?method=validate&code=YTDOHHEIPHOOUNTYTMGUYGHAED

此链接只能使用一次.如果以上链接无法点击，请将它拷贝到浏览器(例如IE)的地址栏中访问。

有任何问题，请拨打电话：400-898-0118

**图 4-7 确认操作**

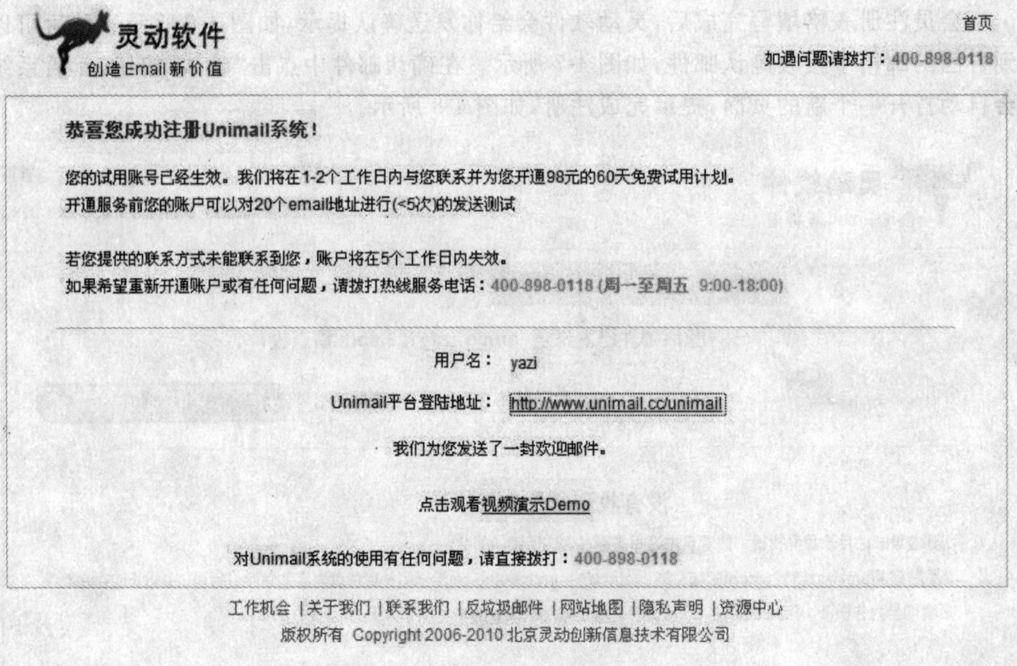

**灵动软件**
创造 Email 新价值

首页

如遇问题请拨打：400-898-0118

**恭喜您成功注册Unimail系统！**

您的试用账号已经生效。我们将在1-2个工作日内与您联系并为您开通98元的60天免费试用计划。
开通服务前您的账户可以对20个email地址进行(<5次)的发送测试

若您提供的联系方式未能联系到您，账户将在5个工作日内失效。
如果希望重新开通账户或有任何问题，请拨打热线服务电话：400-898-0118 (周一至周五 9:00-18:00)

用户名： yazi

Unimail平台登陆地址： http://www.unimail.cc/unimail

我们为您发送了一封欢迎邮件。

点击观看视频演示Demo

对Unimail系统的使用有任何问题，请直接拨打：400-898-0118

工作机会 |关于我们 |联系我们 |反垃圾邮件 | 网站地图 | 隐私声明 | 资源中心
版权所有 Copyright 2006-2010 北京灵动创新信息技术有限公司

**图 4-8 注册完成**

（2）创建邮件列表

注册完成后，就可以邮件列表的版主身份对邮件列表进行管理。首先用邮箱地址登录到灵动软件，进入会员操作选择界面，如图 4-9 所示。

首先创建邮件列表，点击"导入联系人"，如图 4-10 所示，选择导入方式。点击下一步，出现"处理方式"提示，可以选择"是否通知对方"，如图 4-11 所示。点击下一步，出现

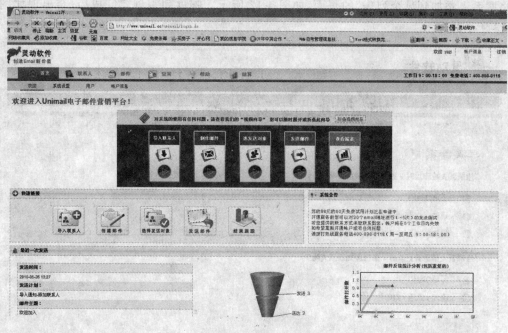

图 4-9　会员操作选择界面

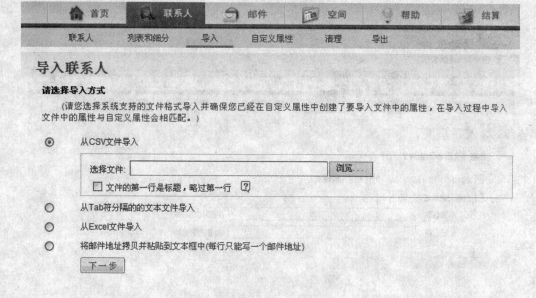

图 4-10　"导入联系人"页面

"将联系人添加到哪个列表"的页面,如图 4-12 所示。邮件列表创建完成后,会出现如图 4-13 所示的提示。

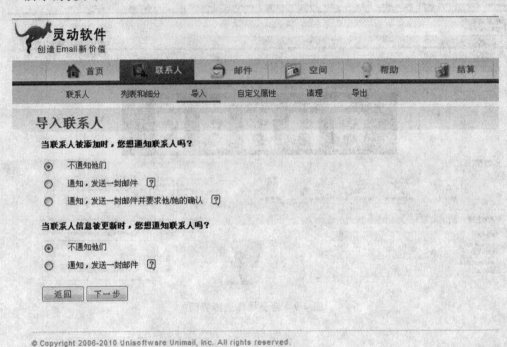

图 4-11　"处理方式"提示

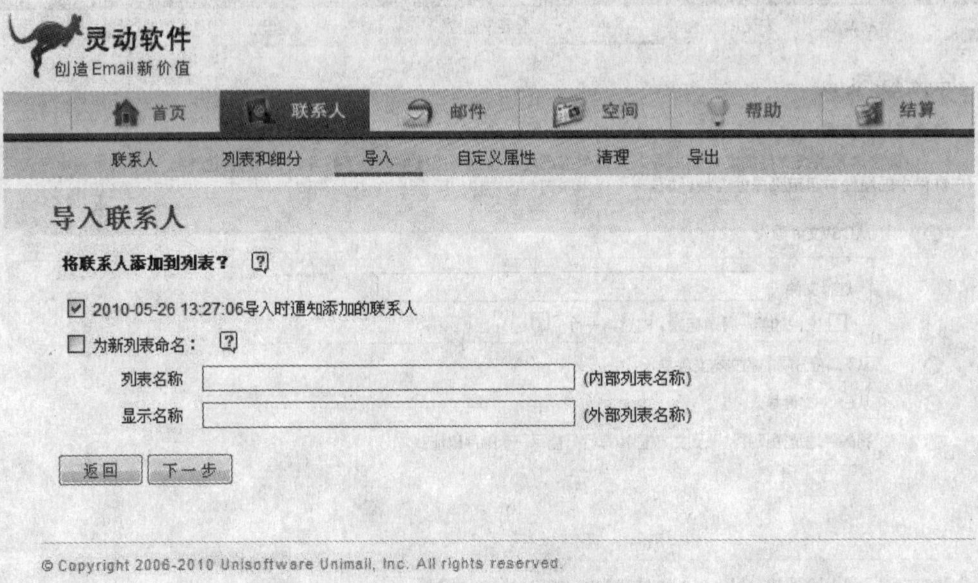

图 4-12　添加到列表

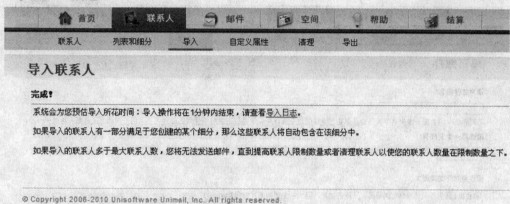

图 4-13　导入完成提示

（3）管理邮件列表

邮件列表创建完后，可以对联系人信息进行编辑修改，如图 4-14 所示。

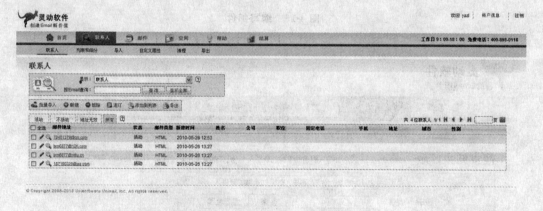

图 4-14　联系人管理

（4）邮件发送以及效果跟踪

邮件列表创建后，登录灵动软件网站，可以创建邮件（图 4-15），选择发送对象（图 4-16），邮件发送（图 4-17），结果跟踪（图 4-18、图 4-19）等。

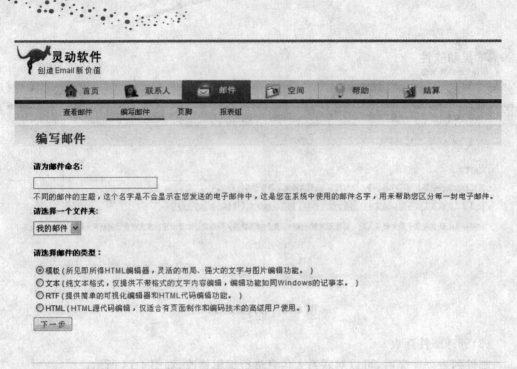

**图 4-15　编写邮件**

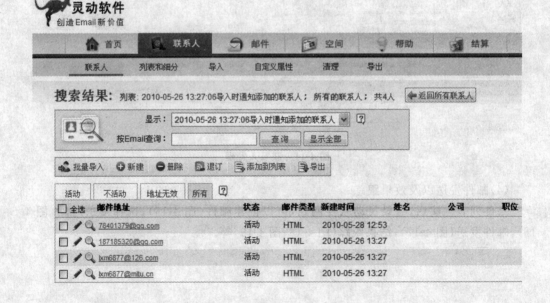

**图 4-16　选择邮件发送对象**

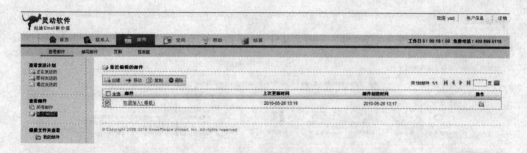

图 4-17 邮件发送

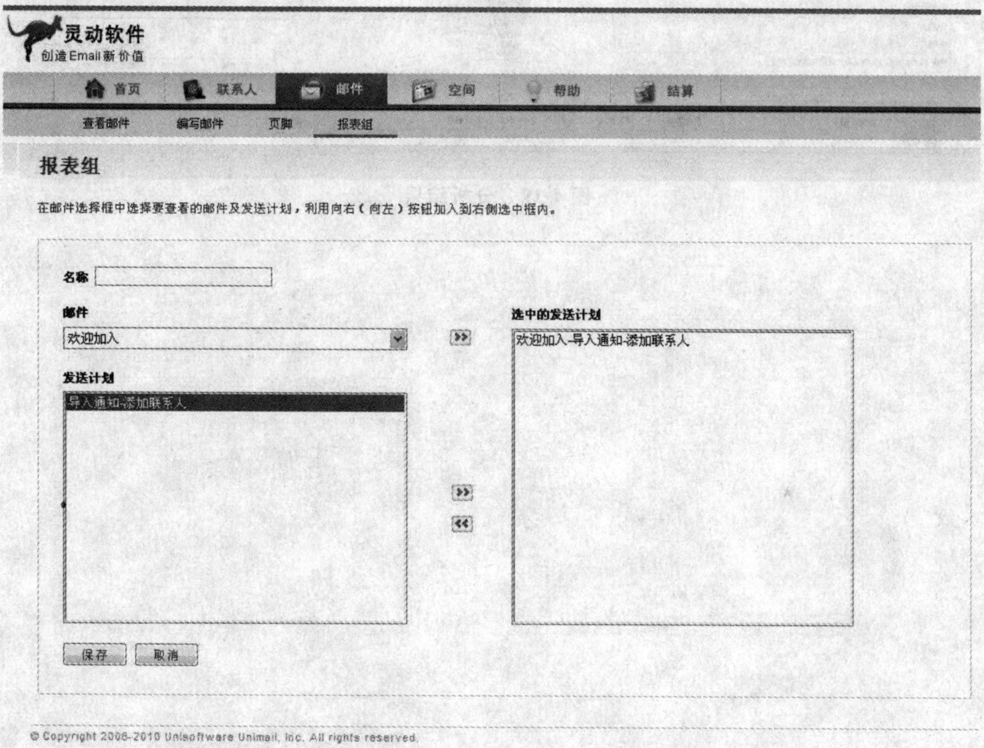

灵动软件
创造 Email 新价值

首页　联系人　邮件　空间　帮助　结算

查看邮件　编写邮件　页脚　报表组

## 报表组

在邮件选择框中选择要查看的邮件及发送计划，利用向右（向左）按钮加入到右侧选中框内。

名称 [　　　　　　]

邮件
[欢迎加入　　　　　　　　　　▼]　>>　选中的发送计划

发送计划
[导入通知-添加联系人　　　　　]　　　[欢迎加入-导入通知-添加联系人]

>>
<<

[保存]　[取消]

图 4-18 添加跟踪结果

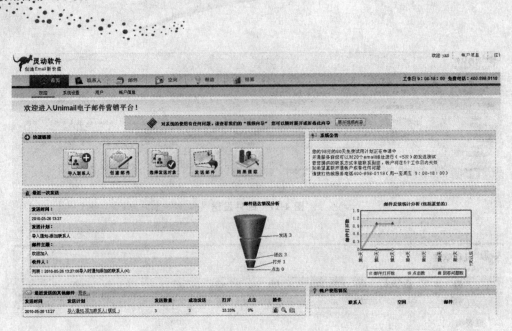

图 4-19　分析结果

# 学习情境 5

# 博客与 RSS 营销

能力目标：

1. 具备 Web 2.0、Web 3.0 网站的案例分析能力；

2. 具备博客与 RSS 营销的能力。

知识目标：

1. 了解 Web 1.0、Web 2.0、Web 3.0 营销的概念；

2. 掌握 Web 2.0 技术在营销中的应用；

3. 掌握 Web 3.0 营销的特征；

4. 掌握博客与 RSS 应用于营销的相关策略与技巧。

# 任务：利用博客与 RSS 开展营销

任务描述：注册一个 alimama 账号，利用博客与 RSS 推广你的阿里妈妈网站。

# 知识准备

## 5.1 Web 2.0 基本思想与技术

### 5.1.1 Web 2.0

Web 2.0 是 2003 年之后互联网的热门概念之一。Web 2.0(也有人称之为互联网 2.0)是明显区别于 Web 1.0 的，其拥有 Web 1.0 所不具备的明显特征，如分享、贡献、协同、参与等。这种理念已经改变了现在互联网站的建设架构，互联网已经不再只是一个媒体，而是一个真正让人参与进去的社区。即如果说 Web 1.0 主要在于用户通过浏览器获取信息，那么 Web 2.0 则更注重用户的交互作用，用户既是网站内容的浏览者，也网站内容的制造者，同时，Web 2.0 不是简单的 Web 1.0 的升级，而是根本的对于互联网建设和商业化运作的革命。这种影响将延伸到互联网之外的其他各行各业中，如市场营销、图书馆、企业级应用等。

1. Web 2.0 概述

(1)Web 2.0 的概念

互联网协会对 Web 2.0(互联网 2.0)的定义是:Web 2.0(互联网 2.0)是互联网的一次理念和思想体系的升级换代,由原来的自上而下的由少数资源控制者集中控制主导的互联网体系转变为自下而上的由广大用户集体智慧和力量主导的互联网体系。互联网 2.0 内在的动力来源是将互联网的主导权交还个人从而充分发掘个人的积极性参与到体系中来,广大个人所贡献的影响和智慧与个人联系形成的社群影响替代了原来少数人所控制和制造的影响,从而极大解放了个人的创作和贡献的潜能,使得互联网的创造力上升到了新的量级。

Blogger Don 在他的《Web 2.0 概念诠释》一文中对 Web 2.0 进行了定义:"Web 2.0 是以 Flickr、Craigslist、Linkedin、Tribes、Ryze、Friendster、del. icio. us、43Things. com 等网站为代表,以 Blog、Tag、SNS、RSS、Wiki 等社会软件的应用为核心,依据六度分隔、xml、ajax 等新理论和技术实现的互联网新一代模式。"

所以对于 Web 2.0 概念的理解,我们可以通过 Web 2.0 典型应用案例的介绍,加上对部分 Web 2.0 相关技术的解释,这些 Web 2.0 技术主要包括博客(Blog)、RSS、百科全书(Wiki)、网摘、社会网络(SNS)、P2P、即时信息(IM)等。由于这些技术有不同程度的网络营销价值,因此 Web 2.0 在网络营销中的应用已经成为网络营销的崭新领域。

## 【知识拓展】

### 什么是六度分隔?

我们在生活中,经常会碰到了一些有意思的事情,如,你的一位初中同学现在的好友和你一位高中同学认识。我们总是惊叹于世界是如此渺小,总是发现你和刚认识的另外一个人有共同的朋友。我们不禁问:世界到底有多大? 我们和世界上其他人距离有多远? 答案是:6。

六度分隔全称为"六度分隔理论"(Six Degrees of Separation)。1967 年,哈佛大学的心理学教授 Stanley Milgram(1933—1984)想要描绘一个连接人与社区的人际关系网,他做过一次连锁信件实验,结果发现了"六度分隔"现象。他将一套连锁信件随机发送给居住在内布拉斯加州奥马哈的 160 个人,信中放了一个波士顿股票经纪人的名字,信中要求每个收信人将这套信寄给自己认为是比较接近那个股票经纪人的朋友。朋友收信后照此办理。最终,大部分信在经过五六个步骤后都抵达了该股票经纪人。六度分隔的概念由此而来。

简单地说就是:"你和任何一个陌生人之间所间隔的人不会超过六个,也就是说,最多通过六个人你就能够认识任何一个陌生人。"

六度分隔的现象,并不是说任何人与人之间的联系都必须要通过六个层次才会产生联系,而是表达了这样一个重要的概念:任何两位素不相识的人之间,通过一定的联系方式,总能够产生必然联系或关系。显然,随着联系方式和联系能力的不同,实现个人期望的机遇将产生明显的区别。

"六度分隔"说明了社会中普遍存在的"弱纽带",但是却发挥着非常强大的作用。有很多人在找工作时会体会到这种弱纽带的效果。通过弱纽带人与人之间的距离变得非常"相近"。用最简单的话描述就是:在人际脉络中,要结识任何一位陌生的朋友,这中间最多只要通过六个朋友就能达到目的。

（2）Web 2.0 产生与发展

截至 2008 年 6 月底，全球有 15 亿多互联网用户，中国有 2.53 亿互联网用户。量变会引发质变，互联网上不仅仅是量的变化，成员扩充到一定阶段必然引发质的变化。从 2004 年开始，互联网正在经历这样重大的变革，互联网正在升级换代，还不单是技术上的，更多是互联网社会体制的变化。我们今天笼统地称之为 Web 2.0（互联网 2.0）的抽象概念，实际上带来的东西可能会超出我们的想象。

①互联网用户强劲的个性独立和社会化需求

互联网用户需求和行为一直是产业所关注的重心。个性独立和社会化需求是今天互联网用户日益深化的需求，也是未来不可阻挡的趋势。而两者并不矛盾，个性独立是社会化的前提。互联网 Web 2.0 的本质是社会化的互联网，是要重构过去少数人主导的集中控制式的体系来更多地关注个体以及在个体基础上形成的社群，并在充分激发释放出个体能量的基础上带动体系的增长。

②互联网创新应用和创新思考的积累

公众互联网的商业发展经历了若干年（中国 10 年，美国 15 年），留给今天的思考就是：为什么有些互联网公司取得了非凡的成功，而有些互联网公司却消失了或苦苦挣扎？这些成功的互联网公司成功的决定性因素是什么？还有一些新涌现的现象，例如，博客（Blog）在蓬勃地发展，一些新的创新应用的轻量型公司在给用户带来非凡的体验。而这些似乎都有一些共同之处，有一个隐性的纽带在连接。到 2004 年这些创新的思考汇聚在了一起，逐渐在业者的讨论中形成了系统的理论和思想体系，并不断被人认识、思考、完善和应用，这个系统的理论和思想体系就是 Web 2.0。

③中国 Web 2.0 正处于快速发展阶段

中国的 Web 2.0 发展与美国一样，同样处于快速发展的时期，根据艾瑞 iUserTracker 的数据监测显示，博客、社区、网络视频等 Web 2.0 服务已经成为中国网民上网的主要应用之一。其中，2007 年 12 月的数据显示，有 76.8% 的中国人使用过博客，仅次于即时通信和搜索引擎。而社区、视频分享的用户规模同样增长稳定，2007 年视频分享和网络社区的月度覆盖人数分别达到 10 139.2 万人和 13 092 万人。

中国 Web 2.0 的快速发展不仅体现了用户的增长，也体现在中国对 Web 2.0 营销的理解愈来愈深刻，一些营销案例已成为 Web 2.0 营销的经典。

（3）Web 2.0 营销与传统网络营销的区别

当互联网第一次作为一种营销手段的时候，凭借着其不同于传统营销的独特优势而实现了突破，在这一期间诞生了如亚马逊、eBay、阿里巴巴、淘宝网等这样的电子商务巨头，出现了 Yahoo!、新浪等这样的新兴媒体，并凭借着自身对新形势下信息传播渠道的把握，实现了自己的商业价值。

但如同网络营销无法取代传统营销一样，Web 2.0 营销在目前还无法完全取代传统网络营销。与传统网络营销依然采用类似传统媒体的方式不同，如按展示时间计算广告投放费用，Web 2.0 的营销根植于对网路社会关系的挖掘，用户已经从其他媒体处接受了大量的广告、产品/服务信息，如果 Web 2.0 不能提供给其明显区别于电视、报纸、杂志、门户网站等的营销体验，便无法发挥其 2.0 的优势。应该说，Web 2.0 营销若以自己并不擅长的方面对抗传统势力,是一种以己之短,攻其所长的不明智之举。

表 5-1　传统营销、传统网络营销、Web 2.0 营销的区别

|  | 传统营销 | 传统网络营销 | Web 2.0 营销 |
|---|---|---|---|
| 信息传播方向 | 单向性 | 一定程度的双向性 | 互动性更强 |
| 营销效果感受 | 无法知道真正的营销效果 | 有一些方法,但大都延伸自传统营销手段 | 能够做到更精确,实现个性、定制化营销 |
| 营销效果监测手段 | 访谈、街头问卷抽样调查等 | 采用了互联网调查的方式,但还没有完全取得突破 | 监测手段更多,也更加复杂 |
| 广告计费模式 | 按时间来收费 | 以按时间来收费为主 | 出现更多的计费方式 |
| 广告投放渠道 | 以电视、报纸、杂志的大众媒体为主 | 开始关注互联网媒体,但仍以图片广告为主 | 社区、博客、视频、RSS 为新兴的广告投放场所 |

**2. Web 2.0 的主要技术**

综合网上对各种 Web 2.0 技术的介绍,所谓的 Web 2.0 的技术主要包括:

(1)Blog——博客/网志

Blog 的全名应该是 Web log,后来缩写为 Blog,也称为"网志"或"网络日志"。Blog 是一个易于使用的网站,你可以在其中迅速发布想法,与他人交流或从事其他活动。博客的特点包括:受众广泛,已拥有一定的基础,与传统媒体有相似性,具有个人媒体性质,能够个性化定制使用等。

(2)RSS——站点摘要

RSS(Really Simple Syndication)是一种描述信息内容的格式,是目前使用最广泛的 XML 应用,是用来和其他站点之间共享内容的一种简易方式(也叫聚合内容)的技术。最初源自浏览器"新闻频道"的技术,现在通常用于新闻和其他按顺序排列的网站,例如博客网站。博客网站大多提供了 RSS,表明博客与 RSS 之间关系密切,但两者并不是一回事,也不是必定要联系在一起。RSS 也可以在其他方面发挥其信息传递的作用。

在许多新闻信息服务类网站,会看到这样的按钮:橙色的 XML 按钮或者蓝色的 RSS 按钮。有的网站使用一个图标,有的同时使用两个,这就是典型的提供 RSS 订阅的标志。这个图标一般链接到订阅 RSS 信息源的 URL。

(3)Wiki——百科全书

Wiki 指一种超文本系统,这种超文本系统支持面向社群的协作式写作,同时也包括一组支持这种写作的辅助工具。有人认为,Wiki 系统属于一种人类知识网格系统,可以在 Web 的基础上对 Wiki 文本进行浏览、创建、更改,而且创建、更改、发布的代价远比 HTML 文本小;同时 Wiki 系统还支持面向社群的协作式写作,为协作式写作提供必要帮助;最后,Wiki 的写作者自然构成了一个社群,Wiki 系统为这个社群提供简单的交流工具。与其他超文本系统相比,Wiki 有使用方便及开放的特点,所以 Wiki 系统可以帮助人们在一个社群内共享某领域的知识。

Wiki 站点可以有多人(甚至任何访问者)维护,每个人都可以发表自己的意见,或者对共同的主题进行扩展或者探讨。

对于什么是 Wiki 或许并没有准确的定义,人们把类似于维基百科(Wikipedia)这种形式的由用户参与编写的网络百科全书都认为是 Wiki 的表现形式。维基百科是最有影响力的 Wiki 之一,现在这种众人参与编辑的网络百科全书很多,既有综合性的开放式百科全书,也有各个领域专业百科全书。在国内,百度百科是比较成功的中文 Wiki 之一。所以,我们可以简单地把 Wiki 理解为开放式的网络百科全书。

**【知识拓展】**

### 维基百科(Wikipedia)简介

维基百科(Wikipedia)是一个多语言版本的自由百科全书协作计划,已经成为互联网上最受欢迎的参考资料查询网站。根据网站流量统计分析公司 Hitwise 的调查,Wikipedia 的多语言版本网站访问量自 2004 年以来上升幅度高达 154%。以目前的增长率,它将势必超过美国 *New York Times* 的网站访问量。Wikipedia 是依靠捐赠发展起来的非营利机构,目前还没有接受广告计划。

从各种热门话题如互联网、性和希特勒,到获取技术或科学题材,Wikipedia 网站(http://www.wikipedia.org)以其公开的中立态度来定义那些充满争议性的主题而吸引了大批用户前来访问。Wikipedia 系统基于一种协作性群体编辑软件"Wikis"来完成,与博客的个人言论及自我发布相比,Wiki 是通过大家群体写作建立起来的开放式网络社区,也是一种全新的网络媒体发布模式。Wikipedia 吸引了数十万人投入到这种草根性的媒体发布潮流,任何网民都可以在 Wikipedia 参与对任意主题的定义、背景介绍,甚至只是修改错别字,他们自发的努力共同促成了 Wikipedia 在民间的巨大影响力。

美国市场研究公司 Hitwise 调查认为,Wikipedia 目前所吸引的网站访问量比 Google 新闻,抑或是 Yahoo! 新闻、BBC 新闻等主流新闻媒体网站都高出 5 倍之巨。纽约大学一名研究 Wikipedia 的教授 Clay Shirky 说,Wikipedia 已经从一个大百科全书演变成了一个综合性网络媒体。

(4)网摘

"网摘"又名"网页书签",起源于一家叫做 Del. icio. us 的美国网站自 2003 年开始提供的一项叫作"社会化书签"(Social Bookmarks)的网络服务,网友称之为"美味书签"(Delicious 在英文中的意思就是"美味的、有趣的")。网摘是一种服务,望文生义,它提供的是一种收藏、分类、排序、分享互联网信息资源的方式。使用它存储网址和相关信息列表,使用标签(Tag)对网址进行索引使网址资源有序分类和索引,使网址及相关信息的社会性分享成为可能,在分享的人为参与的过程中网址的价值被给予评估,通过群体的参与使人们挖掘有效信息的成本得到控制,通过知识分类机制使具有相同兴趣的用户更容易彼此分享信息和进行交流。网摘站点呈现出一种以知识分类的社群景象。

(5)SNS——社会网络

SNS(Social Network Software)在当前更多地被定义为 SNS 网站,这些网站大都拥有具有共同属性的用户,如共同的兴趣爱好、共同的价值观等,并且大多以关注某一类内容的垂直社区为主,如书籍、音乐、购物、餐饮、知识分享等。

(6)P2P——对等联网

P2P 是 peer-to-peer 的缩写,peer 在英语里有"(地位、能力等)同等者"、"同事"和"伙伴"等意义。这样一来,P2P 也就可以理解为"伙伴对伙伴"、"点对点"的意思,或称为对等联网。目前人们认为其在加强网络上人的交流、文件交换、分布计算等方面大有前途。

(7)IM——即时通信

即时通信(Instant Messenger,IM)软件可以说是目前我国上网用户使用率最高的软件。聊天一直是网民们上网的主要活动之一,网上聊天的主要工具已经从初期的聊天室、论坛变为以 MSN、QQ 为代表的即时通信软件。大部分人只要上网就会开着自己的MSN 或 QQ。

作为使用频率最高的网络软件,即时聊天已经突破了作为技术工具的极限,被认为是现代交流方式的象征,并构建起一种新的社会关系。它是迄今为止对人类社会生活改变最为深刻的一种网络新形态,没有极限的沟通将带来没有极限的生活。

(8)微博客

微博客是流动互联网装置如手机、掌上电脑及网上社区近年出现的一种新式网络日记,让人在任何时刻都可以用片言只语说说自己的近况和想法。博客是人们用来分享自己生活和梦想的一种媒介,但当它们具备极简单的风格和随时随地发放的特征时,就会被称为"微博客"。

微博客目前大行其道。其中一个热门的微博客服务网站 Twitter 自 2006 年创立以来已吸引大批用家。该网站即是一种即时透过手机短信与无数朋友分享最新状况和消息的途径,其吸引用户的口号是"你在做什么?"。网站新贵 Utterz 则更进一步,允许用户只要打一个电话,即能从手机把文字、录像、照片或声音档案传送到互联网。

微博客的热潮促使多个博客及社交网络网站开始开发流动版本,令用户更易进入使用。如视频分享网站 YouTube 也特地为手机开发联系方式,包括一个内置于苹果iPhone 的,具备录像、音乐、互联网及手机等方面功能的特别播放器。

3.Web 2.0 的特点

现在对于 Web 2.0 这一概念还存在一定争议,甚至有人认为并没有什么所谓的 Web2.0,或者说,Web 2.0 只不过是一个概念而已。但 Web 2.0 思想和技术的确为互联网带来了新的活力,不仅表现在一大批拥有典型 Web 2.0 特征的网站获得了快速发展,而且更重要的在于,Web 2.0 思想对网站的运营带来了重大变革。

那么 Web 2.0 网站到底有什么特点呢? 综合国内外研究人员和互联网经营者对Web 2.0 的各种认识,以及作者对 Web 2.0 理解,认为 Web 2.0 的主要特点包括下列几个方面:

(1)以用户为中心

传统网站是以网站设计者为中心,用户只能看到设计者让他们看到的内容。Web2.0网站则是以用户为中心,所有的或者大部分的内容是由用户贡献的。也就是用户既是网站的浏览者,也是网站的创造者。Web 2.0 为用户提供了更多参与的机会,如博客网站和 Wiki 就是典型的由用户创造内容，而 Tag 技术将传统网站中的信息分类工作直接交给用户来完成。

（2）提供网络软件服务

传统网站本质上是计算机后面的人工服务，而 Web 2.0 网站更像一种纯粹的、以网络为平台的软件服务。

（3）海量的数据

传统网站信奉的是"内容为王"（Content is king），Web 2.0 网站信奉的是"数据为王"（Data is king）。它们通常都具有巨大的数据库，并且商业模式就是让用户消费这些数据。

（4）内容的开放性

传统网站往往具有封闭性，外部用户添加和输出数据都很困难。Web 2.0 网站则鼓励用户这样做，提供 RSS 等手段供用户在其他地方使用它们的数据。

（5）渐进式的开发

传统网站的开发周期往往很漫长，一旦定型，就很少做出变化。Web 2.0 网站则几乎是从不间断地一直在开发，不断地有新功能提供，不断有新的变化，以致有些网站将自己称作"永远的测试版"（perpetual beta）。

（6）丰富的浏览器体验

传统网站往往采用单调的静态页面，Web 2.0 网站的页面则通常是可以与用户互动的，比如用户可以关闭或移动某些栏目等。

（7）多种使用方式

传统网站往往只限于在个人电脑上浏览，而 Web 2.0 网站更注重提供多种浏览方式，比如在手机上浏览，或者通过屏幕阅读器供盲人使用。

（8）社会化网络

传统网站的用户之间往往是孤立的，Web 2.0 网站则加入了社交元素，让用户之间能够建立联系，充分满足用户的个性化需求。

（9）个体开发者的兴起

传统的想法是开发一个大型网站需要大量的人员，但是大多数 Web 2.0 网站开发者的人数都非常少。据说，Google Maps 的原型是由一家很小的公司，在大约两个星期的时间里开发出来的。

另外，Web 2.0 网站与 Web 1.0 并没有绝对的界限。Web 2.0 技术可以成为 Web 1.0 网络的工具（例如 Blog 和 RSS 已经被大量应用于传统电子商务网站甚至企业网站），一些在 Web 2.0 概念之前诞生的网络本身也具有 Web 2.0 的特性，例如，B2B 电子商务网站的免费信息发布和网络社区类网站的内容也来源于用户。

Web 2.0 的核心不是技术而在于指导思想。Web 2.0 有一些典型的技术，但技术是为了达到某种目的而采取的手段。Web 2.0 技术本身不是 Web 2.0 网站的核心，重要的是，典型的 Web 2.0 技术体现了具有 Web 2.0 特征的应用模式。因此，与其说 Web 2.0 是互联网技术的创新，不如说是互联网应用指导思想的变革。亚马逊网站对 Web 2.0 技术的整合应用就是一个典型的例证。

【案例】

## Web 2.0 从概念变成电子商务网站的工具

当一些 Web 2.0 模式的网站还在将 Web 2.0 作为概念吸引"风投"注意的时候,电子商务巨头亚马逊已经成功地将博客(Blog)和标签(Tag)等具有典型 Web 2.0 特征的技术和思想应用网站的经营,使得 Web 2.0 从概念变成电子商务网站的工具。亚马逊引领电子商务进入 Web 2.0 时代,不谈概念,只讲实用,这与一些 Web 2.0 网站重概念轻实用的现象正好相反。

在很多电子商务网站还没有将博客与营销策略产生联想时,亚马逊已经将博客营销运用自如了。2006 年初,全球最大的网上零售网站亚马逊(Amazon.com)发布了一个新程序 The Amazon Connect,为所有的书籍作者开通博客,鼓励用户为网站创作内容。目的在于增进读者与作者之间、读者与 Amazon 之间的接触和沟通。同时,书籍作者博客不仅为作者提供了一个推广自己书籍产品的渠道和机会,也给予那些购买了书籍的访问者再次访问 Amazon.com 的理由。亚马逊鼓励作者写博客实际上是在不用自己付出额外工作和投入的情况下,让作者加入到书籍网络营销的行列,通过作者与顾客的互动达到更好的在线销售效果。亚马逊的书籍作者博客让亚马逊不仅是图书的在线销售平台,也成为作者的图书推广平台。这是亚马逊初次对 Web 2.0 技术中博客功能的成功应用。

2006 年 8 月,电子商务研究人士发现,"标签(Tag)分类功能走进亚马逊电子商务网站"。标签(Tag)本质上是一种信息分类技术,在博客等 Web 2.0 网站被广泛应用,Tag 功能让原本属于网站维护人员为网站内容进行分类的工作交给了用户,当用户发布信息时,自己把该内容中的某些关键词加上"标签"。众多用户所创建的标签,就形成了一个区别于传统分类目录的个性化的分类目录,用户可以根据这些分类目录查找他们喜欢的内容。使用 Tag 功能不仅增加了用户参与内容制作的趣味性,也为网站增加了有价值的内容。现在,亚马逊会员可以对站内感兴趣的商品提交自己命名的关键词标签,并解释为什么贴上这一标签,即告诉大家他所命名的标签关键词与商品的相关性。亚马逊电子商务网站利用 Tag 模式创建出一种新的站内搜索特色,帮助购物者在 Amazon 站内找到更多他们想要的商品。Amazon 的 Tag 功能不仅强化了站内搜索功能,而且在增强用户互动、个性化标识产品等多方面发挥了积极作用。

除了博客和 Tag 之外,亚马逊也在尝试采用 Wiki 产品页面让消费者和产品供应商都可以增加或编辑书籍或产品的信息。可见,亚马逊网站已经实现电子商务 2.0 模式,这个转变的过程是渐进式的,并没有让用户感觉需要一个艰难的适应过程。亚马逊的 Web 2.0 化也说明一个问题:无论是"传统的"电子商务网站,还是新型的纯 Web 2.0 网站,其实两者之间并没有严格的界限。亚马逊网站演进的另外一个启发意义在于,任何有效的互联网工具都可以成为企业有价值的网络营销的工具,也只有当互联网工具能够被企业所成功应用的时候,这种工具才能发挥其最大的价值。

分析:

当 Web 2.0 从概念变成电子商务网站的工具,对于传播 Web 2.0 理念的网站,可以说是一种肯定。亚马逊成功地将 Web 2.0 技术应用于网站的经营之中,说明 Web 1.0 与

Web 2.0 并没有一个绝对的界限，Web 2.0 技术可以成为 Web 1.0 网站的工具。

总之，Web 2.0 技术的广泛应用逐渐让 Web 2.0 思想更加明确，这样必然对网络营销环境、营销思想和方法产生影响。

### 5.1.2 Web 3.0 营销

随着网民使用互联网习惯的改变，网民对便捷性、个性化等需求逐步增加，已有的互联网服务及信息获取渠道逐步显现出一定的局限性，互联网将朝着更加注重个性化、精准化的方向发展，网络新时代——Web 3.0 时代正在渐渐靠近我们。

Web 3.0 时代类似于工业革命，将诞生大量的"可互换"部件。Web 3.0 还将影响传统产业：随着用户逐渐加入社区网络，他们将不再前往商店购买应用程序，而往往通过好友之间的分享而获得。电子邮件是获得应用程序的一大途径。同时，传统产业渐渐失去对营销、数据及设备的控制能力。

可以说，Web 3.0 正在引导网络营销走向新的时代。

1. Web 3.0 营销的基本概念

目前，至少能找到十种以上关于 Web 3.0 的不同定义。最常见的解释是，网站内的信息可以直接和其他网站相关信息进行交互，能通过第三方信息平台同时对多家网站的信息进行整合使用；用户在互联网上拥有自己的数据，并能在不同网站上使用；完全基于 Web，用浏览器即可实现复杂系统程序才能实现的系统功能。谷歌 CEO 埃里克对 Web 3.0 下过定义，他认为 Web 3.0 是一系列组合的应用（Applications that are pieced together）。我们认为 Web 3.0 是基于用户行为、习惯和信息的聚合而构建的互联网平台，具有个性化、按照个人需求设置、人性化、界面友好、简单易用等核心元素，这种基于用户需求的信息聚合才是互联网的大趋势和未来。

网络资源从 Web 1.0 的集中到 Web 2.0 的分散，Web 3.0 又回到更加精准的集中。过去 Web 1.0 解决了信息孤岛的链接问题，Web 2.0 解决了网络发言权的解放问题，Web 3.0 的目的就是解决海量信息在细化后的定向搜索与获利机制问题。因为和 Web 2.0 相比，Web 3.0 将会更加充分地展现网络自身的生产功能，满足人们追求自我劳动价值的需要。2007 年 9 月，国内互联网企业中推出了新一代个人门户产品 IG3.0；2008 年元旦之初，搜狐推出搜狐 3.1，这些"个人门户"以满足用户个性化的信息需求为契机，将概念中的 Web 3.0 变为现实。在 2007 年美国圣何塞举办的语义技术大会上，微软、IBM、Oracle、Sun、Google、雅虎等巨头几乎倾巢出动，甚至波音、福特、沃尔玛这样的非 IT 企业也兴致盎然地前来参会，足见各界对 Web 3.0 的重视，这一切都显示着人们对 Web 3.0 这一全新互联网时代的到来充满希望。从技术发展来看，Web 1.0 是精英文化，开创了聚众时代，只有部分具备相关技术和知识，并有一定经济实力的人才能够使用网络；Web 2.0 是草根文化，开创了分众时代，人人都可以平等地使用网络，享受网络带来的乐趣；而 Web 3.0 则是个性文化，开创的是一个全新的个性时代。

无论是精英还是草根，在溶入 3.0 的时代，都将拥有自己个性的特征。利用 Web 3.0 平台，用户可以根据自己的兴趣、爱好、需求、性格、知识等组合单元，构建出一个个个性化的信息平台，平台由微单元（即微应用模块，或单元组织）构成，用户完全自主创建自己需要的信息单元模块。平台将根据用户需求,智能化处理互联网海量信息的整合,最终聚合用户个性化的需求。这样的平台,将更精准、更智能、更个性化,平台上所有的信息完全由用户自己控制及整合,网站平台只提供技术支撑和完善服务。博达网的出现,将更智能化地"清洁"网络,它是一个过滤器,将智能整合用户需求信息流,使用户获取信息变得更加便捷和精确。Web 3.0时代,每个人都能看到的同样模式的综合化门户将不复存在,比如,用户看到的新浪新闻首页将只是他个人感兴趣的新闻,而那些他不感兴趣的新闻将不会显示出来。更关键的是,Web 3.0提供基于用户偏好的个性化聚合服务,用户可以根据自己的喜好和使用习惯来聚合网络信息,创造个人门户,在自己的个人门户就可以浏览网页和下载软件,体现高度的个性化,从此,获取信息将变得比以往任何时候都要便捷而精确。

下面举个例子解释一下什么是Web 3.0。比如,你打算找个气候宜人的地方度假,而此行的预算是5 000元。在预算内,你希望找到一家舒适且价格合理的旅馆,而且还希望买到便宜机票。

如果利用现在的网络技术,你并须先在网上做大量调查,才能制定出最佳的度假方案,整个过程可能需要好几个小时,而其中大部分时间都浪费在浏览搜索引擎给出的结果页面上——你需要研究所有可选的目的地,在其中挑选最合适的;你需要登陆两三个旅行打折网,比较机票和旅馆的价格。

有的互联网专家认为有了Web 3.0,人们将可以安稳地坐在电脑前,让互联网帮助完成所有工作。搜索服务会帮人们缩小搜索参数范围,浏览器程序会对信息进行收集、分析,然后提交分析结果。而你只要轻松对比结果,就可以在瞬间做出选择。Web 3.0之所以可以做到这一切,是因为它能够理解互联网上的信息。

现在使用的网络搜索引擎还不能真正理解人们的搜索需求,它只能根据输入的关键词,搜索那些包含该关键词的网页。换句话说,现在的搜索引擎只能判断该网页是否包含关键词,但却无法判断该网页内容是否真的与你的搜索需求相关。比如,如果你搜索的关键词是"火星",你得到的搜索结果中可能会包括有关行星的网页和很多没有意义的废帖。

Web 3.0的搜索引擎不仅可以检索到用户输入的关键词,还能理解用户为什么会有这样的搜索需求。它所找到的都是与用户的需求相关联的结果,而且还能提供其他相关的搜索建议。比如在刚才的例子中,如果输入"费用在5 000元以下的南方度假地",Web 3.0浏览器就会提供所有与搜索需求相关的信息,其中包括各种有趣的活动或者不错的餐馆。Web 3.0浏览器会把网络当成一个可以满足任何查询需求的大型信息库。

2. Web 3.0的特性

Web 3.0时代的网络传播主要通过信息过滤的方式,更偏向于聚合和个性化的发展。因此,Web 3.0时代网络传播的特征主要体现为个性化、体验、定制与整合。Web 3.0营销是基于"个性化、体验、定制与整合"的网络传播特性之上,为满足人们的需求而出现的一种新的营销理念。Web 3.0具有以下特性:

(1)继承Web 2.0的所有特性。比如,以用户为中心,用户创造内容,广泛采用Ajax技术,广泛采用RSS内容聚合,表现为Blog大行其道,互联网上涌现大量的个人原创日志。

(2)帮助用户实现他们的劳动价值。目前的 Web 2.0 几乎都是让用户免费劳动,让他们免费生产内容娱人娱己。用户很难通过 Web 2.0 网站把自己辛辛苦苦生产的内容换成真实货币。Web 3.0 首要任务就是让他们不再浪费劳动力,实现他们的劳动价值。

(3)网站无边界,遵守 Web 3.0 标准的网站可以方便地在数据、功能上实现彼此的互通、互动。未来的互联网是合作、共赢、资源互补、互促的互联网。分久必合,有相关利益的网站会联合起来,趋向于一体化。一个强有力的、方便的对外交互的标准,是每个 Web 3.0 网站都必须实现的。

(4)具备更清晰可行的赢利模式。现在的 Web 2.0 网站大部分没有清晰可行的赢利模式,这是目前商业网站存在的致命弱点。

(5)非仅限于互联网应用,从线上走向线下。这是 Web 3.0 标准的外延。Web 3.0 的外延思想,可以应用到其他非互联网行业领域。

3.Web 3.0 技术在企业网站中的应用

Web 3.0 互联网应用的框架:

(1)网站内信息可以直接和其他网站信息进行交互,能通过第三方信息平台同时对多家网站信息进行整合使用;

(2)用户在互联网上拥有自己的数据,并能在不同的网站上使用;

(3)完全基于 Web,用浏览器即可实现复杂的系统程序才具有的功能。

可以说 Web 3.0 是三广+三跨(广域的、广语的、广博的,跨区域、跨语种、跨行业)。

【案例】

## Web 3.0 网站应用案例

案例 1:alimama 是广告领域 Web 3.0 的应用范例。原因如下:

1.阿里妈妈突破传统的广告应用局限,在最大限度上聚合了所有网站的广告位,促使互联网广告开放、透明,在技术上实现了网站与网站之间的广告信息整合。

2.广告发布者在阿里妈妈上的数据在任何位置均可以任意使用,甚至突破了 Web,向 IM 终端开放最基础的广告链接,对于移动领域更不在话下。

3.阿里妈妈是一个第三方广告信息集散地,用户的信誉和买家的信誉相互结合,官方提供信息管理方法和宣传道具,管理者、买家、卖家三方互动,促成历史上最具特色的广告发布平台。

案例 2:雅蛙是中国目前 Web 3.0 最杰出的代表,原因如下:

1.雅蛙实现了网站信息自由聚合,真正做到了以人为本的 Web 3.0 网络理念。

2.Web 3.0 不是一个超脱的新理念,而是在 Web 1.0 和 Web 2.0 理念上的升华和人性化体验,在这里仍然有非常自由的,兴趣相投的人聚合在一起,交流、讨论。

3.雅蛙开发了很多实用工具,能为用户自动分析、聚合及定制博客信息或资讯信息,一个页面实现所有互联网信息的互通,做到"一页知天下"。

案例 3:阔地网络可能成为中国 Web 3.0 领军网站,原因如下:

1.动起来的网站

所有内容都是可添加、可删除、可共享、可复制、可拖拽、可最大化、可最小化,真正实现了人性化的设计,所有的操作和应用在网页上即可直接完成,大大提高了工作和学习效率。

**2.极具个人风格的页面设置**

有风格各异、种类繁多的皮肤模版选择,同时也支持个人制作皮肤模板,页面的背景可自行设定,窗口的大小和位置均可自由调节,让个性为王的时代提前到来。

**3.方便快捷的内容添加**

只需要几个简单的操作步骤,就可以将所需要的各类新闻资讯、日记本、相册、邮件阅读器、即时通 coco、便笺、留言本、计算器、时钟、日程安排表、搜索引擎、天气预报等添加使用。

**4.独特的网页剪取和便捷的添加网址**

全球任意网页任意区块的任意剪取,便捷地添加其他网站、RSS、图片和音频,所有添加和剪取的内容都能保持同步更新,真正地聚合了互联网上所有需要的信息,打造一个完全属于个人的互联网。

**5.精彩互动的即时聊天**

无须下载任何软件,在网页上就可以聊天。文字聊天、视频、表情发送、文件传输,便捷绿色的即时通讯,从阔地开始。

**6.完全展现个性的平台**

在个人门户,可以写博客,编辑相册,收发邮件,播放音乐,浏览新闻,跟好友聊天,发布个人信息,安排个人日程计划等。

案例 4:Web 3.0 网站对外提供三大服务:

1.综合信息服务(后期可轻松扩展 B2C 商城功能):网站提供综合信息服务(包括各类产品信息、技术信息、方案信息等),网友登录网站,能按需获取信息,包括桌面信息栏目定制、信息收藏。

好处:(1)网友不用登录不同网站获取不同信息;(2)网友在看信息时除可以看到信息所有者(单位)简介、网友对信息的评论外,还可以在线与信息所有者及其他网友聊天。

商业模式:VIP 用户(指单位用户)在线申请拥有栏目权限,并自助地发布产品信息,维护网友评论,拥有在线客服。收取栏目年费或 VIP 年费,以及广告费(搜索排名广告及网站的广告位)。

2.软件服务:网友登录网站通过配置(不写程序),自助建所需的软件功能,同时可以租用软件,购买方案服务。

好处:(1)满足用户对软件功能的个性化需求;(2)降低软件需求单位对公共软件功能的成本。

商业模式:(1)销售自助软件开发空间;(2)提供个性软件开发服务;(3)提供方案咨询服务。

3.沟通服务:网友间能通过基于网页的聊天工具在线沟通。

好处:(1)在线即时交流,了解产品实际情况;(2)互相帮助,同时交友。

## 5.2 博客营销

### 5.2.1 博客营销概述

**1.什么是博客营销**

博客是 2004 年全球最热门的互联网词汇之一，博客营销也刚刚兴起。什么是博客营销呢？博客营销并没有严格的定义，简单来说，就是利用博客这种网络应用形式开展网络营销。要说明什么是博客营销，首先要从什么是博客说起。简单来说，博客就是网络日志（网络日记），英文单词为 Blog（Weblog 的缩写）。

博客这种网络日记的内容通常是公开的，可以发表自己的网络日记，也可以阅读别人的网络日记，因此可以理解为一种个人思想、观点、知识等在互联网上的共享。由此可见，博客具有知识性、自主性、共享性等基本特征，正是博客这种性质决定了博客营销是一种基于个人知识资源（包括思想、体验等表现形式）的网络信息传递形式。因此，开展博客营销的基础问题是对某个领域知识的掌握、学习和有效利用，并通过对知识的传播达到营销信息传递的目的。所以，博客营销，就是通过博客向用户传递有价值的信息，从而达到营销的目的。

2007 年可以称为"中国的博客营销元年"，其商业价值得到了很多人的认可。越来越多的网站开始推出博客服务，希望借助博客的力量推动自己网站的发展。各种围绕博客的商业化动作更为成熟，也有了一些专业的机构来进行博客营销的价值评估。艾瑞咨询认为，中国的博客商业化在现阶段仍然是以网络广告为代表，一些希望借助博客用户之间的互动来进行的博客营销活动，往往还没有体现出较大的价值。但随着博客媒体化、社区化、个性化价值的不断深挖，博客商业化的进程将进一步加快。

【知识拓展】

### 博客的种类及博客存在的方式

博客的种类：

（1）基本的博客：Blog 中最简单的形式。单个的作者对于特定的话题提供相关的资源，发表简短的评论。这些话题几乎可以涉及人类的所有领域。

（2）小组博客：基本的博客的简单变型。一些小组成员共同完成博客日志，有时候作者不仅能编辑自己的内容，还能够编辑别人的条目。这种形式的博客能够使得小组成员就一些共同的话题进行讨论，甚至可以共同协商完成同一个项目。

（3）亲朋之间的博客：这种类型博客的成员主要由亲属或朋友构成，他们是一种生活圈、一个家庭或一群项目小组的成员。

（4）协作式的博客：与小组博客相似，其主要目的是通过共同讨论使得参与者在某些方法或问题上达成一致。通常把协作式的博客定义为允许任何人参与、发表言论、讨论问题的博客日志。

（5）公共社区博客：公共出版在几年以前曾经流行过一段时间，但是因为没有持久有效的商业模型而销声匿迹了。廉价的博客与这种公共出版系统有着同样的目标，但是使用更方便，所花的代价更小，所以也更容易生存。

(6)商业、企业、广告型的博客：对于这种类型博客的管理类似于通常网站的 Web 广告管理。

(7)知识库博客，或者叫 K-LOG：基于博客的知识管理将越来越广泛，使得企业可以有效地控制和管理那些原来只由部分工作人员拥有、保存在文件档案或者个人电脑中的信息资料。知识库博客提供给了新闻机构、教育单位、商业企业和个人一种重要的内部管理工具。

博客存在的方式：

(1)托管博客：无须自己注册域名、租用空间和编制网页，只要去免费注册申请即可拥有自己的 Blog 空间，是最"多快好省"的方式。

(2)自建独立网站的 Blogger：有自己的域名、空间和页面风格，需要一定的条件。

(3)附属 Blogger：将自己的 Blog 作为某一个网站的一部分（如一个栏目、一个频道或者一个地址）。

这三类之间可以演变，甚至可以兼得，一人拥有多种博客网站。

## 2.博客营销的价值

适当地利用博客可以给企业带来回报。事实上，利用博客引起目标受众对企业或产品的关注只是博客众多潜在功能中的一个，总体来说，博客可以对企业营销具有以下几方面的价值：

(1)博客可以直接给企业带来潜在的客户

博客一般都发布在博客托管网站上，这些网站拥有大量用户群体，而有价值的博客信息能够吸引大量潜在客户浏览，从而达到向潜在客户传递营销信息的目的。利用这种方式开展网络营销，是博客营销的一种基本形式，也是博客营销最直接的价值表现。

(2)博客可以帮助企业以较低的成本进行网站推广

在相当长的一段时间里，很多企业都建立了自己的网站，但是这些网站建成之后都缺乏有效的推广举措，导致访问量过低，结果网站成了摆设。通过博客的方式，在博客内容中适当加入企业网站的信息（如某个产品的应用介绍或某项畅销产品的链接）来推广企业网站，其成本是非常低的，而且相对简单易行。

(3)博客增加了客户通过搜索引擎获取信息的机会

一般来说，访问量越大，在搜索引擎上的排名会比较靠前。所以如果博客网站访问量较大，它比一般企业网站搜索引擎的排名要好，这样客户就可以比较方便地通过搜索引擎发现这些企业博客上的内容，再通过博客上的内容进一步了解企业或访问企业网站。当客户利用相关的关键词检索时，企业网页出现的位置和摘要信息更容易引起客户的注意，从而达到利用搜索引擎推广企业网站、提高企业网站知名度的目的。

(4)博客成为企业与客户进行双向沟通的平台

通过博客的营销可以吸引有共同爱好的人前来，起到了针对目标群营销的效果。可以和用户进行双向的交流吸引潜在用户，博客为企业提供了一个沟通交流的平台，而这个平台与传统营销模式最大的不同在于互动性与参与性，它与传统平台是互补融合、相辅相成的。企业可以直接在博客文章中设置在线调查表的链接，便于有兴趣的客户参与调查。

一方面,可以扩大调查群体的规模;另一方面,也可就调查中的问题与读者进行交流,提高客户参与调研的积极性和调研信息的有效性;同时比传统调研方式更方便,更节省费用。

(5)博客文章可以方便地增加企业网站的链接数量

获得其他相关网站更多的链接是常用的一种网站推广方式,通过博客文章为自己企业的网站做链接是理所当然的事情。所以通过博客文章可以方便地增加企业网站的链接数量,不仅能为网站带来新的访问量,也增加了网站在搜索引擎排名中的优势。

(6)博客可以提高企业发布信息的自主性和灵活性

在传统的营销传播模式下,企业往往需要依赖电视、报纸等传统媒体来发布相关信息,不仅受到较大局限,而且费用相对较高。企业创建自己的博客之后,只要不违反国家法律,几乎可以随时发布针对目标消费群体的有价值信息。博客的出现,给企业的营销观念和营销手段带来了重大影响,博客使每个企业、每个人都拥有自由发布信息的权力,不过,如何有效地利用这一权力为企业营销战略服务,则取决于企业营销人员的知识背景和对博客营销的应用技巧等因素。

(7)博客是建立企业权威品牌效应的理想途径之一

作为个人,如果想成为某个领域的专家,可以建立自己的博客。坚持在博客上发表有价值的信息,这些信息资源将会为你带来可观的访问量,久而久之,会建立自己在这个领域的地位。企业博客也是同样的道理,只要坚持对企业所在的领域的深入研究,加强与客户多层面的交流,不断为客户提供有价值的资源,企业就能获得用户的品牌认可与忠诚。这可以成为企业超越竞争对手的一个有效途径。

(8)博客减小了被竞争者超越的潜在损失

据新竞争力网络营销管理顾问研究团队在 2007 年 12 月份完成的一项研究,对中国电子信息 100 强企业网站的调查发现,电子信息企业网站开设博客频道/栏目的仅占 3％,表明在国内企业中,即使信息化程度较高的行业,企业博客的应用水平也很低,更不用说其他传统企业和中小企业了。不过,博客已成为大型网站的常规服务内容之一,活跃博客用户数量也处于高速增长中,反映出博客已经成为重要的互联网信息传播渠道之一。

根据中国互联网络信息中心 CNNIC 的调查,到 2007 年 12 月底大的门户网站几乎都开设了博客专栏,用户更新博客比例较高,半年内更新过博客/个人空间的网民比例为 23.5％,规模达到 4 935 万人。相对而言,美国等发达国家的企业博客更为领先。美国市场研究公司 Jupiter Research 调查表明,到 2006 年底将近 70％的美国大型企业开设企业博客。2006 年 7 月,美国数据分析公司 Cymfony 和公关公司 Porter Novelli 在一次"企业博客知识"的在线研讨会上调查显示,超过 76％的企业博客拥有者说他们公司因为博客而获得更多网站访问量和媒体关注。42％的人表示至少有一篇博客对他们公司或品牌造成很大影响,大部分属于正面影响。

以上数据反映一个不可忽视的事实:博客已经成为网民最常用的互联网服务之一,同时,博客已经走进大型企业的经营活动,如果企业因为没有博客而被竞争者超越,那种损失是不可估量的。

"我不向你直接推销产品,但我能影响你的思想来决定你的购买行为。"这就是博客营销的价值核心。此外,博客的其他营销价值还有待于市场研究和实践人员的进一步挖掘。

对企业来说,要让博客发挥其营销价值,首先要建立自己的博客或到知名的公共博客网站开设博客。

【案例】

### 五粮液借鉴博客口碑开网络营销门

如今,广告市场平面、电视、网络三足鼎立,但经过多年的市场培育以及网络普及等多方面的因素的作用,网络广告正在以每年 40%~50% 左右的增幅迅猛增长着。好耶广告网络联合首席运营官吕勇认为,2007 年网络广告格局变化肯定会有,但行业分布的状况不会改变,IT 产品类、网络服务类、交通和房地产会继续占据绝大部分的份额,金融服务、通信服务类有望增长更快速,服饰、食品饮料类也会上升。传统行业逐步意识到网络广告的重要性和有效性,投入会不断加大。传统行业投入的增加必将带来网络广告市场的进一步繁荣。

而在互联网广告的投放上,市场也对定向精准的分众广告愈加重视。具备明确目标用户受众群体和可量化广告效果数据的广告模式,迅速激发了广告主的投放热情。前不久,中国酒业巨头五粮液集团国邑公司就大胆地尝试了博客体验式口碑传播营销。他们与国内最大的专业博客传播平台博拉网合作,通过该平台在博客红酒爱好者中组织了一次大规模的红酒新产品体验主题活动。活动开展后短短几天报名参加体验活动的人数就突破了 6 000 多人,最终五粮液葡萄酒公司在其中挑选了来自全国各地的 500 名知名的博客红酒爱好者参加了此次活动,分别寄送了其新产品国邑干红以供博客品尝。博客们体验新产品后,纷纷在其博客上发表了对五粮液国邑干红的口味感受和评价,迅速在博客圈内引发了一股关于五粮液国邑干红的评价热潮,得到了业界的普遍关注。五粮液国邑公司通过此次活动受益匪浅,不仅产品品质得到大家的认可,品牌得到了大幅度提升,而且还实实在在地促进了产品销售,许多参加活动的博客表示五粮液新产品确实口感不错,以后他们自己也会去购买五粮液国邑干红。

五粮液葡萄酒公司负责人认为,通过让博客真实品尝国邑干红葡萄酒,不仅能在第一时间获得用户体验的第一手资料,而且通过博客体验进行的口碑传播,更能使红酒品牌得到广泛的传播,激发消费者的购买欲望,培育忠实用户群体,博客体验不失为一种十分有效的营销方式。获得国邑干红葡萄酒的博客纷纷表示这样的体验方式很好,不仅可以优先免费获得最新产品的体验机会,而且整个主题活动和产品本身具备的文化韵味可以更好地唤起人们心中的情感记录,很能让人产生共鸣。

分析:

由此我们可以预见,众口相传的口碑传播方式将成为最有效的营销方式之一。与传统方式的口碑传播相比,基于互联网的口碑传播,在传播速度和传播范围上已发生了质的飞跃,因而广告效果也是几何倍增,而以博客为载体的口碑传播则更具备了受众精准和高信任度传播的特点,在提升企业品牌的同时,也更易于激发销售行为。

#### 5.2.2 博客营销模式

从目前企业博客的应用情况来看,企业博客营销的常见形式有以下几种:

### 1. 利用第三方博客(BSP)平台模式

利用博客服务商(BSP)提供的第三方博客平台发布博客文章，是最简单的博客方式之一，在体验博客营销的初期常被采用。而且现在有一些博客平台提供专门针对企业的博客服务，如企博网(www.bokee.net)，为不同行业、不同规模的企业提供了博客营销的捷径。

这种模式的好处在于操作简单，不需要维护成本，并可共享第三方博客平台已有的用户资源，可借助这些公共网站的高人气来进行网络营销，利用得好，则会为企业带来广泛的社会影响力，赢得客户。

### 2. 企业网站自建博客频道

许多大型网站都开始陆续推出自己的博客频道，这种模式已经成为大型企业博客营销的主流方式。因为大型企业往往拥有丰富的资源，如拥有行业资深知识的人员、对产品应用特别熟悉的人员，通过博客频道的建设，鼓励企业内部这些人员发布博客文章，可以达到多方面的效果：增加企业网站访问量；获得更多潜在用户的关注；与客户交流；企业品牌推广；增进顾客认知；听取用户意见等。同时，还可以提高了员工对企业品牌和市场活动的参与意识，可以增进员工之间以及员工与企业领导之间的相互交流，丰富了企业网站的资源，加强了企业文化建设。

但是企业自建博客频道一般适合于大型企业网站，因为这种企业本身已拥有相当的访问量，在行业里已经有了一定的影响力，同时企业内部拥有较多的资源，自建博客频道营销才可能取得成功。

### 3. 个人独立博客网站模式

除了以企业网站博客、第三方博客平台等方式发布博客文章之外，以个人名义用独立博客网站的方式发布博客文章也很普遍。许多免费个人博客程序促进了个人博客网站的发展，因此对有能力维护博客网站的员工，个人博客网站也可以成为企业博客营销的组成部分。由于个人拥有对博客网站完整的自主管理维护权利，因此个人可以充分发挥积极性，在博客中展示更多个性化的内容，并且同一个企业许多员工个人博客之间的互相关系也有助于每个个人博客的推广，多个博客与企业网站的链接对企业网站的推广及搜索引擎的友好性也有一定价值。不过个人独立博客对个人的知识背景以及自我管理能力要求较高，也不便于企业对博客进行统一管理。

### 4. 博客营销外包模式

把博客营销作为一种由第三方专业机构/人员提供的服务，实际上属于企业博客营销的外包模式。将博客营销外包给其他机构来操作，与市场营销中的公关外包类似，也可以认为是网络公关的一种方式。外包模式的优点是，企业不需要投入过多的人力，不需要维护成本，而且第三方机构有专业的营销人员，提供的服务往往比较专业，有经过精心策划的一些营销活动的配合，往往能产生巨大的影响。

### 5. 博客广告模式

博客广告营销模式实际上属于一种付费的网络广告形式，即在有一定访问量的博客网站上投放广告。在博客上投放广告，应该找一些博客内容与自己产品具有相关性的博客，这样广告的针对性就强。尽管博客广告目前的应用还不十分成熟，但是博客广告的营销价值还是应该肯定的。现在有了阿里妈妈(http://www.alimama.com)这样的广告中介平台,相信博客广告的价值能够得到更多企业的肯定与应用。

### 5.2.3 博客营销策略

**1.博客营销是一种知识营销**

什么是知识营销？"知识营销是通过有效的知识传播方法和途径,将企业拥有的对用户有价值的知识(包括产品知识、专业研究成果、经营理念、管理思想以及优秀的企业文化等)传递给潜在用户,并逐渐形成对企业品牌和产品的认知,将潜在用户最终转化为用户的过程和各种营销行为。"

而博客营销也是基于个人知识的一种网络信息传递形式。企业博客能够吸引点击率,其观点和个性要能在某类人群中获得认同感和共鸣。如果博客里没有受人关注的内容,没有对用户来说有价值的信息,有的只是一些纯粹的产品或商业信息是不会受到关注的。因此,要开展博客营销,就应该掌握和有效利用本领域的知识,并通过对知识的传播达到营销信息传递的目的。

**2.运用第三方博客平台的方法**

利用第三方博客平台的方法可以归纳为以下五个步骤：

(1)选择博客托管平台,开设博客账号

一般来说,选择适合企业的博客平台时要考虑访问量比较大、知名度比较高的博客平台,这些资料可以根据 Alexa 全球网站排名系统等信息进行分析判断。如果是某一领域的专业博客网站,则还要考虑其在该领域的影响力。如果有必要,也可选择在多个博客平台上注册。

(2)制定博客营销计划

要制定一个比较长期的博客营销计划,包括从事博客写作的人员、写作的内容、文章的发布周期等。

(3)创建合适的环境,坚持博客写作

博客营销与内部邮件列表营销一样,要发挥其应有的营销价值,就要坚持不懈地进行博客写作,不能偶尔发一两篇文章就没有声音了,这样是达不到营销目的的。因此企业真正要开展博客营销,就应创建合适的博客营销环境,如采取一定的激励机制鼓励员工坚持博客写作。

(4)整合企业营销资源

企业营销应该是一个整体营销,博客营销只是其中的组成部分,因此企业应该综合利用博客营销的资源和其他营销资源,不要把博客营销孤立起来。

(5)对博客营销的效果进行评估

与其他营销策略一样,对博客营销的效果也有必要进行跟踪评价,发现问题,解决问题,并不断完善博客营销计划,让博客营销发挥其应有的作用。

**3.企业博客写作方法**

博客文章写作是博客营销的基础,因此,企业市场营销人员尤其是网络营销人员应该具备博客文章写作、利用博客传播个人思想的能力。不过企业博客毕竟不同于个人博客文章,在发表对某些问题的看法时要考虑对企业的影响,并且文章内容应当蕴含一定的市场推广信息，否则也就失去了博客营销的基本意义。

那么，企业博客文章写作应该遵循哪些原则？在内容、选题和写作方面有哪些技巧？如何才能让员工的博客文章发挥营销效果？

对以上问题，网络营销专家冯英健先生曾经写了一篇文章《博客营销研究：企业博客写作的原则与方法》，以下是这篇文章主要内容的概括：

(1)企业博客的内容选题

博客的意思是"网络日志"，但作为企业博客文章显然不能只是自己的工作流水账，更重要的是要体现在某一领域的知识和思想。因此博客文章的内容取材在很大程度上受到工作环境的制约。如果整天接触不到业内最新的思想，凭着自己的埋头苦想，谁也无法写出有价值的文章来。下面几个方面对于博客文章选题会有一定的帮助：

· 与业内人士进行切磋与交流。

· 关注外部信息资源，尤其是国内最新研究动向。外部信息的启发，是博客文章选题的最重要来源之一。要多关注与自身工作相关的外部信息资源。现在利用 RSS 获取信息非常方便。

· 某一领域个人观点/思想的连续反映。

· 用另一种方式展示企业的新闻和公关文章。

· 产品知识、用户关心的问题等。作为企业工作人员，对本公司产品的理解会比一般用户更系统，尤其对于知识型产品和技术含量高的产品以及用户购买决策过程复杂的产品。

· 公司文化传播。

· 发表行业观察评论。

总之，博客文章的内容选题范围很广，最重要的是要去发现、思考、总结，挖掘出丰富的博客写作资源。

(2)企业博客的表现形式

当确定了博客文章的选题之后，还需要考虑一下文章内容的表现形式。由于企业博客相对纯粹的个人博客而言文章更严谨，并且要考虑到企业的形象、市场策略等问题，因此博客作者对博客文章的表现形式往往会产生一定的困惑。

博客文章不同于企业的新闻和公关稿，即不主张把个人博客文章写作局限于企业营销活动的需要，重要的是考虑文章内容是否对读者有价值。至于博客文章的表现方法，可以不拘形式，也无须长篇大论。对于博客文章，不必担心自己的文章不成熟，结论不严谨，即使是不成熟的想法也可以提前发布。

对于博客写作的意义可以这样考虑："博客不仅可以让自己将一些零星的想法及时记录下来，同时让一些还仅仅处于构思阶段的观点和点子提前释放出来。这些观点可能很不成熟，如果不是因为博客这种形式，可能无法将这些粗糙的想法与他人交流。在这种思想释放和交流的过程中，也时常会产生新的灵感，于是一个完整的观点或者一篇完整的文章就基本完成了。"

总之，博客写作促使人不断思考并不断地完善自己的观点，但决不是要等到经过深思熟虑、无懈可击的时候才能公开发表。

对于初次接触企业博客的员工,不需要多么高深的内容,只要把想表达的一件事情说清楚即可。"把问题说清楚",这是对网络营销人员文字表达能力的基本要求。

(3)企业博客的超级链接

博客文章主要通过互联网传播,而互联网的一个重要特性就是超级链接,因此超级链接就成为博客文章的一大特色。实际上,合理的超级链接也是博客文章与博客营销的桥梁。

为了提供更丰富的信息,博客文章应适当链接相关内容的来源,例如书籍介绍、新闻事件、个人名称、产品经销商网站等。尤其是当文章中涉及某些重要概念(产品)时,应合理引用(链接)本公司的有关信息。这样才能更好发挥博客的网络营销价值。

在博客文章链接中需要注意的是,不要链接低质量网页,因为这些内容很容易造成死链接,甚至影响到自己网站在搜索引擎检索结果中的表现。一般来说,不要链接那些可信度不高的网站(比如文章存在来源不明,版权信息不清等),尤其不要链接那些已经被搜索引擎删除的网站。

(4)利用企业博客与读者进行交流

博客文章是为了表达自己的思想,分享某一领域的知识和信息,其目的之一是为了与用户交流,因此分享与交流是博客文章写作的基本出发点,通过博客文章评论与读者进行交流也成为博客的一个组成部分。这也是企业员工写作博客文章是必要考虑的写作方法。如果不希望与他人分享,那么也就无法写出受人欢迎的博客文章。

博客文章写作,首先需要一个开放的心态,愿意将自己获取的信息以及个人见解与他人分享,其中甚至包括你不希望看到这些信息的人(比如竞争对手)。还要正确对待读者提出的问题,给予必要的回复。

(5)企业博客的搜索引擎优化

博客文章发布之后,能否获得尽可能多的读者成为博客营销效果的决定因素。因此不仅要在博客文章写作上下工夫,还要从博客文章的推广上下工夫。博客文章推广的主要方法之一是博客文章的搜索引擎优化。经过优化设计的博客文章应该在发布之后仍然可以通过搜索引擎获得持续的浏览。

与一般网页的搜索引擎优化一样,博客文章也应遵循搜索引擎优化的一般原则。例如:为每篇文章设计一个合理的网页标题,文章标题和摘要信息应该包含适合用户检索的关键词;文章内容丰富且包含有效关键词;博客文章经常更新等。

## 5.3 RSS 营销

### 5.3.1 RSS 营销概述

1. RSS 的概念

RSS 是一个缩写的英文术语,在英文中被认为有几个不同的源头,并被不同的技术团体做不同的解释。它既可以是"Rich Site Summary"(丰富站点摘要),或"RDF Site Summary"(RDF 站点摘要),也可以是"Really Simple Syndication"(真正简易聚合)。

RSS 是基于文本的格式。它是 XML(可扩展标识语言)的一种形式。通常 RSS 文件都标为 XML,RSS files(通常也被称为 RSS feeds 或者 channels)通常只包含简单的项目列表。一般而言,每一个项目都含有一个标题、一段简单的介绍,及一个 URL 链接(比如是一个网页的地址)。其他的信息,如日期、创建者的名字等都是可以选择的。

RSS 是站点用来和其他站点之间共享内容的一种简易方式(也叫聚合内容),通常被用于新闻和其他按顺序排列的网站,如博客。网络用户可以在客户端借助支持 RSS 的新闻聚合工具软件(如看天下 RSS 阅读器等),在不打开网站内容页面的情况下阅读支持 RSS 输出的网站内容。

RSS 如何工作?首先一般需要下载和安装一个 RSS 阅读器,然后从网站提供的聚合新闻目录列表中订阅感兴趣的新闻栏目内容。订阅后,将及时获得所订阅新闻频道的最新内容,如图 5-1 所示:

图 5-1　RSS 的工作原理

【知识拓展】

### 什么是 RSS 搜索引擎? 常见的 RSS 搜索引擎有哪些?

与网页搜索引擎/分类目录类似,RSS 搜索引擎/分类目录也就是为用户提供 RSS 信息源的网站。通过 RSS 搜索引擎或者 RSS 分类目录,用户可以找到他感兴趣的 RSS 信息源,然后可以将这些 RSS 信息源加入 RSS 阅读器并获取信息。显然,RSS 搜索引擎有推广 RSS 信息源的价值。

RSS 搜索引擎可以是独立的搜索引擎,也可能是 Yahoo! 等公共搜索提供的 RSS 搜索服务。有些文章中把 RSS 搜索引擎与博客搜索引擎当作一回事,这其实是不正确的。造成两者混淆的原因在于,目前提供 RSS 订阅的网站中博客网站占比较大比例,因此出现在 RSS 搜索引擎中的信息源许多是来自博客网站的。不过并非所有的博客一定提供 RSS,RSS 也并不是只适用于博客网站。当然,也有些搜索引擎同时收入 RSS 信息源和博客网站,属于 RSS 搜索与博客搜索混合搜索引擎。

部分英文 RSS 搜索引擎/分类目录:

http://www.boglines.com　　　http://www.feedsforme.com

http://www.blogpulse.com　　　http://www.feedzie.com

http://www.daypop.com　　　http://www.httpfeed.com

http://www.feedster.com　　　http://ipurdsearch.com

http://www.pubsub.com　　　http://www.newsnetplus.com

http://www.feed24.com　　　http://www.rssmicro.com

http://www.feedfindings.com　http://www.rss-bot.com

http://www.feedminer.com　　http://www.rss-spider.com

http://www.feedsee.com　　　http://www.search4rss.com

http://www.feedsfarm.com　　http://www.syndic8.com/feedlist.php

部分中文 RSS 搜索引擎/分类目录：

http://www.souyo.com　　　　http://www.potu.com

http://www.booso.com　　　　http://www.kantianxia.com/search/

http://www.sina.com.cn/ddt/

### 2. RSS 应用现状

2003 年前后，美国 RSS 技术已经得到了相当程度的普及应用，一些新闻网站、博客社区都已经开始支持 RSS 输出。然而，在我国，RSS 当时还只停留在普及教育的前期阶段。在这一阶段，中国出现了最早的一批 RSS 订阅器。当时国内的 RSS 阅读器多以客户端型为主，Web 式的订阅器还没有几家。

自 2005 年以来，国内 RSS 订阅器服务市场突然间呈现了一股快速发展的潮流。在这一阶段，尽管出现了狗狗订阅器改变经营思路，退出 RSS 订阅器市场的案例，但国内还是出现了如抓虾、鲜果、周博通、看天下、和讯博揽等优秀的 RSS 订阅器，国外的 Google Reader、Bloglines 也在国内拥有一批忠实的用户群。

艾瑞咨询根据 iUserSurvey 在 2007 年 3—12 月的调研数据显示，RSS 在中国网络用户中的了解程度较高，其中有 50.1% 的被调查者表示听说过 RSS，但不清楚是什么，40.0% 的被调查者听说过 RSS，也清楚它是什么，而只有 9.9% 的被调查者表示从来没有听说过 RSS。而据 2005 年 10 月份，Yahoo! 发布的一份基于其用户数据调查的 RSS 应用白皮书，RSS 在网民中的谈及率还很低，只有 12% 的网民知道 RSS，4% 的网民使用过 RSS 服务。可见，近几年来，RSS 的普及率得到了很大的提高，但是 RSS 应用于营销还处于探索阶段。

### 5.3.2 开展 RSS 营销的基本模式

与邮件列表营销分为内部邮件列表与外部邮件列表营销相似，RSS 营销按照用户资源分为内部 RSS 营销与外部 RSS 广告营销。

### 1. 内部 RSS 营销

与内部邮件列表营销相似，内部 RSS 营销就是利用企业自己的网站资源，通过 RSS 传递企业信息给用户的一种方式。这种形式与博客营销相似，就是发表关于自己产品或服务的文章，订阅了网站 RSS 源的用户就能看到这些文章，从而达到营销的目的。

内部 RSS 营销的优势主要有以下几点：增加网站流量，搜索引擎优化，建立品牌形象，提供用户反馈等。

### 2. 外部 RSS 广告营销

外部 RSS 广告营销有两种形式：通过 RSS 阅读器服务商投放广告和直接在其他网站的 RSS 信息源中进行推广。

(1)通过 RSS 阅读器服务商投放广告

与提供邮件列表发送专业服务一样,RSS 阅读器服务商提供 RSS 资源及传递服务,用户安装 RSS 阅读器是免费的。在信息发送服务中,RSS 服务商可以通过为企业提供广告而获得收益。这就是 RSS 广告的一种形式。通常,RSS 广告可以出现在 RSS 阅读器客户端的位置上(类似于 QQ\MSN 聊天工具的广告条),也可以出现在 RSS 信息摘要后面(类似于通过电子刊物发送的邮件内容中插入的广告信息)。

RSS 阅读器广告效果取决于 RSS 阅读器用户的数量、某个 RSS 新闻用户的订阅量、用户使用 RSS 获得信息的频率和偏好等因素。

(2)直接在其他网站 RSS 信息源中进行推广

这也是 RSS 广告的一种形式,即某个网站的广告可以直接投放到另一个提供 RSS 信息源的网站中。与通过 RSS 服务商投放广告不同的是,这种推广模式需要企业直接与 RSS 信息源提供者进行协商,而不是通过第三方 RSS 服务提供商。这种 RSS 推广模式的好处在于企业(广告主)直接与网络媒体(RSS 信息源)进行联系,主动性较强,可以对 RSS 信息源提供者有较多的了解,用户定位程度较高。其缺点在于,如果需要在多个 RSS 信息源进行推广时,要投入大量的人力进行沟通。

外部 RSS 广告营销的优势主要有以下几点:增加网站流量,提高品牌认知,提高网站转化率,目标针对性强等。

### 5.3.3 RSS 营销策略

RSS 是一种较以往任何一种网络信息传播方式都不同的全新手段,虽然早在 2005 年,RSS 营销便已进入网络营销研究人员的视野,但即使到现在,RSS 营销都还没有进入成熟期,对如何做好 RSS 营销还没有统一的认识。有关 RSS 营销策略,提供了以下几方面供参考:

1. 规划自己的 RSS 营销战略

RSS 营销战略是企业提供一切 RSS 服务的前提,因此,企业一旦决定实施 RSS 营销战略,就需要进行规划,如根据自己的要求规划或定义 RSS 的职能,如何与其他营销策略相结合,如何定义 RSS 在企业整合营销中的定位等。

2. 提供丰富多彩的内容,吸引用户订阅

电子邮件让企业在互联网的 1.0 时代能够以一种主动的方式向企业用户定期或不定期地发送企业相关信息。尽管 RSS 与电子邮件相比,在信息传递形式和接受方式上并没有太多本质的区别,但 RSS 在及时性上更胜一筹,而通过标准化的格式,又使得 RSS 能够得到更为广泛的应用。但是与电子邮件营销需要向客户提供有价值的信息一样,RSS 应用于营销也要向客户持续提供有价值的信息,只有这样,用户才会持续订阅企业的 RSS 源,企业才能够通过 RSS 达到信息传播的目的。

在如今 RSS 发布信息量与人们对信息消化量的矛盾还没有得到较好解决的时候,企业能否持续地提供有价值的信息,是决定用户能否订阅该企业 RSS 的重要前提之一。因此,这也就要求在 Web 2.0 时代的企业,要比先前提供更多、更有价值的信息,否则,即使用上了 RSS,也无法实现广泛的传播效果。

3. 对 RSS 源进行搜索引擎优化

这就要求提供 RSS 内容输出服务的企业应该保证 RSS 源(RSS Feed)在任何环境下

都能正常工作,因此,需要与专业的 RSS 相关服务商合作,让他们提供诸如 RSS Feed 优化、RSS Feed 分析等服务。

企业还要考虑应对哪些 RSS 流量进行观察,是否向用户提供定制化或个性化的 RSS 订阅服务等,可以从第三方研究咨询机构获得某些数据。

**【知识拓展】**

### 如何对 RSS 源进行 RSS 的搜索引擎优化

如同对网页进行搜索引擎优化一样,为了让 RSS 发挥最大的网络营销价值,对 RSS 源的搜索引擎优化也很重要,经过优化后的 RSS 信息源才能充分发挥营销价值。RSS 源优化与网页搜索引擎优化类似,对 RSS 信息源的一些基础要素进行优化即可显著增加 RSS 源营销效果。

根据国外有关研究资料,将 RSS 源搜索引擎优化归纳为下列几个主要方面,包括对 RSS 源频道标题、RSS 源频道描述、RSS 源文章标题、RSS 源文章数量等基本要素的优化设计等。

1. RSS 源频道标题(Channel Title)

频道标题是 RSS 源最重要的信息之一,频道标题是网站访问者扫描 RSS 信息源看到的信息,应该带有与主题相关的关键词。不要在频道标题中出现任何 HTML 代码。此外,RSS 源分类目录和搜索引擎使用的频道 Title 和 Description 都最好与正文内容相关,公司名称等信息尽量不要出现在 RSS 频道标题内。

2. RSS 源频道描述(Channel Description)

频道描述是对 RSS 源更加详细介绍的地方,应富含关键词句,抓住读者和搜索引擎的注意力。

3. RSS 源文章标题(Item Titles)

文章标题含空格在内以 50~75 个字符为宜。RSS 文章标题不宜出现任何 HTML 代码。实际上 RSS 文章标题就是正文文章标题,在标题中带有关键词有助于用户检索 RSS 内容。

4. 链接文本

网站给 RSS 源内容提供一个带有关键词的文本链接。对于高质量的 RSS 源,其他网站往往也会转摘,通常会使网站提供的 RSS 源名称和介绍,这样为网站获得带有关键词的外部链接及相关信息。

5. RSS 源文章数量

定期删除一些旧的文章,将文章归档放在 RSS 源里面,以确保信息源在 RSS 源阅读中快速加载。如果是通过第三方托管 RSS,记住它们通常会截短或不显示太大的 RSS 源。

6. 为 RSS 信息源添加一个图片

可以考虑为 RSS 源增加一个图片,图片大小不超过 $144×400$ 像素,推荐使用 $88×31$ 像素。大部分 RSS 阅读器会在信息源内容之上显示这个图片,这是增强品牌印象的好机会。一些 RSS 目录使用信息源网站的 IE 图标(Favicon Icons)来标志不同的 RSS 源,这样使得定制了 IE 图标的 RSS 非常醒目，因此网站在域名根目录下放置一个 Favicon 文件可以起到这样的作用。

**4. RSS 的推广**

许多访问者并不明白 RSS 是什么，RSS 有什么用，也不知道如何订阅 RSS 信息。因此应该创建一个 RSS 描述页，说明 RSS 是什么，访问者使用 RSS 的好处有哪些，哪里有免费的 RSS 订阅器，怎样订阅 RSS Feed，为什么要订阅等。在这个页面里放上所有 RSS Feed 的链接，并加上橙色按钮。

同时，还应该利用所有的资源推广这个描述页。外部推广渠道上，可以将 RSS Feed 提交到恰当的搜索引擎或分类目录中。更新网上内容后，Ping 一下 RSS 聚合网站，让它们索引新的内容。

**【知识拓展】**

### RSS 信息源订阅常见的推广方法

1. 把 RSS 提交到 RSS 搜索引擎及 RSS 分类目录中。RSS 搜索引擎及分类目录通常按照信息源 Feed 主题进行分类，将 RSS 提交到相关主题目录下，这样不仅能够直接增加 RSS 曝光度，还为网站增加了链接广度。

2. RSS 启蒙介绍。尽管你已经非常了解 RSS 应用了，但网站的访问者可能并不知道 RSS 是什么。因此网站对用户的指引非常重要，让他们了解 RSS 的使用方法、订阅 RSS 的好处。网站有必要为此专门做一个页面来介绍 RSS 及使用方法。

3. 定制 RSS 图标。提供 RSS 订阅的网站一般放一个醒目的小图标，有的网站认为这个小图标千篇一律不够吸引，可以考虑做一个有网站自身特色的、醒目的 RSS 订阅图标，链接到 RSS 页面。

4. 网站公告。网站一旦提供 RSS 订阅，可以发布一个新闻公告让访问者知道网站提供某方面内容的 RSS 信息源。

5. 邮件通讯。在你发给客户的许可性 Email 邮件中，将 RSS 通知也包括进去，或许不少邮件订阅者会考虑采用 RSS 订阅方式替换传统邮件订阅方式。

6. 博客通知。别忘记在你的博客中通知 RSS 源订阅。

以上几个简单的做法将极大促进你的 RSS 源订阅数量，最终带来网站访问量的提升。

**5. 将 RSS 作为重要的企业商业情报获取渠道**

通过收集和观察竞争对手提供的 RSS 源，企业可以在第一时间获得竞争对手的最新信息。也可以通过搜索引擎订阅一些关键词，可以了解到与这些关键词匹配的最新资讯。

此外，也可以对这些信息在网络上发生的时间、地点、频率等进行深入分析，从中获得表面上难以发现的情报。

当然，这也要求企业具有相应的反竞争情报的机制，这一机制通常需要在规划 RSS

营销战略时便开始重视。

　　未来的互联网可以按照每个人不一样的需要来呈现所需要的信息。信息的传递不再无序、没有目的，而是带有特殊的指令性意义。人们可以用主导地位参与到网络传播中来，让技术满足自己的需求。在 Web 3.0 时代，网络模式也会发生相应的改变。在以前的传播模型中，人们虽然能够对信息做出反馈，或者能够自由获得信息，但是始终没有成为信息的主宰者，总是在先获得信息之后再发表自己的意见。而在 Web 3.0 的网络环境之下，人们可以利用语义网来主动发出指令，让计算机利用智能软件，在搜索网页时通过"智能代理"从中筛选出相关的有用信息。或许 Web 3.0 不会像 Web 1.0 一样给互联网带来一场轰轰烈烈的技术革命，但对于网络营销来说，Web 3.0 造成的网络传播模式的改变将给人们的网络营销观念带来一场根本性的变革。在 Web 3.0 时代，当我们通过网络来买卖自己智力成果的时候，实际上就是在劳动，进行的是一种个人的营销行为；或者，当公司利用网络产品赚取收入的时候，实际上也是在从事营销活动。这时的网络营销和以往显然不同。因此，Web 3.0 营销是基于"个性化、体验、定制与整合"的网络传播特性之上，为满足人们的需求而出现的一种新的营销理念。至于 Web 3.0 营销的发展方向，无论是个性化还是聚合化，都能够为互联网带来清晰的赢利模式，而精准营销、嵌入式营销、Widget 营销等新营销模式，都应该属于不错的尝试。

## 【案例】

### 段建先生的博客文章

　　西安博星科技公司是一家提供电子商务试验系列产品的小企业。创始人段建先生曾经不经意地利用博客发表几篇文章，却产生了意想不到的营销效果。

　　根据段建先生的介绍，其实他并没有想过自己的博客文章与销售产生直接的联系，只是想把自己多年来对电子商务专业教学的问题，尤其对电子商务教学实践环节写出来，让更多的电子商务教师、电子商务专业学生在教学中少走一些弯路，让学生在校期间能真正掌握一些符合电子商务实际工作需要的实用知识。这些问题他考虑很久，一直没有一个很好的平台来发表自己的观点。其时正好赶上新竞争力网络营销博客开通，于是他借助新竞争力博客平台，发表了一系列有关电子商务教学和电子商务学生就业问题的思考文章，包括：

　　•《给电子商务专业学生的学习建议》(2006-02-26)

　　http://www.jingzhengli.cn/blog/dj/54.html

　　•《电子商务专业学生就业机会、就业层次和就业岗位》(2006-03-14)

　　http://www.jingzhengli.cn/blog/dj/74.html

　　•《当前高校电子商务教育的矛盾、反思和建议》(2006-02-27)

　　http://jingzhengli.cn/blog/di/55.html

　　尽管只是发表在新竞争力这个专业网站的博客频道，但段建这些深度思考的文章立即引起电子商务师生和研究人员的巨大关注，并且被许多网站转载，电子商务领域的专业杂志《电子商务世界》也转发了有关内容。到 2006 年 10 月，《给电子商务专业学生的学习建议》一文的浏览量已经超过 10 000 次。

　　此后，段建又在营销人博客(http://www.marketingman.net/blog/)上发表了一系列后续文章，同样引起电子商务专业师生的强烈反响。后来的发展是，这些文章在不知不觉中发挥了对博星电子商务实验软件系统的营销价值，许多大学电子商务实验建设负责人通过段建的文章认识到电子商务专业需要有专业的实验环境，于是多个大学相关教师主动联系了解博星公司的产品。

# 任务实施

　　注册一个 alimama 账号，利用博客与 RSS 推广你的阿里妈妈网站。

　　实施步骤：

　　1. 登陆 http://www.alimama.com/，注册 alimama 账号，成为一名"淘客"。

　　2. 可在热门网站中建立多个博客。

　　3. 在 alimama 中选择推广的商品，得到商品的推广链接地址。

　　4. 回到所开设的博客网站，撰写软文，文中包含多个与推广商品相关或热门的关键字，把商品的链接地址放进软文中进行发布。

# 学习情境 6

# 网络广告策划与发布

**能力目标:**

1.具备网络广告发布的能力;

2.具备网络广告的策划能力;

3.具备网络广告预期效果的分析能力。

**知识目标:**

1.掌握网络广告的概念、特点及类型;

2.掌握网络广告的发布渠道、方法及效果评估;

3.掌握网络广告的收费模式及计算方法;

4.了解网络广告的发展趋势。

## 任务:网络广告策划与发布

**任务描述:**制作一份网络广告策划书。

# 知识准备

网络广告,又称作在线广告、互联网广告等。它主要是指以电子计算机连接而形成的信息通信网络作为广告媒体,采用相关的电子多媒体技术设计制作,并通过电脑网络传播的广告形式。简单地说,网络广告就是在网络上做的广告。网络广告就是利用网站上的广告横幅、文本链接、多媒体的方法,在互联网刊登或发布广告,通过网络传递到互联网用户的一种高科技广告运作方式。作为一种新兴的广告形式,网络广告得到了很快的发展,并已经成为了全球广告业热门的广告形式。

## 6.1 网络广告的概念与特点

### 6.1.1 网络广告的概念

网络广告是一种新兴的广告形式,它依托 Internet 而产生,并随 Internet 的迅速普及而逐渐为人们所熟悉。从技术层面考察,网络广告是指以数字代码为载体,采用先进的电子多媒体技术设计制作,具有良好的交互功能的广告形式。它一般是以 GIF、JPG 等格式建立的图像文件，定位在网页中，大多用来表现广告内容，同时还可使用 Java 等语言使其产生交互性，用 Shockwave 等插件工具增强表现力。

艾瑞咨询研究发现，2008 年中国网络广告市场份额达到 8.4％，比 2007 年增长 2.3 个百分点，但与国际和美国网络广告市场份额分别达到 10.2％和 8.8％相比，仍然有提升空间。

### 6.1.2 网络广告的特点

网络广告与传统的电视、广播、报纸、杂志等媒体广告相比，具有非常突出的特点：

#### 1. 交互性

网络广告的出现使广告从过去传统的单向传播、受众被动接受信息，渐渐发展为互动模式，即受众可以主动地接受其需要的信息，使广告受众具有更大的主动性。网络广告的信息发布和反馈几乎是同步的，把传统广告中企业和消费者之间的单向式传播关系改变为平行的对话方式，这种以客户为中心的网络广告方式促进了广告主与消费者双方的沟通友善化、个性化。

#### 2. 非强迫性

网络广告具有类似报纸分类广告的性质，让受众自由查询，受众既可以只看标题，也可以从头浏览到尾。

#### 3. 实时性

Internet 具有随时更改信息的功能，因而网络广告可以按照需要随时变更或修改，广告主在任何时间都可以随时调整价格、商品及其他信息。

#### 4. 广泛性

在传播范围上，网络广告可以传播到世界各地上网的受众中；在信息内容上，网络广告的信息承载量基本不受限制，广告主可以提供公司的所有产品和服务，包括产品的性能、价格、型号、外观形态等一切详尽的信息；在广告形式上，可以包括动态影像、文字、声音、图像、表格、动画、三维空间、虚拟现实，并最大限度地运用各种艺术表现形式。

#### 5. 易衡性

易衡性是指广告效果易于评估。通过 Internet 发布广告能很容易地准确统计出每条广告的访问人数，同时还可以利用网络的即时检测功能为广告主提供浏览这些广告的网络用户的上网时间、地理分布等，从而有助于广告主和广告商评估广告效果。

## 6.2 网络广告的类型

网络广告具有多种形式，常见的有如下几种：

### 6.2.1 网站广告

网站广告自身就是网络广告的一种形式。很多企业建立自己的网站的直接目的其实就是宣传企业及其产品或者告知能够提供哪些服务。但是，随着商业网站的增多，仅仅建立网站是远远不够的。对大多数网站而言，消费者不知道它们的网址，更谈不上主动访问这些网站。有些网站只是提供一些有限的信息，不能实时提供深度的企业有关信息。对于大多数企业而言，比较复杂的所谓"酷网"也因为开销太大而根本无法建立，只有少数企业能够为之。

除了网站以外，博客本身也是一种广告，企业员工通过撰写博客也可以进行企业产品和品牌的推广，而且是柔性的，效果往往比较好。

6.2.2 网页广告(以新浪为例)

1.旗帜广告(横幅广告,Banner,见图6-1)

这是横放于页面上的大幅图片广告,一般使用 GIF 格式的图像文件,或使用 JPG 静态图形,也可用多帧图像拼接为动画图像。这是 Internet 的基本广告形式之一,允许客户用极简练的语言、图片介绍企业的产品或宣传企业形象。它又分为非链接型和链接型两种。非链接型旗帜广告不与广告主的主页或网站相链接,浏览者可以点选(click),进而看到广告主想要传递的更详细信息。为了吸引更多的浏览者注意并点选,旗帜广告通常利用多种多样的艺术形式进行处理,如做成动画跳动效果或做成霓虹灯的闪烁效果等,具有极强的视觉效果。占据整个页面宽度的旗帜广告,也称为通栏广告。

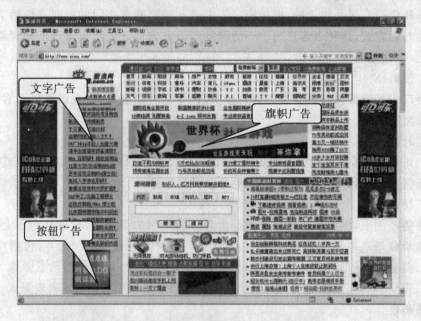

图6-1 旗帜广告、按钮广告和文字广告示例

2.按钮广告(包括按钮、翻牌,见图6-1)

按钮:$140 \times 280 < 20k$,$120 \times 60 < 10k$,$120 \times 240 < 20k$,$300 \times 120 < 20k$,$300 \times 150 < 20k$,$370 \times 75 < 20k$;投放文件格式:Swf,Gif,Jpg。

翻牌:$120 \times 90 < 7k$,$160 \times 90 < 12k$;投放格式:Jpg。

通常是一个链接着公司主页或网站的公司标志,表现形式为 Jpg、Flash 或 Gif,一般被放置于页面左右两边缘,或灵活地穿插在各个栏目板块中间。互动性强,干扰性小,较受浏览者欢迎。

3.文字广告(Textlink,见图6-1)

文字广告以纯文字形式体现广告内容,可点击链接到广告主指定的地址。文字可以是动态的,也可以流动字幕的形式出现。文字广告是一种温文尔雅的表现方式,容易引起访客的兴趣而又不会招致反感。

4.弹出窗口广告(插播式广告,Pop-up Window,见图6-2)

弹出窗口广告是在页面下载的同时弹出第二个广告窗口，可以是图片，也可以是图文介绍。通常用于网站的重要通告、网站广告等，视觉效果显著。可控制弹出窗口显示几秒后自动关闭，从而避免引起浏览者反感。

图 6-2　弹出窗口广告示例

5.飞行广告（Moving Icon，见图 6-3）

这是一种在网页中任意飞行的 button 广告，在页面流动中随时可以看见，可以很好地吸引浏览者，提高广告的曝光率。

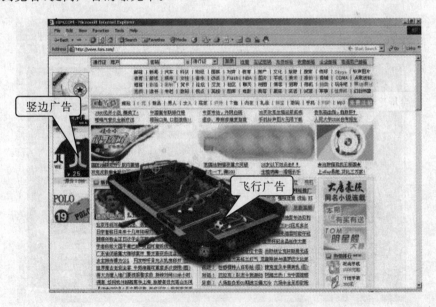

图 6-3　飞行广告、竖边广告示例

6.竖边广告（擎天柱广告，见图 6-3）

是发布在页面左右两侧竖边的大尺寸图片广告。广告规格较大,广告置于页左右两侧,不会产生上下段位的广告盲区,广告位置也可以强烈冲击访客视觉。广告的独享和排他性可以降低广告的干扰,同时也可以更好地传达广告信息。

7.画中画广告(巨型广告,见图6-4)

一般出现在产品新闻或者热点内容的页面,紧密与新闻或信息结合,使访客在浏览自己感兴趣的内容的过程中去体会广告的含义,接受广告的信息。具有下列特点:篇幅较大,信息含量丰富;干扰度低,信息传达面广;记忆度明显,视觉冲击范围较大。

图6-4 画中画广告示例

8.全屏广告(见图6-5)

图6-5 全屏广告示例

全屏广告在页面下载时开始出现，占据整个浏览器的幅面，是一种广告效果巨大的广告形式。根据广告创意的要求，充分利用整个页面的最大空间而形成广告信息的传递，拥有最强大的视觉冲击力。广告图片会逐渐变化，逐渐形成广告的标准规格。

9. 富媒体广告

一般指使用浏览器插件或其他脚本语言、Java 语言等编写的具有复杂视觉效果和交互功能的网络广告，这些效果的使用是否有效一方面取决于站点的服务器端设置，另一方面取决于访问者的浏览器是否能顺利查看。一般来说，富媒体能表现更多、更精彩的广告内容。

随着网络和计算机技术的不断发展，网络广告的形式正在不断更新。形式新颖的富媒体形式更能引起客户的注意，起到网站推广的作用。

### 6.2.3 赞助式广告

目前赞助式广告有三种形式：内容赞助、节目赞助、节日赞助。广告主可以对自己感兴趣的网站内容或网站节目进行赞助，或在特别时期（如奥运会、世界杯）赞助网站的推广活动。赞助式广告一般放置时间较长且无须和其他广告轮流滚动，故有利于扩大页面知名度。如图 6-6 为阿迪达斯赞助 www.sohu.com 体育栏目的案例，通过截图可以清楚地看到在网页醒目位置上的"阿迪达斯·搜狐体育"的栏目标题和 Logo。

图 6-6　阿迪达斯·搜狐体育栏目

### 6.2.4 搜索引擎

利用搜索引擎进行网络推广，主要有以下两种形式：

1. 搜索引擎关键词广告

当搜索引擎用户使用某关键词在搜索引擎网站上进行搜索时，在搜索结果页面会出现与该关键词相关（或人为指定与该关键词建立关联）的广告。搜索引擎关键词广告是付费搜索引擎营销的一种形式，也是目前网络营销市场增长最快的网络广告模式之一。由于搜索引擎用户的注意力焦点及广告显示的触发点都与关键词建立关联，因此有助于将搜索引擎用户的注意力针对性地转移至广告，往往广告效果较好，因此获得快速发展。搜索引擎是符合"精准营销"思想的重要网络推广工具。各大搜索引擎厂商也相继推出了搜索引擎关键词广告方案，如谷歌的"Google AdWords"、百度的"百度竞价排名"、雅虎的"雅虎搜索竞价"等。

2. 搜索引擎优化（Search Engine Optimization，SEO）

网站所有者针对搜索引擎的搜索原理，使网站系统各要素符合搜索引擎原理中的"评优"原则（即面向搜索引擎友好），从而实现本网站在搜索结果中获得良好表现（如排名靠前、显示突出、权重较高等）。但搜索引擎优化应当遵循"双友好"原则：首先面向网站用户友好，网站实质内容、功能、架构符合网站用户所需；其次面向搜索引擎友好，为搜索引擎帮助网站用户检索信息提供方便。

### 6.2.5 分类目录广告（见图 6-7）

类似于报纸杂志中的分类广告，是一种专门提供广告信息服务的站点，在站点中提供按照产品或者企业等方法分类检索的深度广告信息，这种形式的广告对于那些想了解广告信息的访问者提供了一种快捷有效的途径。

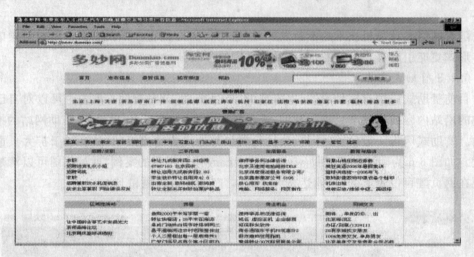

**图 6-7　分类广告示例**

### 6.2.6 墙纸式广告

墙纸式广告（Wall Paper）将所要表现的广告内容体现在墙纸上，并安排放在具有墙纸内容的网站上，以供感兴趣的人下载。

### 6.2.7 聊天室或 BBS 广告

聊天室或 BBS 已经成为很多网民喜爱去的一个地方，因而很多网站在聊天室或 BBS 上推出广告。去聊天室或 BBS 的网民常常被认为是有充分时间的人，有时间点击他们感兴趣的标语式广告。即使上网者不愿点击广告，但因为他们在聊天室或 BBS 上呆的时间比较长，标语式广告也会受到相当多的关注而收到较好的效果。

对于另一种需要聊天软件的聊天方式，一样可以做广告，典型的如 QQ、ICQ 等。

### 6.2.8 互动游戏式广告

游戏内置广告（Interactive Games），指以游戏为媒介投入的广告，包括静态、动态游戏内置广告。在一段页面游戏开始、中间、结束的时候，广告都可随时出现，并且可以根据广告主的产品要求量身定做一个属于其产品的互动游戏广告。其广告形式多样，如联众游戏的广告。

2008 年美国 IGA 市场规模为 4.03 亿美元，其中网页游戏广告为收入为 2.86 亿美元，电视游戏广告和 PC 游戏广告收入 1.17 亿美元。从市场走势来看，2008 年网页游戏的广告收入占整个 IGA 市场规模的 71%，到 2012 年这一比例将达到 73.5%。

2008 年中国 IGA 市场规模 1.3 亿元人民币，同比增长 116%。由于行业起点较低，因此在未来 3 年间，每年的增长幅度都将维持在较高水平，预计到 2011 年，IGA 运营模式逐渐成熟后，增长曲线将出现一个高峰，增幅达到 205.9%，届时中国 IGA 市场规模将达到 10 亿元左右。

### 6.2.9 免费邮箱隐含广告

免费邮箱隐含广告是指一些提供免费邮箱服务的网站，在用户每封邮件的下方都带有一部分广告，作为给你提供免费邮件服务的补偿。由于我国存在着庞大的免费邮箱用户，目前的免费邮箱数量达数亿，因此，该种广告具有很多的广告受众。

### 6.2.10 网络实名和通用网址

网络实名是 3721 网站开通的服务，是第三代中文上网方式。企业将公司、品牌、产品等名称注册为网络实名后，用户就无须记忆复杂的域名网址，直接在地址中输入中文即可更简单方便地直达企业网站或搜索相关信息。每天，网络实名的使用量超过 3 000 万人次，3 万家企业注册了网络实名，包括数千家国内外著名公司，每 1 分钟就有 1 家企业成功地注册。3721 网络实名已经成为全球使用量最大的实名系统，成为中国人网络寻址的事实标准。

通用网址是 CNNIC 采用的技术，带有半官方的性质，由于看到 3721 的巨大成功，于是，CNNIC 采用一种新兴的网络名称访问技术，通过建立通用网址与网站地址 URL 的对应关系，实现浏览器访问。用户只需要使用自己熟悉的语言告诉浏览器要去的通用网址即可。

需要说明的是，注册网络实名或通用网址都必须付费，另外浏览器要访问网络实名或通用网址也必须安装相应的插件。

### 6.2.11 列表分类播发型广告

这种广告利用电子邮件列表和新闻组（专题讨论组）列表，将客户的广告信息按信息类别发向相应的邮件地址和新闻组。这种直接 Email 方式是为用户所接受的，因为网络公司的 Email 地址清单上的每一个人都是自愿加入并愿意接收他们所感兴趣的信息的。

### 6.2.12 电子邮件广告

电子邮件广告是利用通过各种途径收集到的 Email 地址发布广告，由于没有经过 Email 用户的许可，因此，绝大多数用户都把它视为垃圾邮件，它不仅严重伤害了电子邮件广告的声誉，同时也对企业形象造成了伤害。

## 6.3 网络广告的收费模式

网络广告的价格通常会受到多种因素的影响，包括广告提供商的知名度、访问人数的多少、广告幅面的大小与位置等，网络广告的价格差别很大。同时，由于网络广告在技术上可以精确地统计出访问量，使得网络广告在收费模式上与传统媒体广告不同。在实践中，常用的收费模式主要有以下几种：

### 6.3.1 每千人成本(Cost Per Thousand Impressions,CPM)收费模式

CPM 收费模式是以广告被浏览 1 000 次为基准的网络广告收费模式。它指的是广告投放过程中，听到或者看到某广告的每一人平均分担到多少广告成本。由于 Internet

上的网站可以精确地统计其广告页面的访问次数,因此按访问人次收费是一种比较科学的方法。

随着网络广告的发展,作弊点击现象与日俱增,这主要指人为制造虚假点击量,以达到骗取更高报酬、干扰竞争对手广告效果等目的。目前美国互联网业中的"作弊点击"率约占网络广告总访问量的 20% 左右。目前,防作弊点击的办法主要是对 IP 和 cookies 进行了防作弊点击处理,即 24 小时内一部电脑上所有产生的点击只算一次,同时对不同网站的日访问量限制日点击封顶值。

每千人成本的计算公式为:

每千人成本＝广告购买成本/含有广告页面的访问人次×1 000

例如,广告提供商的每千人成本广告价格为 200 元,站点的访问率是 100 万人,那么广告主就要付出 20 万元购买广告。至于每 CPM 的收费究竟是多少,要根据网站的浏览人数划分等级。国际惯例是每 CPM 收费从 5 美元到 200 美元不等。广告提供商偏爱这种模式,因为可以鼓励网站尽量提高自己网页的浏览人数。

### 6.3.2 每千次点击成本(Cost Per Thousand Click-Through,CPC)收费模式

CPC 收费模式,是以广告内容被点击并链接到相关网址或详细内容页面 1 000 次为基准的网络广告收费模式。例如,广告主购买了 10 个 CPC,意味着其投放的广告可被点击 10 000 次。一般来说,CPC 的费用比 CPM 的费用高得多,但广告主往往更倾向选择 CPC 这种付费方式,因为这种付费真实反映了受众确实看到了广告,并且进入了广告主的网站或页面。CPC 也是目前国际上流行的广告收费模式。

### 6.3.3 每行动成本(Cost Per Action)

CPA 计价方式是指按按广告投放实际效果,即按回应的有效问卷或订单来计费,而不限广告投放量。CPA 的计价方式对于网站而言有一定的风险,但若广告投放成功,其收益会比 CPM 的计价方式大得多。这也是广告主为防范广告费用风险而采用的一种模式。

### 6.3.4 包时计费方式

包时计费方式,即按照一月或一周多少钱的固定收费模式来收费,也称包时计费方式。这实际上是传统广告收费的模式,但在实践中,很多网站都采用这种方式。

## 6.4 网络广告的发布

网络广告发布方式有许多种,广告主应根据自己产品所处的生命周期所应表达的信息、网络营销的整体战略,以及在传统媒体广告与网络广告间的人、财、物分配上,合理地选择网络广告组合方式。

### 6.4.1 自设公司网站做广告

建立企业自己独立的网站是一种常见的网络广告形式,同时企业网站本身就是一种活的广告。但企业的 WWW 网站不能只提供广告信息,而是要建成一种反映企业自身经营的形象网页,提供一些非广告信息,必须能给访问者带来其他利益,如可供下载的免费

软件、访问者感兴趣的新闻等。从本质上讲，公司自设网站的广告是属于一种"软性广告"，即需要用户主动上网链接，才能达到发布广告信息的目的，因此这种广告方式更能符合现在理性成熟的消费者。图 6-8 是联想公司在自己的主页上所作的广告。

**图 6-8　联想公司广告**

### 6.4.2 在公共网站上发布广告

企业除了在自设网站上发布广告信息外，为了在更大范围内吸引用户，就必须通过各种网络信息服务机构，以付费的方式或部分免费的方式把本企业的广告在公共网站上发布。在公共网站上发布广告，要达到预期的效果，最关键的就是选择和确定投放广告的最佳网站。这可以从以下几个方面考虑：

**1. 选择目标受众经常浏览的网站**

选择网站的首要原则是所选网站必须是目标受众经常光顾的地方。比如某个网站的内容是吸引女性的，而自己的产品只有男士才用，显然不能将广告发布在这样的网站。但是很多网站的内容带有一定的综合性，很可能覆盖某个行业或一定年龄段的所有群体，对于这样的网站，就要审看网站的信息内容，看它适合哪个群体阅读。一般说来，广告内容与其放置的网站内容越相同或相近，效果会越好。现在网上出现了越来越多的专业营销网站，专门从事某一类商品的营销，在这样的网站上发布广告，可以准确地定位目标顾客，而且因较为专业更能博得消费者信赖，是一种较为不错的选择。以专业房地产营销网站搜房网(http://www.soufun.com/)(图 6-9)为例，消费者只要输入所在区域、户型、价格等查询条件，就可以得到满足其需要的房产的各种细节。

**2. 选择门户网站**

门户网站是网民经常浏览的网站，它不但提供各类丰富的信息，而且提供网上搜索工具，是用户在网上浏览时最直接和最方便的途径。这类网站对于网络用户而言就像电话号码簿对于打电话的人一样重要，因而往往能够将成百上千从来没有访问过自己网站的目标受众吸引过来。用户的频繁访问使要求登广告的客户纷至沓来，各门户网站也都提供各种广告展位。根据 iResearch 的调研数据显示，2005 年新浪以 6.8 亿网络广告收占

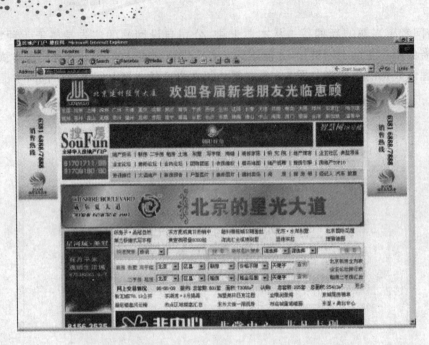

图 6-9　在搜房网上发布广告

中国网络广告市场的 21.7％，搜狐以 4.7 亿占 15.0％，网易以 2.5 亿占 8.0％，QQ.com 以 1.2 亿占 3.8％，TOM.com 以 0.7 亿占 2.2％。中国主要门户网站累计占网络广告市场比重超过 50％（见图 6-10）。在门户网站上发布广告，可以获得大量的浏览和点击，传播范围非常广泛，效果比较明显。

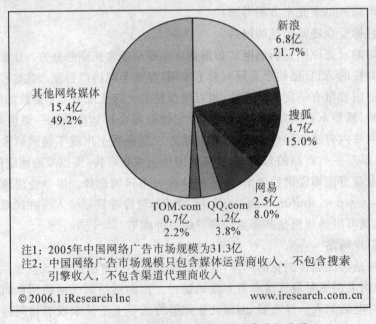

注1：2005年中国网络广告市场规模为31.3亿
注2：中国网络广告市场规模只包含媒体运营商收入，不包含搜索引擎收入，不包含渠道代理商收入

© 2006.1 iResearch Inc　　　　　　　www.iresearch.com.cn

图 6-10　2005 年门户网站占网络广告市场比重

### 3.选择搜索引擎

艾瑞咨询研究中国网络广告不同媒体平台发展情况发现,2008 年中国各网络媒体都获得不俗增长,其中搜索引擎媒体广告营收规模突破 50 亿,位居各网络媒体平台首位。而综合门户也高速增长近 60%,广告营收达到 47.4 亿元;视频网站经过近两年的快速发展,网络广告营收规模达到 5.7 亿。

艾瑞咨询分析认为,搜索引擎平台在经过 2007 的翻番增长后,2008 年虽然受到奥运、市场规范等不利因素影响,但借助于广告主 ARPU 值的提高,依然获得 70% 以上的广告营收增速,从而实现了对综合门户的超越。

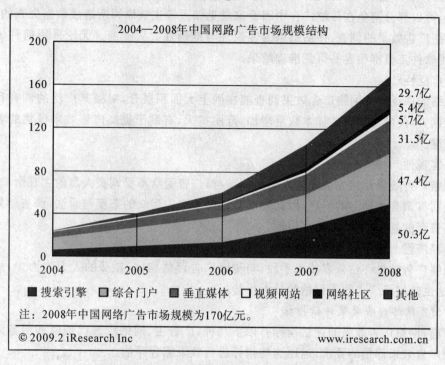

图 6-11　2004—2008 年中国网络广告市场规模结构

根据艾瑞统计数据显示,2009 年第二季度中国搜索引擎广告市场规模为 17.2 亿元,环比增长 32.4%。艾瑞咨询认为,随着中国网络广告市场的不断发展,搜索引擎广告市场将会占据中国广告市场的最大份额。

《2009 年第二季度中国互联网广告市场季度监测》报告显示,百度二季度网络广告份额达 29.4%,位居市场第一位,而谷歌中国以 13.9% 的份额排名第二。而传统的互联网品牌广告运营商新浪和搜狐份额分别为 10.2% 和 8.0%。

## 6.5 网络广告效果评估

网络广告效果是指网络广告通过 Internet 发布之后,所产生的影响和作用,或者说目标受众对广告宣传的结果性反映。网络广告由于 Internet 的特性而区别于传统广告;同样,网络广告的效果评估也具有传统广告效果评估所没有的特点和方法。

### 6.5.1 网络广告效果评估的特点

网络广告由于具有技术上的优势,在效果评估方面显示出了传统广告无法比拟的优势和特点,具体表现为:

**1.及时性**

网络的交互性使广告受众可以直接在线提交反馈意见,广告主可以在几分钟,最多几小时之内收到反馈以了解广告的传播效果、社会效果和经济效果。

**2.方便准确性**

网络广告本身具有易衡性,可以方便地准确统计出具体数据,同时,网络的数字化定量分析,可以部分避免在传统广告中因专家意见偏差等主观原因所造成数据失真的情况。因此网络广告效果的调查、评估结果的客观性与准确性大大提高。无论采用何种统计指标,利用软件工具都很容易得到准确结果。

**3.广泛性**

网络的广泛性使网络广告效果调查能在网上大面积展开,对极其广泛的调查目标群体进行调查,使参与调查的样本数量增加,范围扩大,有助于提高广告效果评估的客观性和可信度。

**4.客观性**

网络广告效果评估无须调查人员出面参与,广告受众不受调查人员的主观影响,不受干扰地回答调查表单上的问题,因此能准确地反映广告受众的态度与看法,调查结果会更符合消费者的真实感受,更具可信性。

**5.经济性**

网络广告效果评估依靠技术手段,与传统广告评估相比,耗费的人力物力少,故成本较低,这也是网络广告效果评估的最大优势。

### 6.5.2 网络广告效果评估指标

目前,网络广告效果的评估指标有以下几种,广告主、网络广告代理商和服务商可结合自身广告效果评估的要求,运用这些指标进行效果综合评估。

**1.点击率指标**

点击率是指网上广告被点击的次数与被显示次数之比。它一直都是网络广告最直接、最有说服力的评估指标之一。点击行为表示那些准备购买产品的消费者对产品感兴趣的程度,因为点击广告者很可能是那些受广告影响而形成购买决策的客户,或者,是对广告中的产品或服务感兴趣的潜在客户,也就是说是高潜在价值的客户,如果准确识别出这些客户,并针对他们进行有效的定向广告和推广活动,对业务开展有很大的帮助。

**2.业绩增长率指标**

对一部分直销型电子商务网站,评估它们所发布的网络广告最直观的指标就是网上销售额的增长情况,因为网站服务器端的跟踪程序可以判断买主是从哪个网站链接而来,购买了多少产品及购买了什么产品等,从而对于广告的效果有了最直接的体会和评估。

**3.回复率指标**

网络广告发布期间及之后一段时间内客户表单提交量,公司电子邮件数量的增长率,收到询问产品情况或索要资料的电话、信件、传真等的增长情况等,可作为辅助性指标来评估网络广告的效果，但需注意它们应该是由于看到网络广告而产生的回复。

4.转化率指标

"转化"被定义为受网络广告影响而形成的购买、注册或者信息需求。有时，尽管顾客没有点击广告，但仍会受到网络广告的影响而在其后购买商品。

6.5.3 网络广告效果评估方式

网络广告效果评估可以通过几种方式进行：

1.通过访问统计软件进行

使用一些专门的软件（如 WebTrends、AccessWatch 等），可随时监测广告发布的情况，并能进行分析，生成相应报表，广告主可以随时了解在什么时间、有多少人访问过载有广告的网页，有多少人通过广告直接进入到广告主自己的网址等。

2.通过广告管理软件

可从市场研究监测公司购买或委托软件公司专门设计适合需要的广告管理软件，用以对网络广告进行监测、管理与评估。

3.根据反馈情况

统计 HTML 表单的提交量以及 Email 的数量在广告投放后是否大量增加来判断广告投放的效果。如果投放之后目标受众的反应比较强烈，反馈大量增加，则可以认为广告的投放是成功的。一般而言，成功的网络广告具有以下几个特征：从外界发回的企业的电子邮件的数量增加 2～10 倍；在 2 个月、3 个月的周期内，向企业咨询广告内容的电子邮件和普通信件明显增多；广告发布后 6 个月至 2 年内，由广告带来的收益开始超过广告支出。

# 任务实施

制作一份网络广告策划书。

实施步骤：

1.登录新浪、雅虎、网易等网站，详细了解其中有哪些网络广告，并作出一份统计报告。

2.在网上找出几个可以发布商业广告的商务网站，了解有关它们的使用方法和条件。如果有可能，帮助某个企业在这些地方发布几条免费的广告。

3.根据预算制作一份网络广告策划书。

制作网络广告策划书可考虑以下几点：

（1）采用旗帜广告

对于企业来讲，做一个有吸引力的旗帜广告比什么都重要，广告要能在几秒甚至是零点几秒之内抓住读者的注意力，否则网上漫游者很快就会进入其他链接。

（2）选择合适的网站发布广告

首先，发布广告的站点选择应当符合媒介的目标和策略，假若要在网上做告知性广告，就应该选择流量大的站点，并最好组合多个站点。

其次,站点的选择应当同广告的目标受众有较好的重合性,如果针对的是某个区域内的目标受众,则那些流量主要来自该区域以外的站点就不合适。

再者,也应注意站点的流量是否可以满足设定的数量。

另外,不管使用何种网络广告方式都应使用如下主题:担心、好奇、幽默以及郑重承诺,广告中使用的文字必须能够引起访客的好奇和兴趣。

(3)在广告中加上"Click"或"按此"。不要忘记在广告旗帜或图标中加上"Click"或"按此"的字样,否则访问者会以为是一幅装饰图片。

(4)在广告中向受众提供利益。要使广告获得更多的点击,就应该在广告中提供使读者感兴趣的利益。

(5)经常更换广告的图片。如果你已经有了一个很好的旗帜或图标广告,也要经常更换图片,因为即使是最好的广告早晚也会失去对上网者的吸引力。一般来说,一个广告放置一段时间以后,点击率开始下降。而当更换图片以后,点击率又会增加。

(6)网站的主页是广告的最好位置。企业应该力争把广告放在网站的主页,否则可能会只有较少的读者看到,广告的点击率会大大降低。

| 一、广告的目标 | |
| --- | --- |
| 1.企业提出的目标 | |
| 2.根据市场情况可以达到的目标 | |
| 3.对广告目标的表述 | |
| 二、广告策略 | |
| 1.媒介的类型<br>2.媒介的选择<br> · 媒介选择的依据<br> · 选择的主要媒介<br> · 选用的媒介简介 | |
| 三、广告计划 | |
| 1.广告的主题 | |
| 2.广告的创意 | |
| 3.广告费用预算 | |
| 四、广告活动的效果预测和监控 | |
| 1.广告效果的预测<br>(1)广告主题测试<br>(2)广告创意测试<br>(3)广告文案测试<br>(4)广告作品测试<br>2.广告效果的监控<br>(1)广告媒介发布的监控<br>(2)广告效果的测定 | |

**图书在版编目(CIP)数据**

网络营销工具与方法/刘晓敏主编. —厦门:厦门大学出版社,2010.8
(高职高专现代服务业系列教材·电子商务系列)
ISBN 978-7-5615-3588-2

Ⅰ.①网…　Ⅱ.①刘…　Ⅲ.①电子商务-市场营销学-高等学校:技术学校-教材
Ⅳ.①F713.36

中国版本图书馆 CIP 数据核字(2010)第 120320 号

厦门大学出版社出版发行
(地址:厦门市软件园二期望海路 39 号　邮编:361008)
http://www.xmupress.com
xmup @ public. xm. fj. cn
**厦门集大印刷厂印刷**
(地址:厦门市集美石鼓路 9 号　邮编:361021)
2010 年 8 月第 1 版　2010 年 8 月第 1 次印刷
开本:787×1092　1/16　印张:13
字数:300 千字　印数:1~3 000 册
定价:22.00 元
**本书如有印装质量问题请寄承印厂调换**